陆 源/著

晓 瑾/译

守卫者系列 2

THE
GUARDIANS
SHADOWS

化身狐

百花洲文艺出版社
BAIHUAZHOU LITERATURE AND ART PRESS

序幕：天庭

许多在天宫多年的神仙，总是说蟠桃园是独立存在于自己的空间里。可不是嘛，此处的色彩如此鲜艳生动，真有些超乎自然；无论风怎么吹，天上一朵朵棉花般的云彩都纹丝不动。园子的景色如画中的一般，长久以来甚至连神仙们也忍不住好奇地打量虬根盘结、枝上坠着硕硕果实的古老桃树。

阵风轻轻吹过，拂动着枝叶和花朵，使之犹如在乐声中微微摆动。感觉确有一阵轻柔的仙乐飘浮在空中。

而坐在雕梁画栋凉亭中的五位神仙委员的心情和周围这静谧的景色不太相衬。身材颀长的二郎神是一个两眼之间有一只狭长天眼的神仙，他正和美猴王激烈地争论着。曾几何时，他俩是棋逢敌手的对头，虽然猴王早已位列仙班万年之久了，但二郎神总是心痒难耐，想要为当年的羞辱寻仇报复。这会儿，他的拳头紧紧握着他的三尖两刃刀的刀柄，随时准备发作。

"大家都知道你是个白痴。"见二郎神紧张起来，美猴王说，"别做傻事来证明哦。"

二郎神大吼一声站起身子："你才是个傻子呢！我们不能任凭这事发生。我们的职责是监察，务必保它成功。得准备随时亲自出手干预。"话音刚落，二郎神把刀重重往地上一摔，砸得地面瞬间现出蛛网般的裂痕。

哪吒太子皱着眉头，手一挥，将地上的裂砖恢复得完美如初。接着，抬起一张幼童般的脸对上二郎神的目光："我们必须确保他们有选择自己命运的自由，否则胜利就没有多大的意义了。"

二郎神闻言冷笑一声，环顾四周看着其他四神，然后把脸转向战神关公："五年前，你在张府不是已经出手干预过了吗？不肯和我站在一起？"

"这次我不会干预。"关公的回答非常简洁，"事情不是你所想象的。上次，我所做的并未改变事件的本质。是姑娘自己的魔力保护了她。在玉帝的御准之下，我只不过是向她揭示仍有希望。"

"如果我能征得玉帝的恩准，你们又如何说？"二郎神追问。

"你不可能得到恩准。"美猴王对他说，"治理天庭是何等繁忙的工作。他不会有时间见你的。"

"我好歹也是他的外甥。"二郎神咆哮道，"我想见谁总还能见到的。"

"估计你也想见见我的金箍棒吧。"美猴王故作欢跃地说，立起身，从耳中掏出一根小小的金针。他对着金针轻念一句咒语，金针瞬时就变成红色棍身、两头镶金的长棒。

"恐怕我们有几万年没打架了吧。"二郎神道，"我猜你一定会说我功夫大有长进。"

"我还真不信呢。"美猴王说着，纵身而起，一下子跃过二郎神头顶，翻到半空，顺手扯了扯二郎神头盔上的绸飘带，惹得他愤怒地大吼大叫。

二郎神转身，举起他的三尖两刃刀便向美猴王扎去，却被他轻轻挡开，紧接着美猴王一棍拍在了二郎神的肩上。如果二郎神不是身着重甲，这一棍估计会破坏了他的护体之气。即便如此，二郎神还是晃了晃身子。他站定后，立时变为一头巨大的白虎径直向美猴王扑去。美猴王接招，顿时变身成一头巨象，二郎神一扑到美猴王身上就差点儿从他胸口弹了开去。

情急之下，二郎神背部着地，马上又变成一条身负巨翼、毒牙大如利剑的巨蛇。美猴王即刻变回真身，从身上拔下一把猴毛，吹一口气，每根猴毛都变成一只猴的分身。

二郎神被这些幻化出来的猴王引得晕头转向，一刀击中，每个分身又变回了一根猴毛，在空中飘荡。二郎神被彻底地激怒了，发出一声巨吼，竟震动了周围的蟠桃树，好几只仙桃被震落了下来。

"噢，不要再闹了！"哪吒道。一挥手，周身已经包裹起火茧。

负责守蟠桃园的七仙女凭空蓦地现身。她们身上的七彩仙衣层层叠叠，无风自飘摇。七仙女平时无论见到什么都是非常欢快的，身边的空气总是喜洋洋地跳动着。此刻仙女们看上去连人都能杀了，周围的空气像是快绷裂了，被气场顶得咔嚓作响。

二郎神倒吸了一口气，瞬间变回原形，然后对七仙女半是行礼半是讨好地鞠了一躬。

"二郎神，收敛一些。"领头的红衣仙女命令道，"记住你在蟠桃园里只是一名客人。"随即七仙女又突然消失了，就像她们先前现身一样。

二郎神大大地松了一口气。她们说得没错，蟠桃园的确古老，甚至比玉帝的年岁还大。桃园守神以玉帝为尊却不用听令于他，所以一旦七仙女发起怒来，玉帝的外甥也没有人能救。事实上，七仙女刚才已经算是客气了。换作平时，任何一个损坏仙桃的人都会被她们声色俱厉地训斥。

"凶不起来了吧，是吗？"美猴王问。

"接着打吗？"二郎神问。

"刚才是在打架吗？"美猴王道，"我怎么觉得只是热热身而已？"

二郎神的表情被气得狰狞起来，踏前一步像是真的要继续打架，拎起他的三尖两刃刀紧紧握住。

突然，一道蓝光出现在他面前，二郎神只好垂下了手，向观音菩萨望了过去。

"够了。"观音道，"你们两个在七位仙女彻底发怒之前，最好停止这无聊的事情。哪吒太子说得对，我们不应该插手。给他们一个机会去验证他们自己。但是我们理应继续警惕，避免坏事发生。都清楚了吗？"

剑拔弩张的两位大仙向观音鞠了一躬，似乎美猴王的脸上还是止不住露出一抹胜利的戏谑微笑。

1^章

广德是名武将，不是外交使节。从军二十五年以来一直为外交使节卖命，他明白在面对权力和制衡的问题时，外交手段和军事力量有时候同样重要。

凭他的才干和经验，广德无法理清当前的情势。几周前，他的部队和北方兄弟部落仍然陷在不断的边境小冲突中。昨天上面突然下达一纸命令，令他停止一切争端，向后撤退，只准对付掠贼。特别明确规定不准越境跨入北匈奴控制的地盘，很显然这道命令立即绑住了广德将军的双手。他只能坐等下一个命令。新到的有关谈判进展的报告，不仅事态说明不明确，而且实在令人费解。

有消息称，北匈奴召集了双边会议，威胁说倘若他们的要求得不到满足，将杀光整个南匈奴部族。这实在让人难以置信，因为过去的几个月里广德的部队一直追着北匈奴打。虽然经验告诉他，这一切可能是在虚张声势，但一直等命令还是令广德坐立不安。一种本能告诉他，这些威胁之词听起来虽然有些可笑，但恐怕这次北匈奴并不是在吓唬人。

广德从军帐中的座椅上站起身，不停地前后踱着步，竟很快在沙地上踏出一条辙子来。突然，他的副官拿着一封信冲了进来："将军，刚刚收到的。"

广德点点头接过信，心中的忧虑越来越重。他慢慢地拆开封印，展开信纸。读后，他困惑地不住眨着眼。他重读了一遍又一遍，信上的字都已经印在了脑中，他还是无法相信刚刚得到的命令。信从他指缝中滑落，掉到地上。

广德的副官将信捡了起来，读了一遍，然后轻轻放在了桌上："该怎么做呢，将军？"

"让我想一想，他们若是认为我带着人马会直接去送死，起码得给我一个更好的理由，很遗憾他们真是低估了我们的能力。"

张小龙悄悄地从一条尘土飞扬的小路摸进了浓荫的树林，一眼瞥见前面远远的有两个人影。她在林中疾行，很快追了上去，但又与前面两个人保持一定的距离以便观察。一男一女，看上去跟十七岁的她差不多年纪。两人腰间佩着剑，像是武士，从他俩的举手投足看得出他们懂得怎么使剑。

突然，女的一下子摔倒在地。小龙刚准备回应呼救声，却又猛地止住自己的脚步，重新蹲回了矮树丛中。事情似乎有些蹊跷。小龙怀疑他俩在演戏。

小龙瞬间听见周围的矮树丛中有窸窸窣窣的声音，她闭上眼睛仔细地辨别声音。过了一小会儿，断定周围大概鬼鬼祟祟地潜伏着二十几个男女，在离她不到一丈远的地方停了下来。她借助厚厚的树叶将自己藏了起来。

他们中间的六个人向小路方向走了过去，其他人则散了开来。这下至少证实了小龙起先的怀疑。两名少年演的这一出戏，很有可能是为了吸引这批潜伏的人。真是这样的话，他俩的收获比预期的要多得多。小龙尽量不触动藏身的树丛以免被周围的人发现，同时将右手伸入左袖中，准备随机应变。

朱成躺在地上，闭着双眼，有意识地让自己的呼吸保持平稳，她知道没人会注意到这样的小细节。她倒地的姿势看起来像是不小心跌倒的，可实际上，她设计了这个动作以便自己能够迅速地站起身来，眨眼之间能拔剑在手。

此时，班超还在不住地呼救，朱成决定再给班超一点时间，不然她就强令班超采纳她的计划：一路冲杀进树林中直至附近的一些盗匪出来找他俩。

朱成觉得班超的主意十分蠢，现在演的这一出戏很有可能引来好心的过路人，而不是数年来称霸这片树林的冷血杀手。可是朱成还是忍住了，这可是非常难得的。自从她的家人死了之后，她独自闯荡江湖，没人帮助她，她也很少考虑别人的感受。

朱成听见有五六个人正从她右边的林子里跳出来，暂且打断了自己的思绪。她听见班超猛吸一口气，证实了神出鬼没的盗匪们终于露头了。真想不到啊，她心想，这招还真奏效了。金属拖动的声音告诉她班超已抽出了他的佩剑，她依旧躺在地上没动。万一对手比他俩想象的更厉害，她还能留一手出其不意的招数。

一名头领模样的女子满意地大笑着，抽出了她的剑，说道："别指望打过我们，小子。想活命的话，把剑扔到地上，然后把身上值钱的东西都抛过来。"

"我们只是过路的，"班超说，"没有值钱的东西。"

"可真不走运啊。过这个林子得交买路钱。"头领模样的女子答道，"不付钱，就得出点血。随你们自己挑。"

"我们真的没钱。"班超再一次声称。

"真是遗憾了。"女子说道。她立刻做了个下手的手势，朱成瞬间听见班超与他们交上了手。她关注着格斗的进展，凝神倾听着，细细分辨每个盗匪的声音。

听上去班超很轻松地击退了他们，好几个重重地倒在地上，只有一个盗匪重新站了起来。突然间，班超猛地向后退了几步。眼见班超就要踩中自己的肩膀，朱成迅即跳起来，一脚重重地踢中了这个盗匪。"眼睛看着点儿路！"她冲班超吼道。

听见朱成的喊声，班超也惊得大叫起来，朱成拳出到一半冲着天空翻了个白眼，然后一拳击中盗匪的正脸，将女贼打得滚了回去。

盗匪们后撤重新集结，朱成在班超肩上猛拍了一巴掌："我这么做是吓他们的，不是吓你。"

班超冲着朱成不好意思地笑了笑，将目光重新投在盗匪们身上："对不起。我忘了你躺在地上。"

"干得真好。"朱成嘟囔道。她纵身向前，用剑柄击中三个盗匪中的一名，令他痛得弯下了腰，大口大口地喘气。然后伸手点了他颈边的穴道，盗匪立时跪了下去，不省人事。没等班超再加入格斗，她已经开始对付下一个盗匪了。

看到他俩这狠劲儿，领头的女子向后退去，同时示意手下照做。朱成和班超也向后撤，小心地留意着盗匪们的企图。领头的女子冲他俩冷笑着，吹了一声尖利的口哨。

林中顿时响起一片喊杀声，朱成和班超对视了一眼，惊异地发现包围上来的盗匪人数之多。虽然他俩能够对付，但一下子面对这么多盗匪，也不得不提高警惕。他俩举起兵刃，做出了防守姿态。

奇怪的是，当盗匪们从林子里向他俩冲来的时候，一件异乎寻常的事情发生了。盗匪们一踏上小路，便一个个地倒了下去，脸上的表情是愤怒夹杂着困惑。

见此情形朱成皱起了眉头，她瞥见空中有几枚银针飞过。无疑有人在帮助他俩，用暗器放倒了他俩的敌人。

没过多久，只剩下四名盗匪尚未倒下，飞射的银针也突然停止了。显然这是他俩该加入战斗的信号。朱成向前一纵，重重地击中了一名盗匪的头，立时将他击晕。班超也加入了格斗，眨眼之间，只剩下领头的女子还没有倒下。她仍然在无用、愤怒地咆哮着，她手腕一转，一个飞轮破空而来。

朱成平静地举剑格挡，飞轮在班超的剑上弹了一下之后向领头的女子飞了回去。没等她自救，林中又射出了两枚银针。一枚打掉了飞轮，另一枚将她打倒在地。

一阵沉默之后，朱成收剑入鞘，转向树林的方向。她双手一抱拳，鞠躬，对出手相助之人表示感谢。矮树丛轻轻一动，一个与他俩年纪相仿的姑娘从阴影里走了出来。她或许比朱成高一两寸，而她的黑色眼睛，闪着金色的斑纹，像是有光亮在舞动。姑娘也冲朱成回了个礼，朱成回头瞟了一眼，见班超正直勾勾地盯着看。她用胳膊肘戳了一下他的肋骨，他于是也鞠了一躬。

朱成刚想张口做自我介绍，就被班超打断了。

"我叫班超。"他说。

"赵小龙。"姑娘回答。

朱成准备接话，突然惊恐地发现自己竟忘记了告诉班超以前给他的是一个假名字。"看来你很健谈啊，不用你介绍我吧？"她对班超随意地说，心中迫切地希望他能配合。

"这位是程佩。她是我惩奸除恶队的伙伴。"班超微笑着说。

朱成深深松了口气，暗暗告诫自己以后再也不能忘记自己的假名字。

与此同时，班超对小龙说："谢谢出手相助。"

"不客气。"小龙回应道，又点点头，没有再多说一句话，便融进了阴影中，消失了。

"她去哪儿了？"班超问道。

朱成翻了个白眼："离你越远越好。来吧，我们还有事要做。"

"什么意思？盗匪已经被打掉了。我们的任务不是已经完成了吗？"

"呃……"

"我可不喜欢你接下来想说的。"班超愁眉苦脸地说，"这片树林已经不在县令的地盘上了。"

"正是。"

"我可不会帮你把这么多人全部扛回陈柳去。"

"你以为我会把这些人都扛回城里去吗？你疯了吧？"

"可是我想……我一个人可干不了。"

"有时候我真觉得你是一个白痴。我们需要做的只不过是把这些盗匪全都绑起来，县令手下的人可以来把盗匪拖回陈柳去。到了城里，不就在县令的地盘上了吗？不是吗？"

"你刚才为什么不说？"

"这不刚准备说嘛。"

2 章

与此同时，小龙已经向陈柳进发了，她纵入半空展开轻功在树冠上飞快地行进。没多久，已经看见陈柳了，才跳回地面。

城市的熙熙攘攘声越来越近，小龙想起田灵信中的话。他们的新客栈坐落在小镇的东北角，离县令的府邸很近。小龙在繁忙的街道中穿行，审视着这座她母亲度过了童年的小城。临街的饭店和客栈用酒幡和灯笼将城中的大道装饰得喜气洋洋。空气中充满了乐声，商铺和小贩的叫卖声此起彼伏。

小龙悠悠地在街上择路而行，走得很慢，呼吸着各种香气，用心体会着周围的气氛。空中充斥着活力和欢笑声，空气都好像律动了起来。不久，她来到一幢四层楼的客栈门前，门上一块红色的匾额上写着"济南客栈"。她走了进去，留意到一楼跟田灵和金煌之前的一家客栈非常相似。如果布局是一样的话，小龙知道去哪儿找他俩。

她走向客栈最深处，弯下腰隔着一扇门细听。听见里面有两个熟悉的声音，不禁露出淡淡的笑意。然后她站直身子敲了两下门。

门一下子被打开了，一对中年夫妇站在了她的面前。他们惊讶地对视了一眼，很快咧开嘴笑了起来，毫不迟疑地一把将小龙拉进房里，直到桌子前。

"来这儿做什么？"金煌明显地带着愉悦问道。

田灵捶了金煌一下："不能来看看老朋友吗？非得查问动机吗？"

金煌佯怒地白了田灵一眼，然后对小龙说："你弟弟怎么样了？"

"他过得还好。"小龙答。一想到弟弟，她脸上就闪过一抹笑意。刘阳是小龙的结拜兄弟，并不是她的亲弟弟，小龙的亲弟弟五年前被杀害了。是在一名叛臣挑起的一连串匪夷所思的事件中遇害的，一起被杀的还有他们的父母。

"我们听说了刘阳继位之事，不过详细的情况知道得很少。"田灵说道，声音中充满谨慎。她和金煌紧紧地盯着小龙，像是要在她的眼中寻找出一点线索来。若是他们知道便不会问了，因为小龙从来没有这么让人猜不透过。好长一段时间，她什么都没说。

事实上，小龙已把一切在她的脑中过了一遍，回忆起夏天发生的每一桩事情。几个月前第一次认识刘阳的时候，他差点儿被几个盗匪杀了。怎么都想不到刘阳后来会成为自己的义弟；更猜不到刘阳竟然是当今皇上的二皇子，正是她发了誓要替全家报仇的仇人；也无法预见到自己竟然会接受了皇上当时下令处死父亲（青龙侯）以及白虎侯（朱甫），是别无选择的事实。皇上这么做只是要维系住他的江山而已。刘阳回到皇宫后，自己竟然帮助皇上击退了刺客。而在紧随其后发生的宫廷政变中，刘阳的哥哥死于企图篡权者的刀下，皇上因心疾突发也很快随着去了。

小龙终于把全部变故告诉了她的义父母——金煌和田灵。他俩微笑着，万分欣慰，为小龙能以国家的利益为重而放下自己的个人仇恨感到骄傲。

"为什么你又离开皇宫呢？"金煌问道，"听上去你有很多事情要做。"

"得离开一阵子。"小龙说，"登基后的三个月里，刘阳的武艺进步了不少，他的朋友马可兰也总是不离他左右。再说我想确认你俩是否已经稳妥地安置下来了。看来你们相当不错。"

田灵大声笑着，环顾着屋子，这里比老客栈还好。"刘阳给我们的珠宝比想象的还要值钱得多得多，我们请了最好的工匠重修了客栈。当然，和县令有关系，帮助很大。"

小龙扬了扬眉毛，听他们继续讲下去。

"记得曾经向你提起过我的朋友四强，对吗？他的父母亲和你母亲，还有我是好朋友。四强现在是陈柳的县令。"金煌大笑着说，"世事无常，不是吗？"金煌留意到了小龙的表情，笑了笑，"别以为我们是在利用关系。这个特权是我们自己用行动挣来的。两周之前，我们帮助县令收拾了我的老对头，吴兰义。"

"发生什么事了？"在金煌故事讲到一半停顿下来时，小龙问道。

没等金煌继续，田灵接着说了下去："到这儿不久，有一个自称是帮主的人要霸占这座小城。他绑架了四强，我们带着侍卫们去救四强。在半路上遇上了自己逃了出来的四强，一起折回去捉拿帮主和他的同党。

"然而，等我们赶到那儿的时候，帮主吴兰义和他的同党，已经被两个少年打倒了。"金煌说，"两个孩子把帮主打得够呛。"

小龙闻言眯起了眼睛："是不是跟我年纪一般大的一个男孩和一个女孩？"

"你是怎么知道的？"金煌问。

"来的路上遇上了他俩。"小龙说，"我跟他们说我姓赵，不是张。"

田灵理解地点点头："小心点总是没错的。要是刘阳的父亲还在世，逮捕处决你的文告也不可能这么快地从公文簿上抹掉。"

恰在这时，房门被打开了。"我们来告诉你们一声，那儿有……"朱成见到小龙，不禁话说半截停住了。

"嗨，"班超对着朱成耳语，"她是怎么比我们先到的？"

朱成长叹了一口气："我们得把二十几个贼人捆起来啊。我敢说她一定比我们早动身的。"然后她扭转身子面对房中的三个人，冲他们满不在乎地挥了挥手，没等邀请就自己进了屋，拖过一张凳子，坐了下来笑道，"不知道你们三人互相认识呢。刚才在树林里多亏了你相助。"

"出什么事儿了？"金煌问，显然是被搞糊涂了。

"我们不是要去逮捕山林里的马贼嘛。"朱成回答。接着她将整个遭遇一五一十地讲了一遍，特意修饰了其中的一些细节，令整个故事听上去变得不可思议地好笑。朱成绘声绘色地形容山贼们被殴打的狼狈相，充满了细节，连小龙都不禁被逗出了一丝微笑。她讲完后，只有小龙和她两人仍保持着一张正经的脸。

班超打着手势说道："我们应该去见县令了？"

"哦，也是。"朱成说，站起身冲到了门口，"还不赶紧呀。"

班超翻了翻白眼，一边向外走一边摇头，出门随手关上了门。

听见他们的脚步声渐渐远去，小龙将自己的佩剑放在桌上审视着。这把宝剑有一种特别的美感，它不是特别绚烂耀目，可无论怎么看都显得优雅非凡。墨绿色的磨砂皮做的剑鞘，而剑柄、护环和剑镖是用镂成龙形的纯银制成的。这是欧冶子为小龙特铸的，他是一位著名的铸剑师，多年前曾助刘阳的父亲夺回皇位。

　　小龙终于从剑上抬起眼帘："不知道班彪有个儿子。"

　　"你是怎么发现的？"金煌想知道。

　　"欧冶子先前告诉过我，他为四位义兄弟的后代特铸了四把剑。"小龙回道，"我这柄是青龙剑，刘阳现在拿了朱雀剑，欧冶子说一把白虎剑和一把玄武剑失落已久。"

　　没等小龙继续说下去，没有完全醒悟过来的田灵就插了进来："王莽刚被推翻后不久，大家还在宫里。你和朱甫的女儿朱成，还不到一岁；刘阳的大哥比你们大一岁。班彪怀有身孕的夫人突然失踪了，没有留下任何一句解释的话。班彪夫人带走了很少的东西，其中包括给未出生宝宝的一把剑。不久，你父亲和朱甫领了赏并前往各自的封地。我们也是那个时候走的，我们无法适应宫里的生活。而班彪则是一人留在宫里的，希望他自己的夫人终有一天会回来。"

　　"这样的话，班彪的小孩现在应该也有十六岁了？"小龙问。

　　"差不多。"金煌回答，接着他皱起了眉头，"欧冶子告诉你班彪他们生了一个男孩吗？"

　　"不是。"

　　"你怎么知道班彪他们生了个男孩？"金煌迷惑地问，"我们都不知道生的是个男孩还是女孩。"

　　"因为班彪的儿子刚刚就坐在这间屋子里。"小龙对他们说。

　　金煌和田灵眨着眼睛。

　　"我认出了他的剑。"小龙说，"欧冶子将四把特铸的剑称为'四护卫剑'，每一柄他都复制了一把。 班超极有可能是班彪的儿子。而一起的姑娘却没有说她的真名。姑娘应该是白虎侯朱甫的女儿。"

　　客栈掌柜夫妇金煌和田灵，震惊得跌坐在椅子里，不知道说什么好。小龙越想这事，越觉得整个环环相扣的故事像是老天跟他们开的玩笑似的。她的父亲和他的结义兄弟们曾经像一家人一样亲，却被叛臣策划的大血洗给生生地撕裂开来。自己跟刘阳纯属碰巧撞上的，她不久前还救了刘阳的父亲。虽说皇卜当时无可奈何，但他对她全家的不幸是负有重要责任的。此刻，命运又将另外两个孩子带到了小龙的面前。看来她在陈柳待的时间会比她原计划的要长。

金煌和田灵张罗客栈的事情去了，小龙决定出去走一走。她想去城外，需要仔细地想想这两名在地方上自己执法、除恶的年轻人会引来什么样的麻烦。小龙向西走去，很快过了陈柳城地界上的最后一幢房子，朝着附近的树林走去。

走进浓密的矮树林后一会儿，已经看不见身后的城市了。小龙环顾四周，没有发现任何人迹，像是独自一人穿越一片绿洲。她匆匆地穿过，没有心情流连在这自然的美景中。

她不久来到了一片约摸三丈方圆的空地上，背靠着树干坐了下来，剑抽出了一寸放在身边的地上，想静静地把这些问题细嚼一遍。

她从地上捡起几粒小石头，扔上了半空。先用自己的魔力让石头盘旋起来，然后让石头在身体右侧无规律地翻滚着。等这些上下翻滚和左右盘旋的石头在她的潜意识控制之下后，她开始思考先前的问题。

很显然两个年轻人彼此不知道对方的真实身份，倘若班超知道他自己父亲的遭遇，肯定会杀了这个姑娘。同样的道理，要是班超知道小龙的身份，他也会追杀小龙的。可以肯定，班超不知道内幕。还有他肯定不会相信她们两个女孩的父亲和班超父亲的死根本没有关系。小龙突然庆幸没有说出自己的真名，想着：虽然张是一个很普通的姓氏，但小龙这个名字不多，班超会不会把这两者联系到一起呢？

不管怎样，小龙现在必须接着使用这个假姓名，也许可以混些日子。尔后，她打算向程佩（或者说朱成）表明自己的真实身份。因为小龙已经放弃了复仇，而且非常希望冤冤相报的循环不要在他们这一辈人中重新开始。

眼下，刘阳和可兰只能在没有小龙帮助的情况下自己治理国家了。正当小龙站起身来时，一柄小刀从树丛间飞出直向她射来。

3^章

小龙抬起手，用食指和中指夹住了刀刃，然后将刀刃甩到了一边。过了小半炷香的工夫，再没有什么发生，小龙就这么站着，用她的耳朵倾听着动静。接着，一把匕首从三丈开外的地方破空而来，从她肩上疾飞而过，深深地没入了树干之中。

匕首飞过时，小龙见上面缠有一块布，没有急着赶过去拿，以防是一个陷阱。过了一盏茶的工夫依旧没有动静，小龙走向那棵插着匕首的树。她轻轻一动，把匕首从树木中拔了出来，取下了缠在刀柄上的布条子。

小龙展开布条子，读完后把它揉成一团，用气将布条点起燃烧。她咬着牙紧紧地握住从树木中拔出的匕首，她的内力几乎使它变了形。

条子上写着四个字：勿忘汝责。

仿佛神仙在提醒小龙，她将终生活在预言的阴影中。小龙想着神仙们的介入使得她失去的一切，越想越气愤。她最后抬起头望着天空大声喊道："你们还要从我这儿拿走什么？"

神仙没有搭理小龙。他们当然不会回应她。在神仙们的眼中，小龙仅仅是一名小卒，一个有点魔力的姑娘，然而又无法解释她是怎么得到或为什么会有魔力的。正因为如此，不管小龙自己愿不愿意，神仙们都示意小龙是他们的游侠。

小龙懂得神仙们要她尽快回到宫里去，保护刘阳不被任何东西伤着，哪怕一只小蚊子。但刚才她跟她义父母说的也是实情。刘阳离开她一阵子不会有事的。小龙决定这一次不让神仙们来控制自己的生活，打算好好地花些时间把像蜘蛛网般交织在一起的误会和不幸理清楚，而这些正是四护卫的孩子们分离的缘故。

叹了一口气，小龙随之向城里走去，却很快又掉转了方向，想先去看看先前助班超和朱成打败山贼的地方，也许他们还需要帮手。

快到的时候，小龙一眼瞥见一绿色衣角闪过，马上停了下来，猫腰慢慢地向前靠近。她很快发现被打倒的山贼们已经挣脱了捆绑，正四处散在树林中。

小龙考虑了一下，然后跃入空中轻轻地落在树冠上。蜻蜓点水般地从一棵树跃到另一棵树上，直到一棵有着悬盖的树上。站在有悬盖的树的树顶上能看见全部的山贼和小路的远处。

小龙一边等着，一边催动魔力捉弄山贼们。她扬起一只手，冲着藏身在路另一边的三个山贼送去一股轻风。阵风把附近地上的树丛吹得剧烈地抖动起来，吓得三个人一起跳了起来，猛砍抖动的树丛。等他们明白过来只是阵风时，便略带尴尬地继续放哨。

小龙正准备故技重施，听见车轮声从路另一头慢慢靠近。同时，山贼们也听见了，他们各个绷直了身子静候着。

车轮声越来越近，班超和朱成进入了视线。他俩身后，县令的六名手下每人护卫着一辆带木笼的囚车，是用来押解山贼回陈柳的。朱成觉察到有些不对劲，举起一只手叫停了车。她检查了一下泥地和树木，咒骂了一声。

"怎么了？"班超问。

"都逃脱了。"朱成回答。

"可能就在前面。"班超一边说一边向前又踏了一步。

在第一组山贼从树林中间悄悄地摸出来之际,朱成一把抓住班超的衣领将他拉了回来。

"你说得对。"班超吃惊地说。

"别跟我说你没想到。"朱成对他说,"我想知道的是他们是怎么挣脱的。"

当山贼的头领从林中踏出来时,朱成瞪着她,质问道:"是谁放了你们?"

"你怎么会想到是有人放了我们?"女头领一边问一边用手指抹着匕首的尖刃,"也可能是我们自己使劲儿挣脱了的呢。"

"别说笑话了。"朱成对她说,"你们没有一个动弹得了,我点了你们好几处穴道就是为了防止这一点。"

"你说对啦,我们有援手。"山贼女头领道,"是影侠放了我们,还叫我们藏着等你们来。"

小龙在树上听着如此无中生有的指控,不禁奇怪地眨了眨眼睛。她怎会帮助山贼们呢?一定是有人盗用这个名号行事,或是山贼在撒谎。

"这纯粹是假话。"一名押车侍卫指出,"影侠是专门收拾你们这号人的。我兄弟亲眼见过影侠的。"

山贼头领根本不理会年轻侍卫,继续对着朱成道:"我也听说影侠是山贼的对头,可是也教导我们受辱要报仇。"然后对她的手下说,"我不知道你们哦,我是有仇必报的。"山贼们发出了同意的吼声,嘲弄地笑了起来。

朱成明白这是山贼们想用言语刺激自己的阴谋,她摆出厌烦的表情，靠在她的剑上："你们的戏演完了，告诉我一声啊。"

"容我收拾了你，看你还能不能有这副不屑一顾的样子。"山贼头子说。

"我心情不好的时候，很少有什么事情能让我心平气和的。再说，想收拾我，你好像还没有这个本事。"朱成抽出剑来，回身对囚车侍卫们说，"背靠背围成一圈，我们把这事解决了。"

朱成踏前几步，班超大步迈到她的身侧。他俩一起轻蔑地看着山贼们，向他们挑衅。

山贼头领舔着嘴唇像是品尝着胜利果实似的，微笑着对手下一挥手："抓住他们。"顿时，杀人不眨眼的山贼们涌了上来，他们手中明晃晃的兵器在阳光下反射着光。看着山贼们一哄而上，朱成突然咧嘴一笑对班超说："我一定可以比你打倒更多的贼人。"班超还没来得及长叹一声，和向她翻一个白眼，她就已经冲到贼群中，左冲右突。每碰上一个对手当即快手点穴放倒一个。

朱成低头躲过一剑，又扭身偏向一边躲过另一剑，刺过来的剑离朱成只差毫发，险些砍下她的胳膊。朱成没受到丝毫影响。她跃上空中，一下子同时踢中两名对手的胸口，将他们踢得飞向路边。

一个比班超大一点的男孩子举双刀向班超劈来。班超轻轻地抖了两下他的剑，将男孩手中的两把刀挑得冲着树林飞了出去，分别扎进了两棵树中。

其间，小龙从树上跳了下来，轻轻地落在一群山贼的边上。他们正伺机对付朱成。见小龙来势必对他们不利，几个人掉转身散成一圈将小龙围住。他们脸上既愤怒又紧张的表情看上去挺滑稽的，小龙依旧尽量绷着一副严肃的面孔。

突然，小龙使出一招旋功，边转边将她的剑舞成一片。她使上了异常大的功力，停手时，山贼们的兵器已尽数被齐齐切断。当他们低头惊讶地看着自己的武器时，小龙完全可以趁机解决了他们，但她还是等山贼们再拔出小刀来才动手。她踏前一步，一脚踢掉面前一个人的匕首，又　掌击中他胸口，将他击得不省人事。

小龙随即双手张开，七枚银针同时射出，一下子收拾了围住她的贼人。当他们倒地的时候，刚才被踢飞的匕首也正好落了下来，小龙用两手指接住了匕首，顺势再将匕首向前一送，刀柄击中了一名贼人的后颈。男贼登时全身僵硬倒在地上。

此时，战斗已经基本接近了尾声，小龙向女头领走过去，用剑指着她："我正好认识真正的影侠。今天放了你的是个冒牌货，你最好不要以谣言惑众。"

小龙还没说完，女头领就挺剑向她疾冲了过来。小龙平静地格住一击，向左踏出。女贼从小龙的右边冲了过去，小龙反手一击，击中了她的脑后，她顿时晕了过去。女头领一倒地，侍卫们就都纷纷收起了剑，合力将山贼们很快都抛入了囚车。

当他们正忙着的时候，朱成向小龙走来，大声笑着说："看来你今天无处不在啊。"

"金煌和田灵都有事要忙，所以我出来走走。真碰巧了，又撞上了这伙贼人。"小龙解释。

"实在高兴你又撞上了我们。"班超边说边回身看着已经起程的囚车，"他们不等我们就走了。"

"他们什么？"朱成回身一看，还真是的，"真是没规矩。"

"你真是个好判官。"班超调侃地说。

出乎他的意料，朱成竟然笑了："这我可没法反驳。"

他们三个人转过身，跟着上囚车，朝陈柳走去。

"你说你认识影侠？"过了一会儿，朱成问。

"我曾在途中遇到过她。"小龙毫不犹豫地回答，接着，又加了一句，"是我从都城洛阳回来的路上。" 朱成和班超似乎接受了小龙的说法，点点头，并没有表露出过多的兴趣。这时，前头传来愤怒的喊叫声。很明显，有几名贼人醒了，正拼尽力气隔着笼子想掐死侍卫，可是够不着。

班超看着朱成，她无辜地冲他眨眨眼睛，问道："你指望我做些什么吗？"

班超长长叹了一口气，飞奔向前去帮侍卫制服反抗的贼人。

"金煌跟我说了你俩是怎么打帮主的。"小龙说道，"你两人合作很久了吗？"

"我们两周前才遇上的，是我们闯进帮主老巢的当天。唉，我在一条小巷子里自顾自地走着呢，突然……"

班超肯定是在留意听她们的对话，他突然停下手上捆绑山贼的事情，冲她们喊道："需要跟你讲多少遍才行？我压根儿没打算袭击你。"

"这故事我想怎么讲就怎么讲，继续做你的事吧。"朱成对班超说，"接着前面讲的，班超不知道从哪儿冒出来偷袭我。等我踢得他老实了，他才跟我说要去收拾帮主的计划，于是我饶了他的小命，给他自由，不过条件是让我跟他一起去。"

"只有一部分自由好吧。"班超小声地嘟囔着。

当日下午，正在自己房中的小龙听见一阵急促的拍窗声。她立刻辨出这熟悉的声音，打开一点窗子刚好能让一只送信的老鹰进屋。老鹰在小龙的桌上轻轻地扇着翅膀，用嘴清理着羽毛。一大早它就出去猎食了，看着它心满意足的样子，小龙猜它饱餐了一顿。此刻，小龙有任务要交给老鹰。她已经写好了一张条子，卷好放进小管中。然后把小管子绑在老鹰的右腿上，又再次打开窗子。

老鹰的脑袋上下点了几下，像是在告诉小龙她的信一定会送到似的，然后就冲出了敞开的窗户，直飞上了云端。

4^章

御书房是一座恢宏的大殿，殿顶有两丈多高，高耸入云，殿中间排列着有如大树一般、两个人手拉手都没法环抱的立柱。通往御书房的一对门是红色的，几乎直通殿顶。门虽然巨大，但开启时却非常容易，只要没有上锁，轻轻一推便能打开。

这会儿殿门紧锁着，无数盏灯笼高悬在房梁上，投射下来的光亮，将房中照得如白昼般通明。御书房主殿内没有太多的家具，靠墙摆放着数列书架，两旁有几张椅子。书房里侧，当然还有一张气势宏伟的大书案，书案后面有几个上了锁的柜子，里面收藏着皇上最值钱的宝物。这些柜子、大书案和立柱，还有整间屋子，都被漆成镶了绿边的赭红色。

总体来说，御书房很有气势，任何人进来都会觉得有点害怕。可以想象御书房的主人，如同房间的环境所暗示的一样，贵不可言，霸气十足。

刘阳从一大沓奏折后面探出头来扫视了一圈御书房，看看还有没有留下的宫人。确定房里没人之后，他一头垂在书案上，心满意足地舒了一大口气。

太阳下山好一会儿了，可今天的奏章才批了一小部分。为什么百官们这么事无巨细呢？刘阳很困倦，想着明天再阅剩下的文书和奏章，可经验证明这是行不通的。

做了皇帝不到两周已经犯过这样的错误，起初文书源源不断地呈上来。刘阳以为下朝之后自己会有足够的时间轻松地批阅完文书。他当然无法预见到每天竟有洪水般的觐见者，使他整天没有时间有效率地完成任何事情。

到了晚上，面对的又是一摞新奏折，再加上前一天没看完的。刚开始的前几天，天天累得刘阳在书案上睡着，尔后是小龙和可兰彻夜未眠将上奏的文书分类归纳，把日常奏报和重要的呈请各理成一叠整整齐齐地分开。第二日一早刘阳就可以轻而易举地在重要的奏折上盖上他的玉玺。刘阳为此觉得非常惭愧，从上周始，他就向自己保证必须每天阅完文书再睡觉，一定不偷懒了。

如今面对堆积如山的文书，刘阳真有点后悔发了这个誓。小龙是前几天离开的，眼下只有自己和可兰两人批阅每天的奏章。尽管他俩没日没夜地工作，但奏章却有增无减。再者，他俩经常各抒己见，争执不休，许多奏章只好临时放一边稍后再议。此刻，刘阳是多么想念小龙，尤其在可兰异常固执的时候。小龙会帮着平息争执，她思考问题全面，做事比较不偏不倚。

刘阳登基后不久，可兰很快对刘阳的新头衔没了新鲜感，重新回到了口无遮拦的讨厌个性。固然在众目睽睽下，可兰还懂得装装样子。身为皇上的最高谋臣，她依旧谨守礼数。而按他俩之前的约定，可兰不必向刘阳下跪。当他俩独自在一起的时候，可兰的真实脾性便暴露无遗。

在大多数官员们的模棱两可和半真半假的言行中，可兰的诚实和率真如一缕直射的阳光，然而有时候刘阳还是希望可兰能稍微委婉一点地表达她的意见。

"又打瞌睡了？"

刘阳吓了一跳，猛地挺直了身子，瞧见可兰靠在桌子的另一头。他揉揉眼睛，眨了几下："什么时候进来的？"

"刚刚。侍卫首领知道我能自由进出，无需通报的。"可兰道，接着皱起了眉头，"你的气色看上去太糟糕了。"

"嗤，多谢你哦。"

"真的。去睡会儿。剩下的文书我来处理。"

"没事。"刘阳抗议道，"真的，不是太累。"他故意打了一个长长的哈欠来掩饰他的疲倦。

"嗯，你今天的工作到此为止。别让我揍你到听话。"

"大胆，你敢。"刘阳迷迷糊糊地说。

"别以为犯上的事，我不敢做了。当真以为我这么容易被唬住的话，太不了解我啦。"可兰将刘阳拉起来，一路拖到附设的寝室门口。刘阳的寝宫其实离御书房很远，刘阳觉得能在这儿直接滚上床，比走过大半个皇宫方便得多。

"你确定吗？"刘阳问。

"当然。你还不去睡的话，明天早朝时从龙椅上摔下来，定然很出丑，嗯？"

刘阳跌跌撞撞地爬上床，钻进了被子："谢谢。这回我欠你，可兰。"他话还没说完已迷迷糊糊地睡了过去。

可兰带着一抹笑，关上了门，重新回到了书案前。想着刘阳刚才说的话，她笑了。他总是记不得我，可兰，如今的使命，是尽全力辅佐他。

刘阳视可兰为他的忠实朋友，始终平等相待。现今他是皇帝了，一个世人眼中的天子。他可随意处死任何人，哪怕因一件微不足道的小事。但可兰不打算收敛自己的个性，或表达得含蓄些。她帮助刘阳并不是出于职责，只是因为他是自己最好的朋友。假若有一天，刘阳不再接受她的直言不讳，可兰也许会远走高飞。到目前为止，刘阳好像还没有变成昏君的危险，也并没有让权力改变他自己，这实在是件令人欣慰的事。

两个时辰后，埋首于奏折的可兰听到爪子的叩击声，抬头见一只鹰正栖坐在横梁上。鹰是通过御书房北面的一扇小门进来的，它在横梁上向下看着可兰，像是在请求降落。

用鹰做信使和给鹰在御书房开个特殊的通道都是可兰的主意。宫里以前是用信鸽送信的，可是它们经常在执行任务的过程中消失，谁都无法保证信能真正送到。

自从负责训练皇家猎鹰起，可兰毫无偏见地建议采用鹰做信使，终究使得刘阳恩准了她的提议。

可兰抬头看着鹰，立刻认出这是小龙离开时自己交给她的。显然，小龙有消息传来。可兰吹了几声尖锐的口哨，声音在空荡荡的屋子里回响着，鹰冲着桌子飞了下来。她从鹰腿上取下了字条，鹰忠诚地飞上书桌旁的支架。

字条确实是小龙发来的，内容跟她面对面说话一样简练。她的字迹整洁，工整地从右到左从上到下地写着：

意外情况。需要停留久些并调查。匈奴方面可有消息？

字条上没有签名，绢布的底部龙飞凤舞地画着一条蜿蜒的小龙。可兰见此笑了，知道其中有两层含义，小龙的父亲是青龙侯，而她的名字又叫作小龙。

可兰紧接着叹了口气，可见刘阳不是唯一希望小龙早点回来的人。刘阳在治国平天下方面受到过很好的教育和训练，而且可兰的父亲是一名出色的大臣和一位所向披靡的大将军，但小龙却有一种独特的智慧能够轻易地指出问题的核心。

眼下，他们最大的问题正是小龙所提到的：匈奴。匈奴是由两个部族构成的，北匈奴和南匈奴，两个部族均生活在中原以北的广阔地带。近来匈奴对中原变得越来越不友好。自从耿蜀推行了他的糟糕外交政策后，南匈奴变得异常凶狠狂妄。耿蜀，一个失败的宫廷政变者，害了皇帝和太子以及可兰的家人，使得刘阳成了皇帝，而可兰成了孤儿。

一想起耿蜀这个人，可兰便握紧了拳头，她深深地吸了口气，使自己平静下来。可兰没有时间去缅怀过去，她拿起一片绢帕和一支毛笔，飞快地写了一封回书：

　　长城传来的战报说南匈奴极有可能派出先头部队来探察我们的军防。你何时回京城？

可兰微笑着，学着小龙的样子，画了一枝代表她名字的玉兰作为签名。做完这一切，她拍了拍鹰的脑袋送走了它。

5^章

半夜，朱成偷偷地溜出了客栈，身上裹了一件遮住脸的披风。以一种特别设计的步态在城里穿行，貌似轻松悠闲，实际上她却在以极快的速度穿越街道。

披风下面，穿了一身土里滚过的破旧衣裳，显然朱成准备去城里声名狼藉的区域走走。朱成假扮成一个穷人，然而她的打扮使人一眼就能看穿。尽管在过去两周里，朱成觉得这身打扮挺管用，可是整个逻辑异常牵强。

与班超一起四处猎捕土匪也不错，可是不知道为什么总比不上自己的老把戏来得过瘾。朱成跟着班超整整一周只用他的方法，很快发现自己非得体验一下自己的老把戏不可。她必须身体力行地把小偷、盗贼和赌徒非法得来的钱再拿回来。只有一种差点儿被人发现，或成功地骗到了其他非法行家的刺激感，才能抚慰一下她心中因为父母被杀所留下的创伤。

朱成将这些思绪放到一边，继续向前走着。她还有更具体的事情要想，不能有太多的心事，她得决定到底用哪一副灌铅的骰子才能赢得大赌注。

她计划今晚去血洗城里最大的一家地下赌场。朱成的这身行头是为今天的行动设计的。一里一外两套着装截然不同，脱下披风她能轻易地摆脱追查。朱成一边走着，一边想象着如何用骗术把盗贼和赌徒捉弄得吱哇乱叫的情景，不禁笑了出来。

她突然瞧见对街有个人影一闪，几乎停下了脚步，像是小龙。然而，朱成觉得有些困惑，此人跟小龙的身高体形都一样，但直觉告诉她这个在暗影里偷偷来去的人并不是她刚认识的朋友。

出于好奇，朱成放弃了自己原来的计划，打算改天晚上再去地下赌场。这样想着，朱成等着对街人影转过街角才小心翼翼地跟了上去，尽量不在卵石路面上发出足音。等她到了巷尾，好不容易有个机会偷看一眼，前面的人影却转过另一个远距离的街角不见了。这一次，朱成略略加快了脚步，可是又一次，只看到人影的衣袍擦墙而过。

继续跟踪了好一阵子后，朱成放弃了，转头回客栈。因为此人除了在城里兜圈子之外什么也没有做。朱成瞥见一眼她的脸。似乎是个姑娘，长得很像小龙。可是她身上有什么地方不对劲，好像带着一股子邪气，与小龙的行为差之甚远。这个不停地转着圈子的神秘人物极大地激发了朱成的好奇心，令她想起绕着猎物兜圈子的猎人。

朱成完全可以把这事告诉大家，听听朋友的意见，可是她早已打定主意不想让别人知道她夜间的行侠仗义。她现时采用的方法算不上光彩。在江湖上，随意施毒总是叫人看不起的，朱成不乐意让她仅有的朋友知道自己精通施毒。

一会儿，她回到了客栈，恰好在太阳升起来的时候绕到了屋后。正当朱成准备拨开她睡房后窗的闩子爬进去时，听到另一房间的窗子开了。她赶快蹑手蹑脚躲到屋角，偷偷地四下察看，正好看到一只腿上绑着信筒的猎鹰落在小龙伸出的胳膊上。

朱成硬生生地将一声惊叫吞了下去，直到一扇雕工精致的丝面木框窗子关上之后，才一点点地缓慢向前挪。突然，一枚暗器从窗里飞了出来，打在十步之外对面饭店的墙上，然后又重新朝朱成的方向飞来。

一枚银针深深地打入了离她的脑袋不过毫发之差的墙上，朱成松了一口气，然后一点一点地移去。猜想这只是一个警告，但愿这身装扮掩蔽了自己的身份。

朱成爬进了自己的睡房，重新闩上窗子，想着小龙究竟是个什么人物。由于日夜不辍的勤练，朱成的武功已经是出类拔萃的。她可以放倒几乎所有她遇见的对手，哪怕是有些修习了一辈子功夫的高手。

可是小龙的功夫却要比自己高出好多。刚才一枚银针飞来的时候，即使有时间反应，也根本没办法打掉它。小龙居然还有一只猎鹰，朱成认出了它的品种和身上皇家的印记。

朱成的父母曾经也有过一只这样的鹰，是皇上赐给他们的。想到这里，朱成叹了一口气，坐了下来。在她童年时，皇上曾经赐给他们家很多东西。有皇家马厩的骏马，还有从各地进贡来的各种有意思的玩意儿。因为母亲是个出色的园艺师，皇上还送来从各地搜罗来的珍奇植物。父亲对各种事物感兴趣，皇上又送来了各种外文翻译的书籍。

但是五年前，皇帝却送来了一道死刑诏书。

朱成摇摇头，赶走这些回忆，专注于眼前。她记得小龙提过刚刚从都城回来，也许小龙认识某个宫中人。想到这个，疯狂的复仇念头又开始冒了出来，朱成使劲将它压了下去。想进宫刺杀皇帝，似乎像登上月亮一样不可能。

曾几何时，她幻想着溜进宫里实施复仇。虽然她心中的创伤似乎只有复仇才能抚平，可现实却使她认识到，也许永远都不可能有机会为父母报仇。朱成把这些思绪统统抛到一边，重重地倒在床上睡上几个时辰。

6 ^章

　　隔日上午，他们在金煌的客栈里一起用早餐时，县令周四强带着手下前来拜访。怎么看他都是一个普通人，中等身材，黑发黑目看不出有什么特别。然而，他有着强烈的使命感，不是因为他的傲慢或者强势，而是因为他自身散发出来的个性和明显的纯良。

　　四强让手下留在门口，自己走进客栈热情地与众人打招呼。他走到小龙面前的时候，笑着说："你一定是小龙了。金煌和田灵跟我讲了好多关于你的事。真高兴终于见到你了，但有人比我更想见你。"

　　他的话音刚落，一个十岁左右的男孩从侍卫丛中跑了出来，向小龙这边直冲过来。

　　当看到山儿，一个小马夫，来到桌边时，小龙不禁展开了笑颜。见此情形，金煌和田灵二人都傻了。连班超和朱成也很惊奇，看着小龙的表情如此舒展。虽然他俩认识小龙只有几天，但知道她是个严肃和内敛的人。

　　山儿完全无视这些，给了小龙一个大大的拥抱。山儿身后跟着一个身材魁梧的男子，在县令身侧停了下来。"小龙，这是如意师父，他在教我学做侠客，像你一样。师父，这是小龙。她就是我跟你说过的大侠。"山儿介绍说。

　　他师父的脸上登时露出惊奇的神色，因为山儿告诉过师父，小龙是如何一个人拿下了一整队士兵的。如意很快恢复了神色，双手抱拳，向小龙行平辈礼。小龙也回了礼，向他恭敬鞠躬。

山儿和如意没有逗留，他们还有好多功课要做，但山儿央求小龙答应在走之前一定要去看他。过了不多一会儿，县令也告辞了。客栈掌柜夫妇也匆匆去忙店里的事了，这样就剩下三个少年了。

朱成拿胳膊肘捅了捅班超，问："还有强盗抓吗？"

"眼下这会儿没有，可……"班超刚想接着说。

"太好啦。"朱成打断了他，眼中满是淘气，"我倒有一个主意。"

"如果你的主意里包括笛子、吹管或者诸如此类的东西的话，我就不去了。"班超坚定地宣布。

朱成冲他眨眨眼："什么？"

"昨天你还在说……"班超吞下了后半句话，叹了一口气，"好吧，没关系啦。"

"我们去替四强做些查访吧。"朱成建议。

"什么样的查访？"班超小心翼翼地问。

"除掉坏人的。"朱成对他说。

小龙默默地同意了他俩的计划，以后的几天，她跟着朱成和班超去执行他们的使命，不管是帮助县令将贼人捉拿归案，还是其他更加神秘的任务。

数天之后，他们三人正穿过一处熙熙攘攘的集市，见一群人正在争执关于影侠的事。对阵双方大声地各抒己见。三人刻意地慢下了脚步边走边听着对话，想弄清楚究竟是怎么一回事。

"我跟你说，"一位老人道，"影侠是保护我们老百姓的。"

"你解释解释为什么影侠会在一条后巷里头袭击我表弟，差不多要了他半条命。"有一名妇人回应道。

"你表弟肯定搞错了。"一名路人评道，"影侠从一群恶贼手里救了我儿子。恶贼差点儿把他砍了，幸亏影侠及时出现。"

"不对，你才搞错了。"一名身缠绷带脸肿得跟猪头似的年轻人说，"攻击我的人跟我说，她就是影侠。你以为随便哪个姑娘都能把我打成这样？肯定是影侠。我都没看见她是怎么出现的。"

"你要是再这么说，"对面街上有一个姑娘叫道，"我倒要让你瞧瞧是不是随便哪个姑娘都能把你打成这副模样。"

"你竟敢恐吓我表弟。"先前一个妇人回敬道。

这话又引来更多人开始新一轮的互相叫骂指责，其中一些人纯粹是在起哄，瞎叫嚷。

"这样会出乱子的。"班超有点担心地说。

"呃？"朱成问，"我听不见你说话。"

"他们这样会闹出暴乱的。"班超大声叫道。

"别在我耳边大叫！"朱成回应。

班超瞪着她："你刚才……"

"这会儿没时间听你讲笑话。"朱成对他说，"他们这样会搞出暴乱的。"

小龙拍了拍他们两人的肩，指着两个正挥拳相向的男子："已经开始了。"

班超想冲上前去拉架，朱成把他拉了回来："我有个更好的主意。"然后她飞奔到了对面街上，抬起一筐蔬菜冲进了一条小巷。

"她不会乱来吧，是吗？"班超问。

随即，番茄和白菜叶子像漫天大雨般从天而降，将两个正掐得你死我活的男人浇了个当头当脑。边上的人立刻四下逃了开去。

小龙和班超避到一个小摊底下以免被殃及。小龙评道："她当然会啦！"

"我的白菜！"蔬菜摊的小贩大叫了起来，他这会儿才突然醒悟过来绿色纤蔓是打哪儿来的。

过了一会儿，无趣的人群散了，街道上铺了一地厚厚的白菜叶。它来得快，去得也快，朱成从刚才消失的小巷里走了出来："看，这样解决是不是更好？"

"你怎么着也得带上我们吧。"班超抱怨。

朱成咧嘴一笑，好像什么事都不曾发生似的继续往前走去。小龙和班超跟在后面，看她高兴的样子，小龙不禁露出了微笑。三人继续往前走着，小龙想起刚才镇民们说的话，不禁皱起了眉头，心想不知是谁竟然敢用她的名号欺压百姓。

当晚，小龙无法入睡，决定重振影侠的威名。因为平时只穿黑衣，此时无需更换衣服，她直接跳出了卧室窗户。待离开了客栈一段距离之后，小龙蒙上了面罩，潜行暗查。心想，也许能撞上被镇民误以为是影侠的家伙。

过了几天，他们三人在县衙帮县令一起受理公开投诉。这天，任何镇民都可以前来向县令讲述自己的问题，县令会尽力帮助解决。一开始，尽是些张家长李家短的琐事，三人开始后悔上这儿来了。

快到中午时，一小群农夫突然闯进了宽敞的公堂，疯了似的挥舞着胳膊，大声喊叫着"冤屈"。侍卫们好不容易把他们安抚下来，一名农妇走上前来对县令说："求你了，大人，你一定得帮我们。我们住在陈柳城外的一个村子里。我们跟北面一个村子的人素无往来，可是今天一大早，我们去地里收割的时候，他们拿着斧头镰刀抢走了我们的粮食。我们人少啊，抢不过他们。可他们如果下回再来这么抢粮食，我们怎么办呢？迟早会饿死的！请大人一定帮我们主持公道。"

县令大吃了一惊，无论多么关心和担心，他能做的都是很有限的。犯事的村子已经不在他的辖区里了，县令没有权力派兵去对付手执利器的管辖区外的村民。任何一个他的人或这里的村民，在邻县的地盘上受了伤，都会是一件棘手的事。

县令思索着，无可奈何地摇摇头："真的太抱歉了，我的朋友们，我没有办法派兵去帮助你们。我可以派信使去邻县，恳请他们的县令出面摆平他们的村民，这是我能做到的全部了。真的没有办法给你们更多的帮助，非常对不起。"

村民们低头看着自己走烂的鞋子，活力和生机仿佛活生生地从身体里被抽走了。他们沉默了好一会儿，说话的农妇又鞠了一个躬，说："我们明白了，大人，多谢您尽力而为。"

村民们转身走了。小龙走上前去说："四强，我去帮他们。"

"我们也去。"班超说。朱成拍了一下他的后脑勺。"噢，干什么嘛！"

"我自己会发表意见，多谢你。"朱成对他说完，又转身冲着县令说，"我也去。"

四强斟酌了一下，点了点头，谢过了他们三人。小龙赶上前去向村民们了解更详细的情况，他两人也跟了上去。

班超还在摸着他的后脑勺，一边小声地抱怨："你本来就准备去的，何必这么多事嘛！为啥还要打我？"

朱成耸耸肩："觉得你活该啊。"

"完全没有道理嘛。"班超说。

"对的事，不需要有道理啊。"朱成对他说。

"这完全没有……"班超话没说完，觉得没有必要与不讲逻辑的人理论，因为他们根本不知道有逻辑这回事。

7^章

第二天一大早，三人从客栈出发，向陈柳的西城门走去。

在朱成的坚持下，他们穿上了农民的衣服，又套上披风。从城门楼子穿过，与守城的士兵们打了招呼后，继续向城外走去。

很快，身后陈柳的城墙已经远远地看不见了，太阳从山坡后升了起来，路两边的野草地也渐渐变成了耕地。晨露在朝阳的照耀下闪闪发光，空气里能闻到秋天的味道。田野里满是成熟待收割的庄稼，天空中布满了野鸟儿，尽情地下来啄食。

沿着这条土路没走多久他们就到了一座小村庄口，村里的茅草屋似乎摇摇晃晃的都不太稳。大约有二十位村民已经集结在路边等着他们，手上扛着收割农具准备用来自卫。

村里的首领，昨天跟四强呈情的农妇，上前来与小龙他们一起讨论计划。最终决定还是让大部分村民去收割自己种的庄稼。与此同时，派几个人在田间巡逻，重点看着那几片前一天被掠夺过的田地，有人靠近立即示警。

小龙他们三人身着朱成设计的农装，看上去还真跟农民差不多。只是他们配有兵器，然而这个问题很容易解决，只要将剑藏在衣服底下就行了。至少从远处看，跟农民没什么两样。

临近正午，一名放哨的农民飞快地穿越田地而来，慌忙地压倒了不少庄稼。他连跑带跳地停在首领面前，弯下身子试图平匀呼吸：
"他们……他们又来了。"他终于把话挤了出来。

首领指派了一名村民照顾报信男子休息。然后，剩下的人朝报信人来的方向迅速跑去。他们很快赶到了庄稼地的边缘，望着滚滚而来的尘土越来越近。

没过多久，六十多名长相粗野的男女浩浩荡荡地出现了。虽然他们也都衣衫褴褛，但手上的农具都磨得锃亮，完全做好了随时割粮或者杀人的准备。

很明显农民们无法和这群看上去很厉害的男女们搏斗，因为他们根本赢不了。而现在有了小龙他们，情况就大不一样了。

但首先，村大姐想搞明白他们为什么来掠夺庄稼。她上前一步，对着掠夺者说："为什么你们又来掠夺我们的庄稼？昨天已经给过你们粮食了，如果再多给你们，我们今年冬天会挨饿的。"

"我们管不了这么多。"一名留着卷曲胡子的高个男子答道，"交出今天的收成。你们的选择是：冬天饿死或今天流血战死。你们自己选吧。"

"为什么要这么做呢？"村大姐质问，"你们自己没种庄稼吗？"

高个子男人苦笑了一下："我们当然有自己的收成，可我们的地主把粮食都收缴了，运回到他的城堡里去了，令我们向他买回自己种的粮食。可我们什么都没有，拿什么去买呢？"

"为什么不去控告你们地主的劣迹，反而抢夺我们的粮食呢？难道要饿死我们吗？"村大姐问，"这样做不是跟你们地主一样黑了良心吗？"

"也许吧。"高个子男人说，"我们也不能让自己家里人饿死。

可我们没有能力去攻打地主的城堡，就像你们没办法打过我们一样，最好乖乖地把粮食交出来。"

眼见事态要升级到没法回转的境地，小龙走上前去："假如我们可以打开城堡让你们把粮食拿回来呢？你们能不动我们的吗？"

"不可能。"高个子男人咆哮道。

"先回答问题。"班超对他说。

"当然，可我说了，这事儿不可能。"高个子男人坚持着。

"给我们五天时间。"朱成说，"反正我们不会跑。如果到时不能从城堡拿回你们的粮食，就没人阻止你们来抢我们的粮食呀。"

高个子男人斟酌了一会儿，点点头："给你们五天。五天一到，我们会回来的。走！"

看着外村人走了，村民们高兴地欢呼了起来。

"真不敢相信，这一招竟然奏效了。"班超说。

"对啊，"朱成附和道，"我开五天，还以为他们不会同意呢。我真想把他脸上的贼笑抹掉。"

虽然村民都在庆祝，村大姐却高兴不起来。她将小龙拉到一边，避开兴奋的叫嚷声，以便对话。

"我不能让你们为我们去冒险，太危险了。对付这帮人已经够麻烦了，他们毕竟只是未经训练的农民。地主可是养着职业的护院壮丁。你们没可能活着回来的。"村大姐说。

"多谢你替我们着想，我们既然答应帮助你们，就会把事情管到底的。"小龙答道，"不用担心我们的安全。"小龙冲村大姐点点头，然后朝成和班超走去，"知道城堡在哪儿吗？"

"不知道，不过我认识一些人准能搞到信息，甚至更多的详情。"朱成满怀信心地对小龙和班超说。

班超横扫了朱成几眼："又要去城里脏乱差的地方了吧？"

"别犯傻了。"朱成说。班超如释重负，一口气还没出完，她又继续说："到时候，你可能更希望我们去那儿呢。"朱成神秘兮兮的。

"才不信呢。"班超大笑着说。

几个时辰后，他们三人站在一处废弃的旧井旁，班超往下瞅瞅，一片漆黑，不禁倒抽一口冷气："没有其他地方能搞到需要的信息吗？"

"切记，进城后话全由我来说，你会没事的。"朱成胸有成竹地说。她跃上旧井栏，幸好班超一把抓住了朱成的胳膊，要不然她就掉下了旧井。

"你确信'你城里的朋友'会帮我们吗？怎么知道他们不会一刀割了我们的喉咙呢？"班超继续问。

"他们都是有头有脸的人，好吗？"朱成安慰他说。

可班超并没有被朱成说服："有头有脸的人怎么住在地下呢？"

"别在他们面前这么说。"朱成道，接着笑了笑，"这么说，想必他们会真的割了你的喉咙。"

班超没有理会朱成的最后一句话，继续问道："你能保证他们肯定不攻击我们吗？"

"他们当然会攻击我们了！你以为我们三个是去拜访和尚吗？"话音未落，朱成已跳下了废弃的旧井。

"总有一天她会把我们都整死的。"班超喃喃道。

小龙同情地冲他微微笑了笑，随即在朱成的身后也窜下了井。小龙一边下落，一边减缓降势，然后无声无息地着了地。她向旁边挪了几步，给班超留出位置落地。

到了井底，小龙瞬间意识到，下面不是完全一片漆黑。她的右边，拐角后面有灯光透出来。此时，朱成把手放在小龙的肩上，冲着她耳语："班超下来的时候，确保他不发出声音。然后你俩来灯光边会我。"

小龙点点头，随即意识到朱成根本看不见自己，发出一点微声表示同意。片刻她两听见身旁有细微的挣扎声，班超也着地了。小龙出手点了他肩上的穴位，使他既动弹不了也发不出声。小龙传达了朱成的口信，接着解了他的穴。

他们三人顺着出乎意料的平整的地面向前走，没过多久，一起猫在一处拐角，探出头来瞧见隔壁的一间屋子里有人。这屋子看上去应该是一间大饭厅，屋子中间有一张长长的零散木料搭起来的大桌子。桌子的周围，横七竖八地坐着二十几个看起来像是典型的杀人不眨眼的歹徒和盗匪的人。有些是体格魁梧、肌肉发达的高个子；有些是身形瘦削的男女，似乎非常敏捷并且很有力量；还有几个全身挂着各种式样、大小不一的兵器。

他们眼中有着一种邪恶的闪光，目光始终在搜索下一个潜在的犯罪对象。他们大口大口地吞咽着酒，酒碗时而重重地砸在桌子上，并以拳随意碰击所及之物。几个人同时抢着说话，大声地吹嘘着自己的本事和抢劫业绩。

只有一个坐在桌子上位的人保持着沉默，懒洋洋地半躺在椅子里，依旧使人感受到一种权威。他的姿态和审视的表情，清楚地表明了他是屋里的老大。

朱成突然站起身，完全没有给同伴一点暗示就直接闯进了有灯光的屋子。

8^章

小龙相信朱成知道在做什么，她也站起身来，向身后挥挥手叫班超也跟着做。虽然不是很情愿，班超还是照着做了，始终把手放在剑柄上，小心地留意着任何麻烦的征兆。

班超一直保持着警惕，而小龙却一副满不在乎的样子，朱成显得很轻松，根本不在意二十多个杀手正闹腾腾的离他们不过丈许之遥。

起初，这帮歹徒压根儿没有注意到他们三人的出现。头领偶然瞥见了他们，眼中闪过一丝惊讶，转而显得非常恼怒。可头领并没有立即搭理小龙他们，想看看手下人何时发现入侵者。再者，不想叫别人瞧见他失态地大叫。

片刻之后，靠近门口的一名男子手中的酒碗突然摔落。他任由酒液淌满衣裳，跳起身来，在喧哗声中大叫起来："有人入侵！"报警声并没有马上引起回应。直到他大叫了好几遍，其他歹徒才注意到，看着小龙他们三人，立时抽出兵器。

头领这时候懒洋洋地站起身来，仿佛对小龙他们三人不屑一顾："怎么进来的？"

"你好啊，季柏。能跟你认识一下也真不错啊。"朱成说。

"别跟我耍花样，"头领说，"你会后悔的。"

"恐怕我还真不知道怎么后悔呢。我们是很讲道理的。回答了我的问题，一定告诉你我们是怎么进来的。听说你有城里一半以上建筑的地图，是吗？"

"没错。"

"好啊，海腾还真没让我瞎跑一趟。"朱成咧嘴笑着说。

但季柏没有笑。他反而严厉地皱起了眉头："是那个笨蛋告诉你怎么进来的？"

朱成点点头确认："别太怪罪海腾了。他告诉我的时候……也没少吃苦头……你懂的。"

季柏瞪着朱成，很快压住了怒火："好吧，你想知道什么？"

"从这儿往东的地方有一座城寨，寨主抢了地界上所有的粮食，自己藏了起来。我要城寨的地形图、布防的人数，还有粮食藏在哪儿了。"朱成一股脑儿说着，紧接着她示意季柏容她把余下的话说完，"先别漫天要价使你自己难堪，我知道你这里有个比武打擂的规矩。"

季柏眨着眼睛以此掩饰自己的诧异，仿佛很想否认。

还没等他开口，朱成又笑着说："相信你一定不会跟我们撒谎的。我可没听说这规矩在你这里已经不时兴了。"

听朱成如此一说，季柏的手下都鼓噪起来了。大凡有组织的犯罪团伙对自己的名誉都很看重。似乎做贼也想做得有点尊严，得遵循某些规则，尽管不是十分完善。公开的打擂规则，一旦说出了口，是不可以随意收回的。

季柏别无选择，只好承认擂台规则还在："可以肯定，你会后悔现在提打擂这事儿。"

"说真的，你的脑子不好使？"朱成摇摇头，翻了个白眼问道，"我确实没指望你有多聪明，但是你的反应实在也太慢了，跟上一点好不好？不是早说了嘛，我还真不知道怎么去后悔呢，还记得不？"

季柏强压着他的恼怒，想把打擂一事快速了结了。他假装没有听见朱成的评论，挥手示意他手下的人将餐桌和长凳挪到一边。房子中间清空后，季柏向前走了几步："规矩很简单。你们每个人都上来跟我的人打一场。"然后他有意戏剧化地停了停。

"想必还有其他条件吧。"朱成说，"我们不是来看戏的，把你故意做戏的东西都省了吧。"

"你还真是招人讨厌。"季柏道。

"多谢。"朱成欢快地对他说，"苦练出来的一项本事。容我听到你的真实意见以便我改进！"

季柏终于明白了最好的策略是完全不去理朱成："每个回合一炷香的时间，在此之前你不可以踏出圈子。"他指着地上画着的有一丈半许直径的圈子说，"你只能守不可攻，也不可以伤及对手。如果你准备好了，我们可以开始。"

朱成轻推了一下班超上前："你先上。"

"为什么是我？"他抗议道。

"我最后一个上。"朱成说，"假如小龙先上的话，季柏会选功夫最好的人来对付你。"

班超瞪着她："什么意思呢？"

"没什么。"朱成挥手指指圈子，有一个毛发浓密的超大个子男人已经在挥舞着一把戟，"别叫好心的人等久了。"

班超转过身打量着他的对手，将他脸上一种噬血的表情收入眼中："他看上去，好像空手能打老虎似的，相信他内心一定温顺得像只小兔子。"

看着班超向圈子走去，小龙评论说："班超说风凉话的本事见长了。"

"你也一样。"朱成笑着对小龙说。

班超一踏进圈里，他的对手就挥着兵器向他狠斩下来。班超向后一拗，身子几乎跟地面平行，眼见着戟尖几乎是擦着他的鼻尖闪过。很显然，规矩里没有说他不能受伤。

大个子贼人正在从用力过猛的一斩之中恢复过来，班超伸长双臂继续向后拗去。双手一触地，猛一踢脚，用力按地身子向上飞了起来。班超在半空中转身，翻滚，成功地落在了大个子身后，及时在他转身之时抽出剑来。

因为说好了班超只能守不能攻，班超等着他的对手出招。他平衡着双脚轻轻点着地面准备以最快的速度反应。起初，大个子贼人一点儿也不着急结果班超。可是，突然之间，他以班超无法想象的飞快速度开始行动了。大个子平滑地一拉，从戟的下面抽出一柄短剑向班超刺来。

班超迅速地一扭身躲向右边，举剑挡住随之而来的戟头一击。他将剑横举过头顶，双剑交叉，挡住了长矛的戟尖。虽然班超忍不住想出击，但他还是踏开一步，剑身一偏，戟尖顺势滑了下去。然后班超一扳身子跃了开去，一路转向右侧，直到鞋子离圈子边寸许才停住。

与此同时，大个子向后跟跄了几步，瞪着班超。他左手紧握着长戟，右手握着短剑，慢慢地画着圈，然后剑尖平伸直直地对准了班超的心口，大吼着向他猛冲过来。

班超平静地举起自己的剑，保持着当前的位置。当两柄剑的剑头相触，大个子立时停止无法上前。班超源源不断把内力贯入剑中，令两人的剑都动弹不得。两柄剑就这么剑尖对剑尖地在两人之间足足僵持了有小半炷香的工夫。

突然，两柄剑剧烈抖动起来。班超的剑将震力尽数吸了进去，传到他手上的时候，只感觉到轻微的颤抖而已。同样的力量，却震得大个子的剑脱手，剑没着地已经震成了几截。

班超早有防备，以剑画圈，将飞来的碎片在半空中击落。金属碎片弹中了大个子，直令他趔趄着退后了几步。虽然碎剑没有刺进他的肌肤，但还是痛得他号叫起来。等他发现自己没有受伤，大个子高高将他的戟举过头顶，打算用尽全身的气力向下砸来。没等他有机会这么做，一个负责计时的贼人高叫一声："停！"大个子才不情愿地放下了武器，走出了擂台圈。

班超把剑插入鞘中，也走出了圈子，回到了小龙和朱成的身边。季柏张罗着下一轮的比武，并没有在意第一回合的失利。他示意他手下的另一个进圈子。然后他夸张地冲着三位少年鞠了一躬，很清楚，示意他们也应该出一个人。

小龙拔出剑，没看旁人一眼直接走了圈子。她的目光对上了圈中正对着她的一个瘦长汉子的眼神。他使一对蝴蝶双剑，一种单刃的短兵器，有经验的好手可以将它们舞得招式繁复。小龙的对手看上去确实是个江湖老手，眼中闪耀着无数次比武和生死力搏的经验。小龙毫无惧意，目中一丝冷峻浸出，提醒对手别小看人。

在计时者宣布开始之前，两人互相用眼神压制着对方。然后，瘦长汉子转动着双剑直向小龙扑来。

9^章

"她说了要耽搁多久吗？"刘阳已经问了无数次了。

可兰呻吟一声，跌坐在椅子里："放弃训练猎鹰做信差吧，改用五彩缤纷会说话的鹦哥得了，以便它们可直接回答你的傻问题。"

"干吗这么小心眼儿？"刘阳靠到椅背上，高兴地推开奏报。临近晌午，两人正在御书房里用膳。早朝完后，他俩有一个时辰可以休息，看看奏章，接着官员们会陆续来御前呈报各种请求。

"这已经是你今天第六次问我了！敢打赌要是我不在的话，你不会一直这样追着问。"

"肯定啦，正好甩掉个大包袱。"

可兰瞪着刘阳。

"开玩笑的，我出宫去的日子里一直惦记着你。"

可兰不信似的嘟囔了一声，捡起一本奏折向他扔去："继续干活儿吧。"

"好吧。但我们最大的症结是仅仅批阅这些折子完全无助于解决实际问题。"

可兰叹了一口气，又捡起一本她已经确定没用的奏折，轻轻地抛向屋子的另一头："说得对。希望小龙早些回来，帮我们一起决定如何对付匈奴。现在你只有我一个。我所知道的关于处理外交的事情可以浓缩为一句话：'要么出击杀个痛快，要么按兵不动。'"

"别瞎说了，我们的师傅已经把你夸到天上去了。"

"因为其他学生与你一样，半斤八两呀。"

"说得这么直接啊？"

"想听花言巧语，应该去找你的叔叔和堂兄。"

"我的表兄弟们不错吧。"

"他们表面上对你很好，当着你的面把话说得甜得发腻。相信我，当你一转身，他们身上的芒刺就露出来了。我对他们的怀疑多过信任。"

"当着他们的面不要这么直截了当。"

"我会这样做吗？"

"我知道你为什么说你自己缺少外交手段。"刘阳接着说。

"还说呢，你根本都听不出人家话里有话。等等，这一定又是你的拖延小伎俩，是不是？这下我们跑题了。"可兰像如梦方醒似的。

"这话题是你先提出来的。"

"你又来了。不管怎么说，对付匈奴我们真是没有多少选择。匈奴根本不回你的信，派去的特使也都被赶回来了。北方部族已经威胁说如果我们再派人去就杀无赦，而现在南方部族也不许我们通过他们的地界前去沟通了。我们眼下唯一能做的只是派暗探去，同时集结好自己的部队以防开战。"

"先这么做吧。"刘阳叹了口气接着说，"把威胁都通报给大将军们，好让他们整束队伍做好准备。"

"还不止这些。打仗可不仅仅靠的是军备和战术。很多时候打胜仗靠的是管理。我们得建立良好的沟通渠道，明确军官的责任顺序，还要准备好征兵工作。"

"我相信你没好好学外交，把时间都花在这上面了吧？"

"现在不就正好派上用场了吗？"

"没有不同意见。应该把你放在主事运作的位置上。把它写下来就是正式仟命了。"刘阳期盼地看着可兰。

作为回答，可兰从手边一叠黄绢布中抓了一张，递给刘阳："你自己写吧。当我什么人啊，我又不是侍诏。"

"我写的话，恐怕上面全是墨疙瘩了。再说，这诏书是给你的呀。"

"你看，这就是我们需要的，我们需要一个负责抄写的侍郎。大部分奏折都是些无关紧要的事情，如果我们有些好侍郎，他们可以负责把奏折总结成一些要点。你父皇曾经有不少这样的尚书和侍郎。"

"父皇驾崩后，他们大部分都已经退休了。假若任命尚书官的话，需要非常可靠的人，他们会接触到所有的奏章。但我们确实需要喘喘气了。到目前为止，我们花在整理奏折上的时间要比批阅的时间多得多。我们能找到一些可靠的人。把尚书官放在御书房里，或者在偏厅里。"

"你这么想的？要知道，我们可是会在这里讨论国家机密的。"

"我心目中的人选是像柴华这样的，已经是我们的侍从，他们能保守秘密。还有一事，也有人开始议论了。"

"议论什么？"

可兰面有尴尬之色："你知道我指的是什么。"

"真的不知道。"

"真不敢相信我得自己说出来。"可兰喃喃道，她清了几次嗓子，才继续道，"最关键的是，没有人觉得一个姑娘，更不要说是一个不比你大的姑娘可以担起尚书之职。"

刘阳皱起了眉头："真是可笑之极。离了你我都不知道能做什么。"

可兰有好一会儿都没有出声，然后她笑了："缩成一团，晚上自己哭着睡吧，像小时候似的。"

"说正经的吧，尚书官一事不能再拖了。我去跟柴华和白惹谈谈，看看他们愿不愿意。"

"我去找朴阳。你少去听蠢人传的不靠谱的谣言。他们不知道你做了多少工作。"

可兰很想告诉刘阳，他仍然没有理解其中的重点，但她决定以后再提。

蝴蝶双剑疾落下来时，小龙一点儿没有退缩。事实上，她都没看一眼。当剑砍到跟前的同时，她侧转身，任两柄剑从面前和脑后滑过。没等瘦长汉子明白过来，小龙已避过了他的剑刃，跃上了半空。待他重新找回身体平衡，小龙已经轻轻地点落在他身后，举剑挡住了他的回身一劈。

瘦长汉子先是分开兵刃，退后一步再一次出击。这一次，他接连使出了只有大师才能接住的连环砍和劈的招式，将双刃挥得如同悬空的银色飞轮。他攻击的速度似闪电般迅疾，力道格外激劲，武功稍差的定会吓得后退跌倒。

而小龙却稳稳地将双脚钉在地上。她的出手同样迅速，剑出得更快，挡住双刃的每一招。她的剑速如同闪电一般，却能做到看起来犹如轻描淡写，似乎是在陪小孩子玩。过了一会儿，小龙有些厌烦了，她用力一格，劲道之大使对手的一把剑登时脱手，直飞过房间没入石头墙壁中。瘦长汉子气急败坏地用尽全力，以另一把剑猛刺小龙的剑刃，结局也是相同。

瘦长汉子出招的后坐力又弹得他连滚带爬地退开好几步。与此同时，小龙已经将自己的剑送还鞘中，等着他再出手攻击。瘦长汉子很快恢复，调整位置，又攻了上来。尽管没了剑，但他的武功也算相当不错，不容小觑，他出的招既快又准且狠。

小龙仍然保持着绝对的镇定，双手扣在身后，只摇摆着身体和双脚前后左右移动，轻松地躲避他的攻击，好像她有读心术似的。

瘦长汉子徒劳地进攻了小半炷香的工夫之后，他跳起来要去踢小龙的脑袋。小龙应声猫低身子从他身下滑出，一直滑到圈子边缘。待对手重新全力进攻时，小龙猛地一踩跃上空中，瘦长汉子却已无法停住，直接翻出了擂圈。没等他爬起身来，季柏就叫了停。

小龙懒得重新落回地面，她一使内力在空中连踏几步向她同伴的方向飞去，落在朱成身边。小龙冲班超点了点头，两人一起看着朱成踏进了圈子。

朱成静静地抽出剑，架在右肩上，像是扛着一杆长枪似的。她冲着盗匪们装模作样地鞠了一躬，像季柏刚才做的那样。"我等着呢。"

"好好享受一下此时此刻吧。"季柏对她说，"我一开始，你就活到头了。"然后他踏进了圈子，挥着一口巨大的带环单刃刀。

"说话小心点儿。冲我来的威胁我一般总会有一个反扑的习惯。"朱成警告他，"咱们姿态也做够了，这个回合见分晓。"

"盼着你自己赢吧，输赢的结果远比你们想得到的信息重要得多。"季柏威胁地一边说着，一边示意开始计时。他踏步进了圈子，假意向左然后转变方向对准朱成的另一边肩膀就是一劈。

朱成及时举剑挡刀，两把兵刃相交发出当啷一声响。她将气贯入剑中，稳稳地举着剑，离她的脖子只不过寸许。

季柏用尽了全身力气，两人的剑刃纹丝不动。他尔后放弃使蛮力取胜而改使诈。他突然把大刀向旁边抽了开去，对准了朱成的脑袋，准备打她个措手不及。

朱成翻倒在地向边上一滚。当她重新站起身子，季柏又对准了她的脖子砍来。这一回，她没有猫低身子，反而俯身上前，生生用牙齿咬住了刀刃。叫季柏愣了好一会儿，朱成也终有机会松开刀，趁他还没回过神来跑到了圈子的另一边。

当季柏旋转身来，朱成舞着自己的剑冲他笑着："你还是投降了吧。没可能赢的。"

出乎大家的意料，季柏温和地笑了起来："好吧，算你赢。不过总有一天，我肯定要赢回来的。"

"嗯，若是我们每次来，都这么做的话，我们肯定会厌烦的，迟早会让你赢的。"朱成花里胡哨地收剑归鞘。

"对啊，"先前跟班超比武的汉子说，"说得像真是你让我似的。"

朱成大笑起来："你们很了解我，不会相信他说的话吧。"

季柏冲他的手下挥了挥手，命他们把大桌子搬回屋子中间："在我开始讨论你们带来的任务之前，要不要先一起吃午饭啊？"

这会儿，班超和小龙也已经走了过来。班超抢在朱成开口之前先询问她："这到底是怎么回事？你认识这些人？"

"我认识季柏和他的团队都有好几年了。"朱成告诉他，"他们除了是信息专家，还是行动好手。你们觉得这一整场表演怎么样？"

"我觉得你是个蠢货。"班超嘴里嘟囔着，"我还以为他们真的要杀了我们。"

朱成望向小龙，小龙看上去好像毫不吃惊的样子："你看出来了，是不是？是什么让你起的疑？"

"是你的问题而不是他们的失误。"小龙答道，"你不会傻到真的去惹恼我们需要的帮手吧？"

季柏扑哧一声笑了出来，冲着小龙行了个礼："你的伙伴真叫我佩服。看来你又上了一个阶层。"

"以你们这帮人做起点，不向上也难啊。"朱成笑盈盈地说。

盗匪们都哄笑了起来，招手叫他们三人过去，推他们到了椅子边。

班超坐在了刚才跟他比试的大个子身旁，紧张得直咳嗽。出乎意料地，大个子笑着说道："年轻人，你的功夫还真不错呢。"他夹了一只肥大的鸡腿放在班超的盘子里，然后拍拍他的后背，"快吃吧。吃完午饭，我们去找你们需要的东西。"

盗匪们倒也守信重诺。季柏将他的人派了出去，不到一个时辰，他们就回来了，带来了城堡详细的地形图以及周围的情况。

小龙他们三人离开的时候，太阳已经偏西了。班超的双臂间抱着好几卷重重的地图，他们向着客栈往回走："你是怎么认识他们的？"

朱成看了班超一眼，目光又移了开去："我很久以前就认识他们了。我……"说到这里她顿了顿，改变了说辞，"在这一带游荡的时候认识他们的。"她的目光变得幽远起来，小龙看得出来她的脸上闪过了好几种不同的复杂神情。

班超完全没有留意到这些，还追问："嗯，你是怎么遇到他们的呢？"

像是从她的白日梦中突然惊醒过来，朱成清了清嗓子："说来话长。下次提醒我再讲给你听吧。"

"你说话算话啊。"班超对她说。

"当然，假若你的小王八脑子还能记住这事儿。"朱成答道。

接下来的嘴仗，小龙明显看出来，朱成已心不在焉了。见到这群盗匪很可能又让她想起她的家人了。小龙看出朱成跟班超斗嘴是想分散自己的注意力。

小龙觉得这事也非常奇怪，她和朱成各自有一套治疗自己过往创伤的方法。小龙习惯将自己的情绪深深压制下去，变得越来越冷漠和沉默，努力忘记全家在一起的最后一天的血腥日子。朱成却用一种没心没肺的态度和做各种坏事来埋藏她的痛苦。这两种方法都不健康，小龙考虑是否要告诉朱成她自己的身份。可是她随即否定了这个想法。还得再等久一点，还有事情要做。

当天晚上，回房间之后，小龙让鹰给县令送了一份简报。

过了半夜，小龙听见隔壁屋子的门开了又关上。心里挣扎了一会儿，她依然提起剑，跳下床，跃出窗。经常听朱成说起她曾经做过的一些险事，小龙担心朱成此刻又去铤而走险，来消除今天这场重逢带来的痛苦回忆。

小龙一直猫腰躲着，直到瞅见朱成闪身进了另一条巷子，才紧跟了上去。她的足音轻不可闻，连朱成也没有发现小龙跟在身后。她们一路穿过许多巷子和背街，小龙估摸着这是朝城里最下三烂的地方走去。

朱成在前面轻快地走着，每次转弯时总是习惯性地四下看看是否有人跟踪。过了一半路程的时候，她突然在小巷中间停了下来，闭上了眼睛思忖着：是忘掉往事的时候了，不是吗？然而越想越使自己烦躁了，她得去偷点东西来解脱一下。

但当朱成继续穿越黑暗狭窄和墙面湿滑黏稠的小街时，她明白现在这样只是权宜之计。若是自己不坐下来好好地梳理一下愤怒的情绪，迟早会让自己送了命的。从最近她的一些愚蠢行为来评判，距离发生这种事情的日子不远了。

朱成不知道自己在做什么，处朋友吗？她无法轻易相信任何人。再说她的人头仍然被悬赏呢。谁杀了她或者将她抓捕归案，还能拿到几块银子呢。信任给她父母带来了什么？又给自己带来了什么呢？

朱成强迫自己切断这些思绪，脚步以加倍的速度飞快向前。她突然瞥见几天前的一个晚上曾经跟踪过的戴面罩的身影。朱成不顾一切地匆匆跟了上去。说实话，朱成是想打架解气。

小龙见朱成突然向一条横街斜冲了过去，不禁大吃一惊。她觉得该是她俩回客栈的时候了，她追上朱成并伸手在她的肩头拍了一下。

朱成以为有人偷袭，斜跨一步，转过身挥出一拳，小龙一把接住。"你在这儿干吗？"朱成吃惊地问。

"我也不知道。"小龙微笑着答道，"听见有门响，又见你消失在小巷里，将你错当成盗贼了。"

朱成放下了拳头，带头向客栈走去："出来走走。城里的晚上更好些。"

"这条肮脏不堪的巷子一定是有着它独特的魅力。"

朱成过了一会儿才意识到小龙开了句玩笑："我还以为你不苟言笑的呢。"

"曾经是。"小龙道，但没有继续往下说。朱成虽然天性好奇，但此刻她却没再探个究竟。

10^章

"今晚不行。"朱成对班超说。

"为什么不行？耽误的时间越长，村民遭受的苦越多。"

"城堡已做好了防御。"小龙答道，"毫无疑问，昨夜见的盗匪里一定有奸细，这会儿城堡的守卫早已升级了。"

"我们能拿下城堡，尤其是我们的手上还有地图。"班超坚持己见。

"问题不在于我们是否能拿下城堡，而在于他们是怎么防备的。"小龙继续道，"倘若已经在等着我们去，守城堡的土匪到时很有可能毁了粮食也不让我们带走。"

"既然你俩的意见一致，我多说也没用。"班超退让着说，"现在能做什么呢？"

"我有一个主意。"朱成说。

"你觉得我会赞同吗？"班超问。

"谁会在乎你是否赞同呢？我打算开开心。"朱成对他说。

班超重重地叹了口气，然后无奈地说："你打算干什么呢？"

"我一直在计划洗劫城里一家最大的地下赌场。既然眼下空闲，你俩何不随我一起去这家赌场？庄家是个作弊的老手。不用担心，他不是我的对手。"朱成向小龙和班超保证。

"我没担心哦。"班超马上表明。

"权当你点赞。你怎么样，小龙？打算帮我吗？"朱成问。

"很难有比干这个差事更使我高兴的了。"小龙答道。

"好极了。你们首先得知道地下赌场是怎么运作的。"听着朱成的长篇大论，班超仿佛已经睡过去了，朱成不得不就此打住，"由我来进行对话。班超，尽量不要碰任何东西，或者发出太大的响声，不然的话你肯定又会闹出个什么事情来的。"

他们三人不久来到小城另一头一幢破败的房子跟前。朱成带路转到这栋两层楼房的后门，然后按一种特殊的节奏敲了敲门。敲门声还未落下，一名仆役打开了门，带他们进了一个房间。

一走进内室，迎面而来的是阵阵声浪。每个赌客都在大声地强调自己的赌桌是多么容易赢钱。形形色色的赌徒们从少年到老妇都用尽了他们的力气在场子里大喊大叫着。房内充满了桌脚和鞋子在旧地板上刮擦出的刺耳声音，然而屋里的装修也算得上富丽堂皇。

朱成四处看了看，走向一张玩掷骰子的赌桌。班超和小龙紧随她身后。

凭小龙的观察，朱成起先没有使手段改变投掷的结果，纯粹地让运气来决定输赢。尔后，每次别人掷骰子的时候她都将手放在桌子上，时而用内力推一下骰子得到她想要的数字。

小龙饶有兴趣地瞅着朱成不断地输钱，而且输得很没有风度。但在她的钱就要输光的时候，好像是被运气砸中似的，一下子赢了整个盘面，大堆钱进了她的腰包。朱成不再像输钱时那样大喊大叫，而是飞快地收起赢来的钱，立即离开赌桌。然后在房间里逛一会儿，又另挑一张桌子坐下来，故技重施，大赢一把。

这会儿，朱成的钱袋子已经很重了，她将钱全部交给班超，叫他去把它们换成银锞子，并叮嘱道："别让他们短了你的。"

班超换钱的时候，两个扮作贵公子的姑娘（小龙和朱成），在一边享受片刻的安静。

"你的水平还真是不错啊。"小龙评价道。

"当然啦。我已经多次使用这种伎俩，数也数不清了。现在只是在放饵，有人很快会向老板报告我赢了很多钱，赌场马上会来调查的。要不了多久赌场就能发现我在做手脚，然后立刻派人跟我单挑。因为赌场确信他们能赢，所以我就加大赌注，直到让赌场输个底儿朝天。此后，我们和赌场一定会打起来，然后尽快逃离。"朱成一边神秘地说着，一边为自己的计划而兴奋。

班超换钱回来了，他们三个又逛了一遍整个房间，接着朱成又得了几次手，转而慢慢地向大赌注的桌子靠拢过去。

每玩几张桌子，班超便将赢的钱换成银锞子。他每一次都选一个不同的柜台以免引起怀疑。不久，班超问是否把银子换成金锭时，朱成告诉他还没到时候。

他们三人最后赢了一大堆银子，大部分银子都在小龙提的沉重的袋子里。终于，朱成觉得已经准备好了，她让小龙去将银子都换成金锭。

"为什么叫她去啊？"班超问。

"小龙看上去更加有威慑力。"朱成回答，"另外，要是有人骗小龙的话她也看得出来。而你呢，就算有人举块牌子在你面前，你都不知道被人抢了。"

小龙穿过屋子走到另一头，还特意从人群中挤了过去，随后她把一整袋银子放到其中一个柜台上。她眼睛瞪着一个身材瘦小，好像一整年都没见过日光的男子。

片刻之后，她提着一小袋金锭回来。"已经有不少钱了。"小龙说。

"很好。"朱成笑着说，"在老板出来之前，我们再去赢一点吧。有人拿银子换金子的事情，老板一定知道了。这就是为什么我们现在才换。"

"真不懂你是怎么知道这些的。"班超说。

"丰富的实战经验。"朱成说，"数不清的实战经验。"

随即，赌场的老板，一位身材苗条、三十多岁的妇人，从后厅带着一群打手出来了。他们一出现，前厅的赌桌就突然被清空了。人们开始迅速地结束自己的赌局，向出口走去。没多久，仅剩下一些瘾大的赌鬼、老板自己和一群打手。小龙猜测留下来的赌鬼很可能也是老板的人。

老板在厅首的一张赌桌旁坐了下来，一名荷官宣布，她将出大赌注跟人对赌。

朱成让小龙和班超分头行动，自己拿着一袋金子在屋子里逛了一会儿，才向厅首的桌子走去。

当大家的注意力集中在朱成身上时，小龙示意班超藏到角落里，她自己也躲在黑暗的地方。小龙背靠一面墙，能将厅里的情形尽收眼底，所有人的动作她都心中有数。这会儿，又走了一些赌鬼，留下来的将目光牢牢地锁定在前厅正在发生的事情上。小龙注意到几个当差的封了出口，甚至悄悄地准备好了兵器。小龙躲得更加隐蔽。

朱成走向前厅的时候，留意着周遭的变化，没有太在意。因为打手们是不敢轻举妄动的，除非老板发话。所以朱成只要看住老板，赌场的情况就能了如指掌。再者，朱成眼下有同伴保护，不是孤身一人。

朱成站定，向坐在赌桌旁的妇人行了一个礼，把钱袋随随便便地放在桌上，张嘴一笑："我跟您赌上一把。"

"当然可以。"妇人说，笑得甜得跟蜜似的，"给这位年轻公子拿把椅子来。"

两个打手搬了一把重重的椅子过来，鞠了个躬请朱成坐。朱成装着学他们的样子，大大咧咧地双手一抱拳向妇人鞠了一躬，谢过老板让座。然后一扯长袍，样子花哨地坐了下来。"建议尽可能玩最简单的游戏吧。"说到这儿，朱成将一整袋金子推了过去。

"自然。" 老板道。她取出一只成色非常不错的玉镯子放到了桌上。她的手懒懒地一扬，其中一人向朱成走了过来，递给朱成三副骰子："我想你总要先验一验骰子吧？"

朱成点点头，接过骰子。她用手掂了掂，好像用了很长时间才判断出它们是不是合格。事实上，朱成一刹那就能分辨出骰子是不是灌了铅。过了一会儿，她取出自己的一副骰了，也同样是没做过手脚的，将它们递了过去查验。

刚才给她取骰子来的男子接过了两副骰子，拿去给他的主人看。妇人只一摸就将朱成的骰子还给了她："点数小的赢，行吗？"

朱成接过骰子，点点头同意了。

"你想先掷吗？"妇人问道。

"我先掷。"朱成随便地将骰子掷到了桌上。结果是两个两点，一个三点。"您请吧。"

老板将三粒骰子投入一只盅内晃动着发出当啷之声。然后，一个轻柔的动作，将骰子倒在了桌上。骰子互相撞击了几下才躺平在桌上；是三个一点。妇人露出了胜利的笑容。老板示意手下将朱成的钱袋拿给她，然后慢慢地立起了身："我想我们比完了吧。多谢你来玩啊。"

就在妇人转身之际，朱成叫了一声："等一下。"然后，仿佛极不情愿似的，从怀中取出了一个玉吊坠，放在桌上。

妇人转回身子，纵使她训练有素、喜怒不露，但当她看见那片玉坠的时候，眼珠子也都快掉出来了，这可比桌上所有的赌注都值钱好几倍。她脸上立刻堆出一个甜得发腻的笑容，重新坐了下来，然后给手下一个手势。不一会儿，她的手下拿着一盒首饰回来了。不用说这些当然是从输光了身家的赌客那儿搜刮来的。老板又将刚才朱成输的金子也堆到了首饰盒上："这些应该够了吧。你要不要再检查一次骰子呢？"

"我们何不交换一下骰子来玩呢？"朱成问，拿出了自己的一副，送去对面检查。

妇人也拿出了她的骰子，朱成谢过之后接了过来。一接手，将骰子在掌中转了一转，登时觉察出其中一粒灌了铅。骰子里只是加了很少一点重量，技术差一点的赌徒肯定发现不了，但朱成似乎一点儿都不担心："这一次你先掷吧。"

"如果你坚持的话。"赌场老板答道。她笑着摇动了她的骰盅，然后拎起骰盅，骰子转动着滚到了桌上。妇人把她的手放在桌边，使内力贯入桌上，试图将骰子停在她想要的一面。

朱成也将手放到了桌边，用内力击回骰子。赌场老板感觉到了朱成的劲力，更用力地压了回来。朱成明明可以打败老板，随心所欲地处置桌上的骰子，可是她想依计行事。她一点点地减轻了加注在骰子上的内力，似乎是被一点点地压了回来。然后，突然撤回内力，好像是她没法再坚持在骰子上用内力了。

刚才一直转个不停的骰子，终于停在了桌子上。三粒骰子全都落在一点上，赌场老板额上已经渗出了细密的汗珠，脸上带着胜利的笑容。赌场老板赢了，按规则，若是朱成平了她的点数，她也是赢家。躲在角落里的班超吓呆了，不敢相信朱成竟然输了。

奇怪的是，朱成看上去一点儿也不沮丧，反而冲着妇人笑了笑，一把打开手中的折扇放到了桌子上，这是她通知小龙和班超二人动手的信号。她随后捡起放骰子的盅，说："这一局还没完吧。"

"真对不住啊，公子。"一名打手说，"好像您已经输了。"

"我还没掷呢。"朱成一边说一边抓起骰盅摇了几下，然后将盅子扣在了桌上。在举起盅子之前，她将一股内力注入盅内。她慢慢移开骰盅，退到一旁，得意地说："你看，其实我是赢家。"

11^章

妇人顿觉好奇，挥手叫人将骰盅翻开，他们都惊得张大了嘴巴。桌子中央的三粒骰子，已然被尽数震碎。打手们盯着骰子看时，朱成已跃过了他们的头顶，顺手抓起了桌上的玉坠、珠宝和金子。然后在对面墙上一点足，重新又从打手们的头顶上飞过，落在屋子中央。朱成将珠宝倒入袋中，然后甩上了肩膀。当妇人喝住她时，她正向前门走去。

"你以为可以这么轻易地走了吗？"老板大声道。

朱成夸张地叹了口气，又翻了翻白眼："省省你的豪言壮语和花言巧语，直接上吧。我还得办其他事呢。"她边说边打了个哈欠。

老板做了一个斩的手势，打手们顿时一窝蜂地从屋子的四面八方朝朱成扑了上来。朱成将一袋子钱往空中一扔，小龙立即飞射出一把银针，在袋子回落的时候将它密密地钉在前门的门楣上。

此时朱成已被团团围住，被剑抵在中间。

老板站在前厅高台上，居高临下地看着目中无人的朱成："现在投降，还能留你一条小命。就你一人，是打不过我们的。"

"以少敌多倒是对的。"班超边说边从角落里走了出来，他一纵而起，翻了个跟头落在了朱成左边，"她可不是一个人哦。"

朱成做了个鬼脸，摇了摇头："我的朋友，你冷嘲热讽的本事还得再练练。"

在班超抓住打手们的注意力时，小龙也跃入空中，展开轻功一路向上直冲房梁。她轻轻地落在通贯屋顶的梁上，冲地上掷了一只瓷杯。打手们全都抬起眼睛看她，小龙脸上露出一个淘气的微笑。不久前，这么多人这样盯着小龙，一定会使她浑身不自在。接着她跳下了房梁，轻轻巧巧地飘了下来，几乎不出一点儿声音地落在朱成的边上。

"这些小毛孩能保你毫发无损地离开？"老板不屑一顾地说。

"谁是小孩？"班超质问道。

"面对事实吧。"朱成道，"你确实算是矮的好吗？"

"乱说，"班超回嘴，"起码是中等个子吧。"

"真庆幸，说好了的要装出一副威严的样子。"小龙的声音里明显带着笑意。

一闻此言，班超立刻挺直了身子，严厉地瞪着打手们："小龙说得对，不能被他们取笑。"

朱成一边笑着一边舞着剑花："尊严是你不舍弃就不会丢的东西。再说了，他们要笑就笑好了。要不了一会儿，他们连呼吸都困难了，更别提说笑了。"

"还等什么？"老板叫道，"给我打。"听她一声令下，打手们举着剑和长矛冲了过来。

三人开始分头对付，班超直冲着几个举着长矛、企图一枪刺穿他的打手跑去。他横剑一扫，就将打手们的兵器全都打到了一边。班超转身向右踏出一步，正好见一柄长矛向他左肩刺来，等矛头掠过肩头，他顺手抓住矛柄一把夺了过来。班超将一支长矛牢牢抓在手中，一旋身，将打手直甩了出去，摔了个鼻青脸肿。

突然，一名使钺的打手冲上来，手中兵器插进了班超的矛柄中，生生将它从中间劈开。班超反应极快，长矛一扭，打手的钺便被搅得脱了手，飞向屋子另一头。然后矛柄在打手的头顶上猛地一砸，登时打手就不省人事，矛柄也断为两截。班超扔掉了手中的半截棍子，纵身跳起，躲过向他刺来的好几柄长矛。班超的身下长矛架在了一起，从上面看下去，如同一个鸟巢。

班超片刻不停，身子一扭，俯冲了下去。随着落势，挺剑而出，旋转身子，剑在半空中切了一圈，轻易地斩断木柄，将打手们的矛头尽数砍去。十来个打手急忙退后，举着断了矛的长棍子，震惊的样子甚是可笑。

另一边，朱成也没闲着。见杀手攻上来，她跳上一张桌子，顺手抓起一叠杯子，使出轻功，在空中盘旋而上，一边转一边将杯子砸向对手。

朱成又落在另一张桌子上，桌子被震为两半，一发力，两半儿桌子便向两边飞去，将好几个打手扫到一边。她再次一跃，躲过了从身后刺来的一剑。她从打手们的头上飞过，手中的剑探出触及地面，剑身略略弯曲，重新弹直将她弹回半空中。

这一次朱成轻轻地落在一张长凳旁，她一脚将它钩了起来，踢出去又打倒了三个打手。然后将剑抡了一个半圆，一剑扫过面前一张桌子的四脚，抓起失了支撑的桌面转了一下随手一甩，几个冲上来的打手被撞得飞了起来。

此时朱成退到了一个墙角，利用墙的夹角顺势蹬了上去，站到了高高的屋梁上俯视着底下的混战。几个打手向她掷来剑和匕首，她很轻易地躲了过去。她见下面有一张挺结实的桌子，绽开了笑容。在横梁上站直身子，试了试，一纵身跳了下去。在脚落地之前，朱成使出内力，一脚踏落了桌子的一角。整张桌子四脚朝天翻了出来，撞到了好几个打手，把他们直甩到对面墙上。完了，朱成这才朝老板走去。

当朱成和班超二人疾冲出去的时候，小龙站在原地没动，众多打手向她涌来。打手们同时用木棍直击她的脑袋，小龙变掌为拳，将双臂竖在身前，伸臂挡住了乱棍。她猛发力，用小臂一击，将棍子连同它们的主人全部震得向后退去。

小龙站在一圈被她打倒在地的打手中间，等着他们重新站起身来。震飞了的棍子七七八八地往地上落，小龙伸手，一根棍子正落入她的掌心，她抡起棍子在头顶画一个圈，然后将棍子一头重重往地上一跺。等打手们终于爬了起来，她又给了他们几下。这些倒霉蛋，还没等爬起来，就又呻吟着全部倒在了地上。

收拾完了这一摊，小龙猛一跺右脚，将散落在地的棍子全部震得飞了起来。小龙也纵身向上，手中持根棒子疾扫，所有棍子向四面八方射了出去，将剩下的打手们全部撂倒。

小龙这时转过身来，见老板怔怔地望着倒了一地的打手们。老板突然转身向敞开着的门逃去。小龙当然不会坐视不理，拎起一根棍子掷了过去，两扇门正好在妇人面前合上。此刻，朱成一条直线地向老板飞去，小龙见状，决定让她去解决这个婆娘，转身对付围上来的六名打手。

朱成走到妇人面前，挥手指了指一地狼藉的赌场："认输吧。"

"没门。"妇人咆哮着，怒得满脸通红，轻轻一抖，伸手在袍下抽出一柄似腰带、轻薄柔韧的剑。事实上剑是缚在腰间的。

"剑如风中扶柳，老天知道我将如何处置你。"朱成语带讥讽道。她一挺剑，两剑尖相抵，软剑前后摇摆起来。

妇人不顾朱成的嘲讽，来了一个漂亮的旋身，剑在空中嗡嗡作响。当她的剑搭上朱成的兵器，软刃登时卷住了朱成的剑身。她用力想将朱成的剑扯脱手，朱成哪会让她得逞。

朱成稳稳地握住剑柄，身子如陀螺般旋转起来，剑脱了出来。几个动作下来，老板手中兵器已经几欲脱手。见她已露败势，朱成咧嘴笑了。瞥见身边一面墙，嘴咧得更大了。她突然加速极快地向墙冲去，并在墙根顺着墙面一直踏到了屋顶。然后一点房顶，向妇人俯冲下来，妇人及时地一个翻身滚了开去。

朱成以双掌落地，老板的韧剑卷上了她的一条腿。她右腿踢出，摆脱了束缚。然后转身跳起，一掌拍在老板肩上的穴道上，妇人一下子昏厥倒了下去。"比我想象的要容易得多嘛。" 朱成有点得意地说。

"自然。"站在大厅中间的班超回应道，"对付这帮打手们，小事一桩啊。"

"不同意。更有成就感。"朱成说。

班超翻了翻白眼，一脚踢开了大门："快走吧。我可不想再跟他们打一遍。"

朱成踏步跃入空中，将钉在门楣上的那包银钱抓了下来："别替他们操心。且有一会儿醒不过来呢。"

班超转身看着倒了一地的打手。朱成一说完，小龙见她脸上闪过一丝惊惧。小龙迅速地扫了一眼倒了一地的打手，没有被敲晕的，也都像是一副人事不省的样子。

"怎么会没有人挣扎着站起来？"班超奇怪地问。

"估计都在装死吧。"朱成飞快地说，"走吧。"她一低头跨出大门，小龙和班超紧随其后。

他们三人一路走着，起先朱成肩膀紧绷着，过了一会儿才放松下来，见两个同伴什么都没说，暗暗地思忖，谢天谢地小龙和班超没有意识到是药迷倒了多数打手。不是剧毒，只不过是蒙汗药，打手们还得睡上一会儿。朱成觉得自己干了件傻事。有人在一起的时候，不应该用药。自己到底在想什么呢？朱成摇摇头告诫自己以后千万不能再犯同样的错误了。

事实上，朱成只对了一半。班超当然不会有任何想法，朱成说什么他一定信什么。然而小龙却不一样，这些年来在逃亡的路上已经变得不仅坚强，而且十分敏锐，撒谎很难逃过她的眼睛。

小龙一瞬间明白了早先是朱成用药迷倒了打手们。瞧见朱成一阵紧张，懂得朱成不愿旁人知道。江湖上使毒的人会被看不起，小龙知悉其中原委。他们三人继续向客栈走去，择小巷和偏僻的街道猫着腰走，故意绕了几个圈子以防有人跟踪。过了一会儿，班超开口道："现在我有点儿明白为什么你喜欢做这样的事情了。"

"很好玩儿，是不是？"朱成问。

"有一点儿吧。"班超承认，"真喜欢看你赢最后一局时，妇人脸上的表情。你的玉坠是哪儿来的？"

"你是想问哪儿偷来的，趁早闭嘴。"朱成好不客气地说，"是很多年以前我母亲给我的。"

"不是这个意思。"班超急忙说，举起双手挡在身前像是要以防挨打似的。

朱成没有生气，只是笑了笑，将玉坠拿了出来："你们大概很难相信我家曾经也是最富有的家族之一。"她暗暗压下了一声叹息，将玉放回了怀中。没等同伴来得及问她发生了什么，她就掂了掂手中的钱袋子："足够买下半个城的吧。"

"给地主一点钱让他把粮拿出来。"班超说道。

"什么意思？"朱成问。

"这么随便给他钱，明年他会变本加厉。"小龙指出。

"正是我的意思。"朱成说。

"突袭城堡的事儿还在日程上？"班超问，瞅见两个姑娘点点头，长出了一口气，"钱怎么办？"

"分给穷人。"朱成建议。

"应该给四强吧。"小龙说，"他可用在需要的地方。"

"真是个好主意。"班超说。

"好吧。"朱成说，"我要留几块金子。不知什么时候再打劫，得存下一些。"

"为什么不能经常干？"班超问。

朱成叹着气拍了拍他的肩："知道你不算是个聪明人，但至少能想明白这个曲折。你有没想过流言传播得会有多快？"

小龙捅了捅朱成的肋下，扬了扬眉毛："你一定要这么折磨他吗？"

"谢谢你。"班超感激地说。

朱成根本不去理会班超，自顾自地回答小龙的问题："是的，他自找的。我可没那么容易放过他。"

"这倒也是。"小龙觉得好笑地说道。

班超用手挡着双眼，揉搓着脸。他没有看脚下的路，一下子踏进了一个小坑，直直地摔在了一摊泥水里。他惊叫一声，立刻跳起身来，可是他的整个前襟已经湿透滴着泥水。

看着班超气急败坏的样子，朱成登时忍不住扑哧一声笑了出来。她伸出一条手臂揽上小龙的肩头，然后指着班超，上下挥舞着手，指指点点地笑班超身上的泥浆。

看着班超，小龙也忍不住了，听着朱成咯咯的笑声，她也不禁大笑了起来。

12^章

可兰与刘阳保持着同一步调走进大殿，他俩身后紧随着一大队御前侍卫。可兰抬头直视前方，脸上没有流露出丝毫情绪。她一路走过，感受到多数官员向她投来的充满敌意的目光。他们都是四五十岁的男性官员，认为可兰没有资格担当皇帝尚书一职。可他们毫无办法反对，因为可兰的职务是先帝生前亲自确定的。官员们，包括丞相三公在内，虽然表面上接受这样的安排，却时常给可兰惹是生非。可兰强忍着心中的恼怒，极力克制寻求报复他们对自己诋毁和诽谤的念头。

可兰依然坚持每天陪伴着刘阳上朝，她不计百官们对自己的污辱和轻视，连她自己都不知道她居然具备这样的优良品德。慢慢地，一些官员开始尊重她的意见，尽管朝上仍有一半的官员公开敌视她。部分不满来自可兰从不向刘阳行叩拜礼，哪怕是听诏领旨。她是整个朝廷唯一免礼的人。

刘阳身着龙袍，踏上了平台，慢慢地在龙椅上坐下。可兰和高官们一起跟在后面。

"皇上驾到。"一名侍卫高声叫道。

"祝吾皇万岁万岁万万岁。"百官齐声颂道。与此同时，低官们全跪了下去，高官们也躬身行礼。

"平身。"刘阳说，声音在空旷的大殿里回响着。两排柱子竖立在左右，支撑着容纳百名官员的大殿。殿墙上饰有云纹，由金银鎏饰。

高高的平台正中摆放着纯金龙椅。台阶两边站满了侍卫，他们的目光平视，手中的剑半出鞘，时刻准备着听令以应付可能发生的变故。官员们站着等待刘阳讲话。

皇帝刘阳身着一套黑色绣着红色龙图案的丝袍。头上佩戴着冠冕，前后伸展出去的冠冕上各有一块前圆后方的长方形冕板，冕板前后都垂有冕旒。刘阳望着他的臣子们，压下了一声叹息。皇帝的工作可比他想象的要多得多，不过他早知道这不会是份容易的差事。出乎他意料的是，朝廷上居然有这么多的钩心斗角。官员们包括三公六卿，总是想方设法打压不同的意见。

刘阳很快地认定了几个官员，只要他们掌握足够的兵权就会毫不犹豫地推翻自己。他原先打算把他们立刻抓起来，然而小龙和可兰认为时机还未成熟。

她俩觉得留坏人在眼皮底下，便于监视。再者，宫廷里的裙带关系错综复杂，历来是官官相护的。没有足够的证据，皇帝老爷也很难给他们定罪或送监狱。

"若是有人企图叛逆倒不一定是坏事。"小龙陈述道，"能成功地挫败一起反叛，就自然地给了怀有二心的人一个警示。"

最近，可兰和刘阳建立了一个庞大的暗探系统，并由可兰的一位老朋友统领。与此同时，他俩挑选了一批侍从来帮助阅读和提炼奏章，由此缩短了批阅奏折的时间。这些侍从受过良好的教育，且是刘阳和可兰信赖的忠诚的朋友。

而真正应该帮助刘阳治理国家的官员们，工于心计并专注于他们自己的地位和钱包。事实证明通过这些钩心斗角的官员们来治理国家的确是一件艰难的事情。

"范将军。"刘阳开了口，"你的奏报说匈奴已集结了军队准备进攻。"

范将军上前了一步，他是一位蓄着白须的长者，身着蓝色长袍站在前排的武将，仅位于可兰和三公之下。他曾经是为先帝出生入死的一位大将军。虽然现在已经退隐，但他显然仍是刘阳信任的少数官员之一。老将军上前抱拳然后微微一躬身道："是的，圣上。有情报说匈奴的铁匠们正在日夜不息地铸造兵器。"

一阵担心的耳语声在殿堂上传了开去，大家懂得这个消息意味着什么。军队的偶尔集结说明不了什么，而铁匠们全力打造兵器，很可能是为战争做准备。

此时，廖大人走上前来，他是一位朴实的中级官员："圣上，我也获得相似的军报，是从南匈奴部族传来的。说北匈奴的军队正在积极备战，但如果是攻击我们，为什么这么隐蔽呢？"

"启禀皇上，廖大人只说对了一半。根据我的信报，北匈奴确实是在备战，不过未必是对付我们的。传说南北两部族在边境上有很多小摩擦，已经好几个月了。"辛侯宣称。

"不对，辛侯，你的信报不准确啊。皇上，我的探子报告两个部落之间至少有一个月没有开战了。"郭大人说。

官员之间的争执蔓延开了，高声地辩论着谁的探子优秀，手段更有效，消息更准确。声音很快混杂得谁也听不见谁在说什么。声音一个比一个大，也不再是对着刘阳说话了，只有几个官员保持着沉默。

可兰平静地站在大殿里，听着身后愤怒的叫喊声。她的视线对上了刘阳的目光，两人交换了一个恼怒的眼色。不管怎么努力，每隔一阵子，朝堂上总会出现这样的混乱场面。

假若刘阳也加入大声的辩论中，肯定有失威严。而对可兰来说并无大碍。她冲刘阳歪嘴笑了笑，然后转身面对百官，深吸了一口气，披上她想象中的铠甲，往脸上挂一个宽容的微笑。她冲身后一挥手，一名站在巨钟旁的侍卫击了一下钟。

巨钟的嗡鸣声压倒了噪音，许多官员被吓得不自觉地跳了起来。钟声平息下来后，可兰说道："大家消消气吧。不要因为爱国、护国心切而忘了对皇帝陛下的谏言，真是大可不必啊。"

"你知道什么是职责？"辛侯冲着可兰嚷道，"你只不过是个半大姑娘，早就应该回家去了。"

没等可兰回答他的话，范将军向前一步道："辛侯大人，别失了身份礼仪啊。你可是在对尚书大人说话，她可是处在皇帝陛下一人之下的尊贵位置啊。"然后，老将军转过身来对可兰深深鞠了一躬，"大人，请饶恕辛侯大人吧。今天早上大家的脾气都大了一点儿，他并不是有意冒犯的。"

可兰轻轻点了一下头表示同意，她直视着老将军的眼睛："我当然不会为此生气。我一直很敬佩辛侯大人的爱国之情。"同时她向辛侯点了点头，辛侯却轻蔑地哼了一声。一刹那，可兰的笑容僵在了脸上，真想一脚将他踢出大殿去，将他倒挂在宫墙上，不过她很快抑制住了自己的冲动。心想此刻不值得惹麻烦上身，但真希望能借这个机会惩罚他。

范老将军此时又转向刘阳，再次行礼："陛下，请容许我代表同僚们向您请罪。我向您保证他们的本意都是好的。鉴于眼下的情势，也许今天的早朝到此为止吧，等大家冷静一下再议不迟啊。"

刘阳点点头："谢谢大将军。这确实是个好主意，退朝吧。"

　　一盏茶的工夫之后，刘阳和可兰坐在御书房里讨论着刚才发生的事情。

　　"我们需要他。"可兰道，"你也看见了他控制局面的本事。我又看了一次他的履历。他算不上是个军事天才，可将士拥戴他，叫人尊重的能力无人能及。我们从他身上能学到很多东西。"

　　"同意。我父皇也经常夸赞他。他一直没有把范将军提到三公之位，是出于政治力量平衡的考虑，总有一些比他更需要安排在位子上的人。"

　　"我说，现在该轮到他了。"可兰思忖着说道，"唯一的问题是我们怎么去做。"

　　"目前在位的三公，包括我的叔父，没有一人会近期退休。"

　　可兰琢磨了一会儿，然后笑了："赶走一个给他让位啊。"

　　"你没事吧？"刘阳探手过去像是要抚她的额头，看她有没有发热，"怎么才能做到呢？"

　　"给其中一位加官晋爵啊。"看到刘阳糊涂的表情，可兰很快讲了下去，"小龙走之前，曾经警告说沈大人有谋反嫌疑。他唯一缺的是兵力，给他一些。你可以增设一个官职，升了他的官，然后把我们信得过的人派给他。他定会急不可待地开始实施造反计划，接着，我们就可以将他捉拿归案。这样，范将军不就有位子了吗？你觉得怎么样？"

　　"这计谋巧妙，可以一试，没准还真能成功。"刘阳看着可兰，颇有兴趣地问，"你怎么会擅长这些计谋的？"

　　"别的不提，我还真读了不少关于谋略的史书呢。现在发生的一切，都是历史的重现。当然，有一件事是例外，像我这样的人也能做个尚书。"她邪邪地笑着说，眼神闪亮，"我打算好好做个前无古人的榜样。"

13^章

一个十五的晚上，就在小龙和伙伴们接近城堡时，月亮恰好当头照。满月投下一片银色的月光，给山石嶙峋的地面笼上了一层淡淡的暗影。

日落的时候他们离开城里，穿过树林和农田，走了几个时辰才来到了这片开阔的岩石平原。眼前广阔的平原在月光下宁静地闪闪发光。

"还是付钱给地主得了。"班超说道。

"你怕什么呀？"朱成质问道。

"是怕你。"班超说，"倒不是地主和他的打手。担心你又使出些疯狂的鬼花招来。今晚我有一种不好的预感。"

"行啊，别再跟着我们了。"朱成冲他说，看见他瞪着自己，又笑道，"我是这么想的呀。"

"南墙下有一个秘密地道。"小龙打断了他俩的对话。

"北墙门应该开着。"朱成说，"我已经和几个……熟人说好了。他们负责打开门，再为守门的哨卫们留点惊喜。"

"怎么能让我们不熟悉的人做这些事呢？"班超话中充满了怀疑。

朱成朝班超翻了翻白眼："放心，没出卖自己的灵魂。我跟他们做了一笔交易。作为回报，我告诉了他们，地主的金银细软藏在哪里。我们已经有足够多的钱了，如若他们这回全取走了，也没关系。"

"怎么找到这些人的，又怎么知道他们会信守承诺呢？"班超问。

"不知道，但我看人还是挺准的。"朱成冲他说，"我历来如此。并且是他们来找我的，只要我放出话去，讲清楚需要什么，时间和地点，自然会有人来找我谈的。"

"要是他们出尔反尔了呢？"班超问。

"我们也没有损失什么啊。"小龙指出。

"假若他们给哨卫通风报信呢？"班超问。

"多疑的毛病又来了。他们拿钱走人，凭什么和哨兵联手呀？"没等班超再回答，朱成就举起手制止了他并朝城堡外墙的方向点点头。

月光下，石头砌的城墙闪着幽幽的光斑，辐射出一圈淡淡的光晕。小龙他们将近北门，发现北门真是开着一条缝。朱成得意地朝班超瞥了一眼，然后转向城堡。城墙上没有任何哨兵，于是三人迅即向北门奔去。

小龙把手放在一扇沉重的木制门边上，慢慢地推开。当门开到足够大，她确定了门的另一边也没有人时，才将整扇门打开，潜了进去。朱成和班超也跟着溜了进来，并将身后的大门关上，随小龙躲在阴影中，寸步向前。三人进入一个小小的石头庭院，环视四周，惊奇地发现空无一人。

似乎有点儿奇怪，小龙记得朱成先前称她的熟人会给哨兵们搞点儿惊喜。此刻，小龙怀疑也许朱成给了他们蒙汗药。她的熟人药倒了哨兵们使得他们不省人事。

朱成显然觉得这样做很安全，她可以说是熟人自己决定这么做的。小龙当然懂得是怎么回事，然而班超，作为一个厚道人，全然无所察见。

朱成已经卸下了伪装，大大咧咧地在庭院中间逛着，小龙见状摇摇头，暂且收回自己的思绪。朱成纵身跃入空中，一下子攀上了钟楼。班超见她拉起撞桩，脸都吓白了，可是小龙依旧保持着冷静，唇边掠过一丝笑容。

朱成无视班超奋力阻止的手势，将粗大的撞钟木桩尽可能地向后拉开。然后双手猛力地一推，巨大的木桩向金属大钟飞了过去。

木桩撞上钟的时候，朱成已跳下了钟楼，双手捂住了耳朵。撞击声像是凭空一记响雷，发出一声巨大的轰鸣随即停止了，粗大飞奔的木桩击穿了整座钟，发出了可怕的刺耳声。

"为什么这么做？！"班超质问道，"想叫整个城堡的人都起来吗？"

"对啦。"朱成答道，尽情地享受班超惊得目瞪口呆的困惑表情。

转眼间，耳闻哨兵从四面八方涌来的隆隆脚步声，班超边诅咒边抽出了剑，嘴里仍在嘟囔着他要杀光一窝蜂拥来的哨兵。二十多个卫士集结在庭院中，睡眼惺忪地互相看看，揉着他们的眼睛。

"队长去哪儿了？"一名卫士依旧昏昏欲睡地问道。

接着，一个卫士发现躺在阴影里的一大堆人事不省的哨兵，一边指着一边大声地叫喊起来。

"发生什么事了？"另一个卫士质问道，他拔出了剑指着三名入侵者，"你们是怎么进来的？这都是你们干的吗？"

　　"几个毛孩子能有这么大的本事，不可能吧？"另一个卫士怀疑道。

　　没有一个领头的，这帮卫士互相盯着，不知道做什么。

　　"你们就这样责备我们吗？"朱成问道。当卫士们把注意力集中在她身上时，她摊开双手，假装清白："一个善意的提醒，仅此而已。"

　　"把他们抓起来，带去见队长。"先前的卫士建议道。一致默许后，卫士们亮出了他们的兵器。

　　"老老实实地走过来吧，保证你们不会受苦。"一个高个子卫士保证道。

　　"真抱歉，我可没法对你许下同样的保证。"朱成答道。

　　睡眼惺忪的卫士们还没有完全听懂她话里的意思，朱成已经出击了。她向前冲了几步，一跃而起。在半空中翻了一个筋斗，夺走了几名卫士手中的剑，然后继续向前翻去，直到落在卫士们的身后。

　　站在后排的卫士举起兵刃向朱成的脑袋砍来。她把剑举过头顶，挡住一击。然后一挺身，挥舞着两把夺来的剑向前，挑掉了几名卫士的剑，并将剑插进了面前一堵墙中。然后朱成用双剑的柄击中了左右两个卫士的腰眼穴道，使他们动弹不得。

　　朱成扔下手中的剑，抓住了两个卫士的手。这两个家伙学着前面卫士的招数照着朱成的脑袋劈来。她弯下腰，将两人从头顶掼了出去，他们的剑也脱手掉在地上。几乎是用同一个手法，朱成又拿下两个从背面偷袭她的卫士，点了他们的胸口穴位。两个家伙瞬间僵住，朱成一把将他们推倒在地。

　　朱成抓住一个向她冲来的卫士的胳膊，一运气，在原地画了几个圈，他跟着转了起来。朱成一松手，他登时向两名同伙飞撞了过去，三个在地上滚作一团。

朱成刚一冲出，班超也随即出击。他向前一跃，举剑格住头顶上砍来的一剑。正当他的兵器被缠住时，又有几个卫士围了上来，举剑向他刺来。班超猛一发力，直直冲上了空中，将第一个卫士甩到了一边。在他身子下方，乱剑已深深交错在刚才他站立的地方。没等卫士来得及抽剑，班超就已经落了下来，足点剑，又将自己弹了上去。

班超趁着落势一条腿带身子翻了个个，另一条腿大力踢出。当他重新落地时，刚才打算包围他的卫士，已全部被踢翻了。他落地未稳，两支箭朝他的方向射了过来。他猫腰侧身躲过，举剑挥出，两支箭被斩落。

班超从地上抓起一把剑，冲射手掷了过去。剑深深地没入了射手头顶的石缝。卫士吓得扔下弓，软软地滑倒在地，极度的恐惧和放松，使他一下子瘫倒在地。

与往常一样，小龙没有立即参战。她平静地等着卫士将自己团团围住。

"投降吧，你打不过的。"一名卫士警告她。

小龙扯着嘴角微微一笑，直叫卫士脊柱发寒。他们对望了一眼，攻了上去。等卫士们靠近些，小龙从两名卫士中间滑了出去，轻松地跳出了包围圈，恰似河水冲刷在岩石间。卫士再一次扭转身子，小龙脸上的笑意更深了，团团围住小龙的卫士们显得异常愤怒和焦虑。

卫士们又慢慢地逼了上来，小龙悠闲地把双手背在身后。一个卫士焦灼地挥剑冲了上来，小龙向边上滑了一步，用内力凝神使他的剑尖转向对准了他自己的同伙。每次卫士向小龙刺来，兵器都不自觉地转了方向，于是他们不得不后退以免误伤同伴。

小龙终于把他们折磨够了。卫士再次向她砍来的时候，她用拇指和食指夹住了剑刃。卫士震惊地瞪大了眼睛，想要抽回自己的剑，却发现小龙的夹力比他的力量大得多。还没等他反应过来，小龙已把剑夺了过去，又如一道闪电跃入卫士中间，点了每个卫士的穴并缴了他们的剑，个个都躺在地上不省人事。

小龙刚收拾完一帮卫士，猛听见身后弓弦声响，她立刻将手中的剑朝声音的方向掷去。小龙一转身正瞅见剑把飞来的箭从当中一劈两半。小龙慢慢地抬起了眼睛，瞪着射手，他张口结舌，惊呆在原地。

小龙瞪视了片刻，便手腕一翻，射出一枚银针。随着最后一个射手倒地，整个内庭又恢复了宁静。

朱成的脚步声打破了这异乎寻常的宁静，她大步跨过了庭院，消失在一堵墙的后面。

小龙听见朱成将一架咯吱作响的木平板车推回庭院里。"这也蛮好玩的呀。"她自言自语道。

朱成一边将平板车推入院子中间，一边咯咯笑了出来："别担心嘛，我的朋友。一旦开始爱说笑话了，玩笑的质量会越变越好的。"

"其他卫士都哪去了？"班超问，"根据情报，这里有五百个左右的守军。怎么只有这二十几个来见我们呢？"

"这些是比较走运的，或者说是不太走运的，看你怎么说了。他们一定没喝够我朋友给的迷药酒。"朱成又说，"没时间讲这么多了。得把这些躺在地上的人推到地牢里去关起来。"

"别跟我说把他们推到地牢里去。"班超说，想想都觉得累得不行了。

"不会，当然不会，否则有多蠢啊。剩下的人吃了药至少昏睡一天。村民们一大早就会来。让他们负责把卫士关进地牢里，再把粮食运走。我们是动脑子的，他们出力气呀。"朱成指指似乎能放下五个人的平板车，说道，"但现在我们先开始运点吧。"

朱成和班超把瘫在地上的士兵抬上车，小龙四下走动，再次确保这些人被收进牢房之前不会醒来。朱成又找来两驾车，他们开始往地牢推人，然后将卫士锁在了地牢里。

还剩下几个卫士，似乎再送一车就可以了，朱成吩咐班超负责搞定。

"我吭哧吭哧干活的时候，你们俩干什么呢？"班超问。

"我们检查一下粮食，看看是不是还在老地方。"朱成答，她一边走，一边冲着班超行了个礼，"玩得开心哦。"

小龙向班超点点头和朱成一起检查粮食去了。剩下班超一人嘟嘟囔囔地抱怨分工不公平。小龙很快赶上了朱成，她俩穿过石头走廊，不时地跨过一些昏迷的卫士。

墙上挂着的火把把她俩的身影投射在不停闪跳的阴影中。她们穿行在弯曲的长廊里，石墙面上弥漫着一层潮气。她俩曾仔细地研究过城堡的地形图，所以此时没有丝毫的犹豫转过一个接着一个的拐角，确保不在地牢到储粮仓之间迷路。没多久，她俩来到一座盘旋向上的旋梯底下。小龙让朱成先上，出了旋梯是一处四面高墙密闭的小院子，里面什么都没有，只有光光的泥地和几片没了生气的草皮。

她们来到两扇高耸的木门前，门上一根巨大的门闩闩着。两人协力将门闩拿了下来扔到地上，往外拉开了大门。门刚一开，两个不省人事的卫士就滚了出来，头还是垂得低低的。

在这间巨大的粮仓里，只有一盏油灯，借着幽暗的灯光和月光，可以看见一袋一袋的粮食堆得高及屋顶。

"看来全都在这儿呢。"朱成兴奋地说道。

小龙走了进去，将一盏油灯拿到外面，放在地上："最不想看到的事情，是有人不小心踢翻油灯。"

"班超一类的。"朱成咧嘴笑道。

小龙身子向后一倾靠在门框上，没看朱成："你打算告诉他吗？"尽管朱成的声音很平静，但小龙还是可以感觉到朱成有点不悦。

"告诉他什么？"

小龙什么也没说，抬手朝不省人事的卫士挥了挥，然后看着她的朋友。

片刻间，朱成像是要否认，不过她还是叹了一口气："说实在的，没打算说。我觉得他不会理解的。你觉得呢？"

"有帮助的话，我早说了。"

"在赌场里我做得太明显了吧？其实我没那么蠢，只是不习惯跟别人一起行动。"

"我理解。"小龙带着笑说。

"你完全不介意？"朱成小心翼翼地问。

"我母亲很会使毒，只是她还没来得及真正开始教我就过世了。我仅懂一点点，别人用毒的时候我能识别。"

"我应该想到你能看出来。还好班超没注意到。"

"觉得班超不会是你所想象的把这事看得那么认真。"

"你也听到的，他一直在扯他是多么在乎正义、公正、荣誉和尊严，好像他真的是个英雄人物似的。"朱成翻着白眼说。

"到底怎么样才能被认作英雄呢？以历史故事为榜样的话，只需要点表面的尊严而已。"小龙耸耸肩，"以这个标准看，我们愿意的话都可以称自己是英雄。"

"我不能。"朱成不带一点迟疑地回应道，"再说我也不想。我是一个一点儿都不体面的人。我已经习惯了偷东西和骗人，估计再也无法停手不干了。我一直是个小坏蛋，大概会一直这样下去直到被人杀死。"

从朱成身后的黑暗中，小龙听见了一串脚步声。因为油灯在她俩的脚边，一开始看不见灯光照射范围以外的东西，小龙以为是班超来了。可是接着就听见沉重的开弓声，小龙立刻从门框上挺身站了起来。

一支超大尺寸的巨箭，以难以想象的速度，进入了油灯照射范围内，直冲朱成飞来。

14^章

小龙几乎本能地催动魔力射出一波劲力，使射来的飞箭停在了半空，她后退了半步，借用内力卸去冲击力。既然已经泄露了自己的魔力，小龙再次探出手将射手从朱成背后的阴影里凌空拎了出来，重重地摔到墙上。射手滑倒在地后，小龙轻轻地舒出一口气。

朱成转过身子恰好看到停在了半空的箭当啷一声掉到地上，耳闻袭击者重重倒地的巨响，也让她吓了一跳。她的手按在剑柄上，低头看了一眼掉在地上的箭，然后直向黑暗中冲去。站在灯光照射范围之外反而看得更清楚些，朱成立刻注意到了倒在墙边的男子，还有掉在地上的弓。奇怪的是，他的弓居然是用生铁铸造的。朱成抬头看着向她走来的小龙，问道："你……你是怎么把箭停在半空，又同时把射手打晕的呢？"

作为回答，小龙对着油灯伸出一只手，然后握住了拳。灯火立刻自动熄灭了。朱成的嘴又张开了，脑子飞快地转着。

小龙摊开手掌，一朵小小的火花在她掌中。见此，朱成松开了一直按着剑柄的手，揉了揉自己的眼睛。再睁开眼睛的时候，火苗依然在小龙的掌中跳跃着。"难道是我自己不小心吃了迷药？你是和我一样的人，对吧？不是传说中的神仙吧？"

"我绝对是人，你也没有产生幻觉。"小龙对朱成说，"实在是难以置信。我记得很清楚，魔力第一次发威的时候，我跟你一样震惊。"

"我还是没搞懂。这怎么可能呢？"

"我自己也不知道为什么。"小龙幽幽地回答，"因为这个，我的家人……算了吧。这魔力是我内力的延伸。我告诉你这个是因为知道你不喜欢受制于人。现在好了，你替我保守秘密，我也会保守你的秘密。怎么样？"她合上了手掌，灭了火苗。皎洁的月光柔柔地照在了她们四周。

朱成有好一会儿都说不出话来，把脑子里碎片似的想法重新梳理了一遍。她起初被这难以置信的冲击给搞蒙了，此时最初的震惊已经过去，该面对事实了。朱成始终为自己很现实感到自豪，没有办法不理会摆在眼前的事实。

终于，她冲小龙咧嘴一笑，拍了拍小龙的肩："好主意。我第一眼见到你的时候，就知道你身上有很神秘的东西。"

"我也可以这么对你说。"小龙向袭击她俩的人走过去，把他翻过身来脸朝上。从他的穿着判断，他应该是地主本人。

很明显，朱成也同意这个猜测。她问道："你觉得村民们会怎么对付他？"

"总不会就地杀了他，除非村民们自己想坐牢。"小龙答，"我在宫里有些朋友。可以保证，会有人收拾他的。"小龙提到宫里的时候，留意到朱成脸上表情的细微变化，心想今天揭的秘已经够多的了。其他的秘密留待以后吧，迄今为止她们相识只有短短的两周半。

"好极了。希望有人会严正地收拾他。"朱成说着，狠狠瞪着地主，然后她走过去捡起他的弓，"我从来没见过这样的弓。你见过没有？"

"没有。"小龙从她手里接过弓，将弦用力拉开，感觉出奇的重。

朱成拿回弓，也用力试着。终于，她放开了弦，揉了揉肩，看着那块弯弯的铁器，哇地叫了一声。

"难怪箭飞得如此之快。"小龙说道。

半炷香工夫之后，班超还是没有出现，小龙建议去找他。

"这城堡不大。"朱成抱怨道，"怎么回事？他竟会走丢？聋子蝙蝠也比他有方向感嘛。"

几个时辰之后，村民们来到了城堡，惊奇地发现大门敞开着，粮食也备好了，以便他们取回。事情发生如此巨大的变化，村民们的感激之情溢于言表。他们感激涕零得不禁跪了下来，不住声地说着谢谢。

见此情形，班超小声说："这实在是一件好事。"

"我也这么说。"朱成同意，"我们赶紧走吧，趁村民仍有感激之情。"

中午时分，他们终于回到了陈柳，一夜未眠又加长途跋涉，累得精疲力尽。一到客栈，各自回自己的房间去了。

小龙在午休前，差猎鹰将一封给可兰和刘阳的信送回宫里。看着瘦长的猎鹰冲上云霄，消失在云层里，她长长地叹了一口气。想着可兰和刘阳不知道怎样了，她很想马上回去，帮助他们一起处理日常的琐事。可她不能否认自己也很享受跟班超和朱成做伴，享受重归江湖的感觉，四处冒险而不用对付宫廷里官僚的事务。

要不了多久，她又得回宫里去。小龙思索着，无论如何要让班超和朱成跟她一起回去。冤冤相报的循环必须停止。必须确保这一点。

15^章

　　自朝堂讨论匈奴风波的数天后，可兰和刘阳又一次坐在御书房里商谈当今政策，以及待选的行动计划等国家大事。隔壁房间里尚书令史们，正忙着处理奏章，分门别类，并总结和摘录非御览的报告。

　　每一个令史负责一个职能部门，可兰准备最终将这些职能分成九个部门，并各派一名尚书侍郎领头。柴华眼下负责军部的奏报，白惹处理灾情、粮草，其余的由朴阳负责。

　　可兰听见猎鹰进出的小门开了又合上，便从一堆奏章中抬起头来。猎鹰轻轻地落在她身边的架子上，伸出一只脚让可兰取信卷。

　　"是小龙来的吗？"刘阳问。

　　"当然是啦。"可兰肯定地说。她将信展开，飞快地扫读，把信递给了刘阳。刘阳看着布条底下的一条游龙不禁露出了一个微笑。阅览了一遍，他皱起了眉头："立刻派人抓地主。"

　　"这事儿不用你操心。"可兰拍了拍刘阳的背，说，"我会处理的。小龙想知道匈奴的情况怎么样了。"

　　"现在没有确切的消息可告诉她。"刘阳有点无奈地说，"太多的误报，不知道哪一个准确。"

　　"可先把注意力集中在已经查清的事情上。我们得知南北两个匈奴部落曾经打得不可开交，却突然莫名其妙地停止了敌对。南方部族眼下在加紧备战，似乎是来对付我们的。南匈奴的队伍已经集结完毕，在离我们边界不远的地方。事实上南匈奴随时会向我们发起进攻。"

"你仿佛将目前的形势小结得比真实情况还更严峻。"刘阳觉得可兰有点夸张了。

"好啊，"可兰说，"也许小龙就有动力赶快回京。"

"好聪明的计划。"

"难道你不希望小龙快点回来吗？"她笑着问刘阳，"万一小龙来不及回来，倘若我们两个再聪明一点必然能制订整个战略计划。"

"范将军可以帮助我们，你觉得呢？"

"队长也可以。匈奴还不至于马上发起进攻，应该还有几周的时间准备。"

"何以见得？"

"首先，匈奴还在继续打造兵器和铠甲，信报说已经集结好的大部分部队依旧缺少必需的武器和装备。当然，他们中很多人本身就是武士，有自己的兵器。如果是准备全力入侵的话，指挥官得首先建立统一和严明的纪律。南匈奴部族是由几个长期争斗的小部落和家族组成的。他们之间世世代代结下的仇怨不会这么快消散，匈奴要让这样的部队真正变成威胁还有待时日。不过从军事角度来说，他们已整装待发，而我们还在手忙脚乱地筹集军队，对付匈奴的随时入侵。但是从心理角度来说，他们人心涣散，各怀己见，而我们的人已经准备好了保卫家园。因此，在目前这一节骨眼上，匈奴并不占优势，他们的好将军所能做的最正确的事情就是等待。"

一阵沉默后，刘阳清了清嗓子："真应该好好学习一点兵法。"

"是呀。不管怎么说，希望匈奴现在带队的是个好将军。"

"我似乎不明白你说的理论。"

"听起来有点不合逻辑吧，然而，一个好将军的计划比较容易预测。他们通常按兵书打仗，做正确的决定。最需要防范的反而是一些杰出的将军或劣等的常败将军，因为永远猜不到他们是如何出招的。"

"感觉像是睡过去了？"

"不是啦，你是缺乏常识。好了，说正经的，对作战计划有什么想法？"可兰站起身来向一幅挂在后墙上的大地图走去。

这张皇家地图，是一件既名贵又实用的艺术品，展示了整个帝国的疆域，细致地绘制了山川地形和许许多多的要塞重镇。刘阳控制的疆土犹如一个椭圆形，被锯齿形的海岸线拥抱着，还有如树杈般分布的商贸线路。绘制地图的画师将遍布全国的屯兵驻扎点用一个个红色的小城堡图案标注。蓝色的虚线将整个国家分成了十几个大小州治，以便更好地实行有效管理。在北方边境，有一些缺口和北方部族入侵中原的路线。黑色的实线标明了几百年来各个入侵点。

"我觉得应该探明匈奴可能发起第一次进攻的地点。"刘阳说道。

"到目前为止，他们主要的兵力集中在这个地带，沿着这条走廊。这里有一个大要塞，有重兵驻防，因为长城没有延伸到这个点。另外也有小股的部队集结在对面的边界上，所以很难确切知道匈奴会从哪儿进攻。"可兰仔细地研究着地图，目光停在代表长城的黑线断开处，"不过，还是能总结出几种可能性。假若我是个平庸的将领，会把兵力集中在这里攻击。"可兰抽出剑，点点长城的左半部分，"这是一段比较旧的长城，且又没有重兵把守。想必也可从几个守卫薄弱的点发起小规模的进攻以起到分散注意力的作用，但这种出击犹如自杀性进攻。要是不加强这个点的守卫，自杀性进攻方案有可能成功，一旦长城破口，匈奴仅需一周就能到洛阳。"

"需要派多少兵马去呢？"刘阳问。

"不用着急。匈奴骁勇善战的名声也不是白来的。我猜他们不会用这种最明显的战略。不过你说的也对。我们不能让城门洞开而没有后援。可否这样，先派一些新征的兵力去，增加守卫人数。假如战斗的时间足够长的话，老兵可训练新兵。如果达不到预期的设想，我们军队人数也许可以吓到匈奴。不管怎么说，必须保全常规军的实力。"

"还可以时不时地做一些攻心宣传。"刘阳建议道。

"真不错，你也总算有个好主意。"可兰没理会刘阳吹胡子瞪眼的样子，她笑着继续说，"不过，可不能让子民们一下子感到不安。这是一桩细致的工作，不能让百姓们太怀疑了，最好不要对匈奴产生盲目的敌对情绪。我胜任不了这项工作，也不能让你自己执笔写东西，请解甲归田的老师重新出山吧。"

"噢，不，不请魏师傅。找其他人做吧。"刘阳一想起魏师傅严厉、不苟言笑的作风就苦着一张脸。魏师傅是出了名的严格和不近人情。他是国家里最有知识的学者，曾多年主持为贵族子弟专设的学堂，直到有一天他觉得宫廷争斗实在不值得他掺和。此后魏师傅就隐退了，回到京郊自己的宅子。"一定要他吗？说得轻一点，魏师傅是很难对付的。"

"别太不近人情嘛。"可兰带着一抹淘气的笑容对刘阳说，"我深知皇帝当年和大学者是如何较劲的，可还是挺喜欢他的。"

"当然啦，你是魏师傅最得意的弟子。记得，是你自己不让他爱护你。"

"我从来也不在乎旁人的眼光。你得承认他把我们教得很好。"

"承认吧，魏师傅对待其他弟子的方法让你很开心，你跟他一样喜欢黑色幽默。你们两个在一起太糟糕了，折磨所有的人，特别是我！"

可兰翻了翻白眼："不能总认为自己是个大小孩。"

"我现在是皇帝了，你觉得魏师傅是否会稍微尊重我一点呢？"

"绝对没门。他不是对权贵和地位随便低头的人，哪怕是绝对的权力。"

"也许和他有一个免死金匾有关吧。"

"有可能，假若你父亲没有赐他免死金匾，我想他对你的态度也许会有一点改变。从这个角度想，魏师傅是尊重你的。"

"怎么得出你的结论？"

"魏师傅尊重你，是因为他明白你不是滥用皇权的人。"

刘阳想了一会儿，终于点点头："也许你说得有点道理。"

"好极了，已经派猎鹰送信了，请求他重回宫来。魏师傅过几天能到。"

"什么？！我还没准备好呢，得想想怎么对他说，如何对待他，还得研究研究呢。"刘阳沉默了，明白自己是多么可笑。

"哇，魏师傅还真能让你坐立不安呢，是吧。全由我来说吧。"可兰笑着，伸过手去揉乱刘阳的头发，可兰知道他特别恨她这么做。

16 ^章

几天后的一个晚上，小龙怎么都睡不着，在一间并不宽敞的房里来回踱步，决定趁天亮之前出去走一走。她毫无目标地在镇上走着。小龙习惯于走在阴影里，尽管周围没什么人注意她。

小龙一边走，一边想着心事。刘阳和可兰最近的信，说明形势很不乐观，已经到了一个关键的转折点，依可兰的口气看，似乎战争是不可避免的了。

事实上，小龙根本不需要可兰来信告诉她。镇上的居民，已经被路经逃难的人带来的流言搞得惶惶不安了。陈柳离边境很近，镇民们有足够的理由担心。可兰的信证实了小龙早已担心的事情。

小龙注意到信中的紧迫感。不用说，刘阳和可兰希望她能尽快回到京城，帮助他们动员军队，做好防战准备。她内心很愿意尽快回去，因为事系国家安危，当然值得她关注。可是觉得陈柳也需要关注。

她沉浸在自己的思绪中，以至于完全没看见路旁墙上贴着抓捕影侠的布告。当天晚些时候，小龙他们三人去跟踪与近来城里一连串的人质失踪案件有关的一伙人。这帮人穿行在满是腐臭气味和烂菜叶子的背街小巷里，压根儿没有想掩藏他们自己的行踪。事实上，他们大声地喧哗，旁若无人，好比跟踪一头愤怒的大象似的容易。

小龙、朱成和班超尽量保持安静，展开轻功跟在六个全副武装的人的身后，无需努力避免被发觉。几乎不必小心谨慎，因为被跟踪的目标根本不关心周围的人和事。小龙他们跟着六个绑架者已经有半个时辰了，本希望在他们六人的对话中，探出为什么他们绑架曾经遍布陈柳大街小巷的游医。可是他们仅仅醉醺醺、步履蹒跚地晃在背街小巷里，所有的对话只是些低俗无聊的笑话和咒骂。

"要不要现在动手？"班超不耐烦地问。

"他们刺激到你了吧，对不对？"朱成反问道。

"当然啦，难道他们不招人厌吗？"班超压低嗓门嘶着声音说。

"一定要问的话，是有一点讨厌。"朱成笑着回答，"不过你看上去好像真的被惹怒了。这些人到底怎么招惹你了？"

"你们两个再继续吵下去，我们可真的会不可思议地把他们跟丢。"小龙评道。

"好吧，先专注于眼前的任务吧。"当然，朱成不太满意就这么结束了这场嘴仗，"班超，继续想着吧。要是再找到些让你不自在的事就更好了。"

"有这个需要吗？你已经帮我做得差不多了。"班超没好气地对她说。

"差得远呢，还没气得你口吐白沫呢。"朱成说。

班超狠狠地瞪了她一眼："我已经差不多了。"

"要不我们再多斗一会儿，看你口吐白沫一定很有意思啊。"

小龙大声地清了清嗓子，毫不在意别人听到，因为前面的跟踪目标已经消失在视线中。"继续往前走呢，还是你俩继续激怒对方？"小龙问他俩。

作为回答，朱成看了看班超，做了一个夸张的请的手势，叫他往前走。不一会儿，他们三人又赶上了绑架者。此刻，六个绑架者正站在一间破旧的小酒馆门口，晃荡着盛满酒液的杯和碗。

"我敢打赌这帮人会在空气中留下一股酒味。"班超抱怨道，"估计永远也洗不掉的。"

"你可有机会试试能不能洗掉酒味啦。"朱成故作无辜地说。

班超不去理会她的嘲讽，上前了几步，离刚才靠着的一堵湿漉漉的墙远了一些。他伸手从对面墙上揭下一张布告："影侠？这不是镇民们前些日子差点儿为此打起来的布告吗？"

"何来此问？"小龙问道。她并没看见班超手里的东西，正盯着街角的几个人，不想让他们再跑了。

"这是一张悬赏布告。"班超答道。

朱成看到小龙脸上闪过的一抹表情，并没去多想。记得小龙曾经告诉过他俩，她跟真的影侠是认识的。朱成不想让自己好朋友的名字跟罪犯联系在一起。然而，朱成却忽然皱起了眉头。哦，不仅仅这个，还有更多的名堂。

班超举着的悬赏布告只有文字说明，没有图像，他将上面的内容总结了一下："这上面说影侠谋杀、偷盗，还犯有其他罪行，正被悬赏缉拿。她是极度危险的，常常趁夜在城里偷袭，身着黑衣，蒙面，提醒大家小心提防。任何提供线索或帮助捉拿影侠归案的都有赏。"

"定是一些有钱人在背后支持这事。"朱成瞟了一眼布告，同时留意着小龙的表情，意味深长地说，"我猜有人借着著名侠客的名号做坏事诋毁影侠。"

小龙从班超手中接过布告，仔细看了一遍然后折起来放入怀中，打算晚些时候再研究。他们三人现在还得注意这伙绑匪。此时，他们六个几杯酒下肚后，正摇摇摆摆地从酒馆里出来，再一次走进了背街小巷。

小龙他们三人等了一段时间，让这伙绑匪走得离主街远些才跟踪上去，以免人多眼杂。想必这里附近的居民已经躲进了屋中。

朱成总是喜欢搞些花样出来，对小龙和班超说，在他们面前出现得隆重的话，估计更能起到震慑绑匪的作用。因此，他们三人各自找了一幢房子，使出轻功攀了上去。在各自屋顶上，能互相看见对方，当这伙绑架者到了合适的位置，朱成会发出出击的信号。

朱成首先从房顶跃下，落势中一个空翻，闷声落了地，直接挡在了绑架者的去路上。突然见有人从空中落下，着实令绑匪们吓了一跳。此刻，又有两个人影落了下来，加入了前一个姑娘的行列，使得绑匪们更加震惊了。

一阵短暂的停顿之后，一个身形高大左臂上绑着一卷绳子的绑匪，指着他们三人说："躲开，别挡着我们的道。"

朱成完全不理他，质问道："你们是替谁卖命的？"

"毛孩子竟敢找麻烦呀！"另一个醉汉大着舌头轻蔑地说。

"一直都是啊。"朱成带着明显不友好的笑容说道。

"找对了地方啦。"还是前一个醉汉对她说，"定会痛揍你们一顿的。哎，给我站定了。别跳来跳去的。" 醉汉两眼发直踉跄着走了上来。然后他又从握着的酒杯里喝了一口酒，眼睛直翻了上去。他噗的一声摔倒在地，酒杯摔得粉碎，酒洒了他的同伙一身。

"真丢人啊。"朱成说道，"虽然很想看到你们都醉成这个蠢样，但需要一个人保持清醒来回答问题。哪个还记得自己是谁啊？"没有人回答，绑匪们明显地觉得受了侮辱。朱成转向班超："还是你先上吧，他们跟你的水平差不多。"

"好吧。"班超说完，向剩下的五个醉鬼冲了过去。

"让你羞辱他们。"朱成在他身后叫着，翻了个白眼，追了上去。

小龙留在了原地没动，因为朱成和班超足以收拾这几个醉鬼。事实上，醉汉不需要收拾，已经自己倒下了。小龙的思绪又转到了悬赏布告上，愤怒地咬紧了牙关。毫无疑问，有人在打着她的名号干坏事。到底是谁？为了什么呢？

与此同时，班超冲着一名醉汉使出一招连环踢，将他结结实实地踢得横着撞上了墙。班超重新落地，另一个绑匪打算偷袭他。可是绑匪自己已经醉得不成样子，班超不需要移动，这家伙直接错过了，撞上了班超身后的一堵墙。当然啦，班超及时推了他一下，绑匪就地瘫倒在墙根，不省人事。

难得有这么一次，朱成放弃了她的花哨套路和漂亮招数。她心想，醉汉不值得花力气。所以，当两个绑匪同时向她冲来时，她稳稳地站着，双脚定在地上。等他们离自己还有一臂之距时，她的胳膊突然挥出，两人很不争气地晕倒了，他们自己的四肢连阻挡落地的能力也没有。

剩下的一个绑匪看上去是最清醒的，他开始向后退去，想要逃跑。小龙当然不会允许，手腕一翻射出几枚银针，绑匪的衣服被钉在了墙上。他们三人气势十足地瞪着这个倒霉蛋。

"你们到底是什么人？"最后一个被打倒在地的绑匪问道，他布满血丝的眼睛从一个人的身上瞟移到下一个人的身上。

"你永远不会知道。"朱成答道，看到他疑惑地眨眨眼，她叹了口气，"我现在开始有点担心罪犯界的水准了。"

班超抽出他的剑抵着他的下巴："你们到底是在替谁卖命？如果你不老实回答的话，这是你听到的最后一个问题了。"

完全出乎意料，一个简单的威胁让他吓破了胆："是邝家的大家长雇了我们把所能找到的郎中都给他抓去。"

"为什么？"小龙问，脑中飞快地过了一遍她所知道的邝家的信息。这是武林界一个很有势力、名声不好的帮派，现在由一个背景不明、叫谭石的人掌控。

绑匪摇摇头："我们只是把郎中装进袋子并送给邝家，不知道其他任何事情。"

"邝家的老窝在哪里？"小龙故意问，猜想倘若他知道地方，说明他说的可能是实话。还有他回答问题时怕得要死，上气不接下气的样子也说明他不敢瞎说。

"我们将郎中抓去交给邝家在陈柳城里的帮众，然后由他们将郎中送到南面的山上。"绑匪告诉小龙。

"帮众在哪儿？"班超问。

"付了钱，已经走了。"绑匪说。

"已经知道想知道的了。"朱成兴奋地说。不等绑匪再回答，她就上前一记快拳打晕了绑匪。

班超冲她瞪眼："我还想问他问题呢。"

"问什么？有几个脚指头？"

"这里面有问题。"小龙评道，"邝家要这么多郎中做什么呢？"

朱成似乎沉思了一会儿，然后耸耸肩，表示不知道："得去查查看，感觉告诉我，我们需出一趟差才能查个底朝天。"

"噢，老天，爬山啊。真是喜欢这种体力活动。"班超痛苦地说道。

"也许是时候活动活动筋骨了。"朱成说道，"吃起来像头猪似的，迟早会害了你的。"

"你还说别人呢。"班超心虚地说，但语气倒像是被惹恼了。

小龙知道班超不是真的生气，心想班超其实比他表现的要善良得多。他容忍朱成对他进行无情的冷嘲热讽和打击，他知道朱成是在故作轻松，以此给自己疗伤，虽然他并不知道这究竟是为了什么。小龙猜想朱成也明白这一点，当然她宁可死也不愿承认她也需要别人的帮助。在很多方面，朱成都比班超更要面子。

"在我们开始下一个冒险行动之前，看看六个绑匪是否已经牢牢地被绑住了。"朱成权当班超什么也没说，自顾自地说着，"很希望能有一个更有效的方法通知县令，这样吧，我们亲自去通知县令。"见班超要走，朱成伸出一只手按上了他的胸口，"总得有人留下来看绑匪，免得有人给松了绑。多谢，我们很快就回来。"然后她抓住小龙的胳膊拉着她向巷子深处跑去。

在她们身后，班超只是耸耸肩，靠在墙上。他从怀中掏出一枚硬币，不停地向对面墙上弹去。硬币撞上坚硬的墙面，每次都朝不同的方向弹开，但他每次都能在它落地前抓住。

与此同时，两个姑娘匆匆向最近的衙门赶去，通知官差们来把烂醉的绑匪捉拿归案。小龙一路上留意着各处张贴的悬赏布告。虽然从来没想过要得到认可，但好名声如今被玷污了，小龙真的异常愤慨。路上醒目的悬赏告示几乎使小龙发疯，有一点是确定的，现在得暂停夜间的除奸惩恶行动。与除奸惩恶相比，自己的夜行更有可能吓着普通的镇民。

朱成吃不准小龙到底有多么在意悬赏布告，快到衙门的时候她决定大胆试问一下："你就是影侠，对不对？"

要是换作别人肯定会转身对朱成惊叫起来，可小龙一点都没有乱了步子。她平静地转过身看着朱成，轻轻点点头。"不是他们所说的那样。"她指着布告说。

朱成大笑起来，一伸手扯下了布告："我没这么认为。"然后将布告揉成一团扔进了路边的垃圾堆里，"完全可以不跟我说实话，你心里明白，无论你怎么说我都会相信的。"

"不能这样处朋友。"小龙耸耸肩说，"再者，已经露出了许多马脚，早晚会被你发现的。"

"我注意到你说的不是你们。"

"真是这个意思。"

"对的。班超从不怀疑你对他说的话。"

"他完全相信我们。"

"走江湖不会治好班超太相信人的毛病。"

小龙望着朱成，露出了一丝笑容："你相信他，也信任我。我们的过去你到底知道多少？"

"这个要归功于班超。他太诚实了，这还会传染。以前我是很警惕的。"

"我也是。"小龙向她说道。

17^章

　　第二天用早餐的时候，朱成想着先去查一查为什么邝家突然需要这么多郎中。

　　"我们什么时候出发？"班超问。

　　"我自己去，马上走。"朱成答道，"你俩不必和我一起去，尽管我很乐意瞧见，在遇上和我交往的人的时候你惊恐无比的表情。季柏和他手下的人在江湖上算是好的一拨。当我认定不是好人的时候，相信我你绝对不会喜欢他们。"

　　班超仿佛想诉说该怎么交和交什么样的朋友时，瞅着朱成还是把话咽了回去。他近来基本上做到了，尽力不用自己的标准去评判事情怎么做才是正义的。他觉得，朱成毕竟是为了获取有用的情报。正因为如此，班超才确信朱成所交往的人和事情，即使名誉不好听的也都可以忽略不计。

　　当朱成意识到班超显然无意对自己决定的事情再来一番长篇大论时，却暗暗地对他的表现有些吃惊，她继续道："小龙本来可以与我一起去的，但非常抱歉地说你跟去会把事情都搞糟了。你们两个留在这里做伴吧，我一个人去混混，不反对吧？"

　　"肯定不需要后援吗？"小龙说。

　　朱成跳起了身，微微地笑着："别担心。这事儿我做过千百次了。"

"以防万一，你会在哪儿呢？"班超问。

"城西南角上的黑狗酒馆。应该在大厅或者后厅里。"朱成向门口走去，回过身说，"半个时辰我不回来，就别麻烦来找了，多半是已经死了。"

"等等。"班超叫道，真的紧张起来了，"如果是这样的话，我得跟你去。管不了那么多……"

朱成难得没带嘲讽地朝班超笑了笑："你对我真是太好了，开玩笑的啦。我一两个时辰内准回来。不必太挂念。"

朱成走后，班超和小龙互相看着。

"这样……"班超开始说，"你想做些什么？"

确实没什么可做的。朱成不在，小龙和班超想不出什么有劲的事情做。小龙耸耸肩，看着班超眯起了眼睛："你的棋艺如何？"

"不怎么样。"

"这么着吧，我去找副棋来。"她站起身示意班超跟着来，"总不会和我弟弟一样差吧。有一次他只走了两步就输给了我。"

"怎么可能呢？"

"是啊。"

班超耸耸肩，没再说什么。随后两个时辰里，小龙接连赢了班超几盘棋。最后一盘棋下到一半，小龙开始觉得有些不对劲了，向窗外望去："朱成去了多久了？"

"一个多时辰了。"班超从棋盘上抬起头说，见小龙脸上的表情，重新又低下了头，可他再也无法专注在棋上了，"你也觉得有些不对劲，是不是？"

"我可能想得太多了。"小龙说。

"是啊，也许她已经在回来的路上了。"

两人互相安慰着，但心里同时默认着，恐怕朱成身陷困境，他俩即刻放下棋子，以越来越快的步伐向城西南方向跑去。

半个时辰以前，朱成蹑进了一间破烂的小酒馆，装作是个衣衫褴褛的小偷，像身边的其他人一样。没等人招呼，她就在一张咯吱作响的桌边坐了下来，尔后冲着小二叫着，直到小二匆匆地走了过来。朱成胡乱要了几盘菜肴，其间掺进一个不存在的菜名，这是与店老板的联系暗号。

小二连眼皮都没抬："你的菜马上到。"

朱成当然知道要等很长时间，才会知道店老板是否见她。这也正是为什么她点了些菜，可以边吃边等。朱成压根儿没打算坐着长时间地傻等。信息贩子通常都让客人久等着，直到你不耐烦以便控制你的想法并占据主动。但这种小伎俩对朱成不管用。

上菜的时间好像出奇的长。朱成边等边观察着边上桌子旁的无赖在干小偷小摸的勾当。

其间，一小帮无赖向朱成走来，试图抢她的桌子，朱成拔出匕首，扎进了麻麻点点的桌面，无疑这些年来桌子已经被许多人扎过无数次了。朱成冲无赖狠狠地瞪了几眼，吓得他们似乎血液都凝固了。几个无赖还算识相，最后选了酒馆另一头的一张桌子。

菜肴终于上来了，还伴来了一壶香茶。朱成慢慢地吃着菜。吃完了好一阵子，小二才示意她穿过后门去见店老板。她装作随意地站起身来，一按桌面，匕首弹了起来，自动地插入鞘中。这一手着实使旁观的客人都大吃一惊，以至于谁都记不清后来她去了哪里。

其实朱成只是从前门溜了出来，又从后门进了酒馆，去见一个双手汗津津、戴满了便宜戒指的矮胖男子。

"今天我如何为您效劳呢？"他招招手让朱成进去，问道。

她进了一间家具稀稀落落，没有窗子，只是另外还有一道门的屋子。屋子的四角各站着一名保镖，这点朱成早预料到了。她担心的是这道门，幸好，她坐的椅子正对着门。

"需要关于邝家的情报。"朱成说，知道没有必要拐弯抹角。

"所有的情报都是有价的哦。"

朱成拿出一小颗银锞子，矮胖男子的目光随着银锞子转动，他脸上不动声色。见朱成不再拿钱出来，矮胖男子摆出了一副不屑一顾的表情："你想要的情报我手上未必有现成的。"

"耐心点儿，老板。我还没有说出我要的东西呢。我想知道邝家的山上发生了什么事情，为什么需要这么多的郎中。假如你能提供我所需要的情报，钱嘛，当然可以更多点儿。"

"再多三粒银锞子，我们可以成交。"

"两粒。"

"你倒是挺能砍价的，行啊，再多两粒吧！"矮胖男子说。

朱成没有听见矮胖男子的最后一句话。她的耳朵嗡鸣起来，视线也开始模糊。她立刻意识到发生了什么事，现在只有片刻的工夫来思索怎么办。她先前应该能尝出毒药并避开它。她迅速地检查了一下自己的症状，知道这药不至于要了她的命，但马上会不省人事的。

得赶紧离开这儿。朱成骂了一句，跳起身来，可是已经太迟了。她的大脑变得异常迟钝，当四个保镖攻击她的时候，她已经没有能力制止他们。

正当朱成即将陷入昏迷时，她明白自己中的是什么毒药，从哪儿来的。毒药是被放在茶里的，无色无味，像她这样的老手竟然没有察觉。接着，在她渐渐失去意识的时候，明白了到底发生了什么事情。在她彻底昏过去之前的最后一个想法是：他终于找到我了。

18^章

一盏茶的工夫之后，朱成苏醒了，她的生存本能告诉她不能马上睁开眼睛。她感觉被紧紧地绑在椅子上，无法挣脱。她同时断定屋子里还有另外一个人，但依旧不想睁开眼睛。她知道屋子里的这个人可以杀了自己，所以拒绝看他，心想，要杀便杀。

"我知道你已经醒了。你也知道这种小伎俩骗不了我。"这是一个实在太熟悉的声音。

朱成用上了自己最大的自控力，才使自己不发一言。

"这四年来你真的长大了，小妹。"

朱成实在无法按捺住自己的怒气，猛地睁开了眼睛，瞪着他，一字一句地从牙缝里挤出来："不准这么叫我。"

一个穿着亮眼的年轻男子俯身看着她，他的脸离朱成的只不过寸许："我当然是你的大哥啦，虽然没有血缘关系。"

朱成气得几乎发抖。平时自己绝不会明显地露出喜怒情绪，也从来没被绑在椅子上并面对一个彻底背叛自己的人。"为什么要这么做？难道师傅对你不够好吗？别人对你不够尊重吗？怎么下得了手呢？"朱成几乎在吼叫。

狄志直起身，失望地摇了摇头："这是什么样的欢迎你大哥的仪式呀？"

"你不是我大哥！你杀了师傅，还差点儿杀了所有的人！"

"如果不是你坏了我的计划，我很有可能成功的。我把你收在我的羽翼之下，竟然落得这样的下场。我逃出去之后，差点儿惨死，都是你造成的。"

朱成愤怒到了极点，气得简直要喷火了。一开口，竟然是喊叫着，她毫不掩盖自己的愤怒："我对你像对哥哥一样。你却叫我做什么？我怎能容你杀所有的人，杀我？"

突然，通向小酒馆的一扇门被撞开了，一群混战的人涌进这间小屋子。

小龙正与几个打手激战，环顾了屋中的情形，挥手射出数枚银针，击倒绑着朱成的椅子，切断了绳子，把朱成从椅子上解救了下来。朱成挣脱着站起身来的时候，小龙基本上收拾了全部的打手，班超恰好迎上自称朱成大哥的年轻人。

突如其来的袭击使得狄志非常震惊，他很快恢复了正常并朝着班超抬起了手。见此情景，朱成仿佛感到时间骤然慢了下来。她清楚地知道，一旦狄志的镖出了手，班超眨眼之间便会送命。小龙仍然被一些打手纠缠着，而班超自己对眼前的凶险浑然不知，因为他从来没有学过怎么防备如此奸诈的手段。

朱成别无选择，必须当即出手。尽管狄志对很多毒物有抗体，但她兵器上的毒药能让他立刻僵硬起来。朱成惊恐万分，知道自己必须这么做来拯救班超，她在狄志向班超出镖之前，射出了自己的撒手锏。

狄志登时僵住了，转过身看了朱成一眼便跌倒在地，脸上依然凝固着震惊的表情。尔后朱成的思绪一下子回到了四年前，在打败狄志的一个回合，他的脸上呈现了同样的表情。但当时，朱成把狄志看成自己的大哥，唯一剩下的家人；而现在，狄志对朱成来说早已经死了。

在朱成一阵眩晕眼看就要跌倒的时候，小龙刚好打退了全部的对手。她一脚把椅子踢了过去，椅子在对面墙上碰了一下，滑过去接住了朱成。她随即急冲过去，在朱成的口袋里一通乱找，直到找到一小瓶解药。打开瓶盖，她轻轻地嗅了嗅确定是朱成常带在身上的多功能解药。尽管她不像朱成一样精通使用毒药，但她估计朱成需要两粒药才能恢复正常。

确定不省人事的朱成吞下了解药，小龙才转身看令朱成大喊大叫的年轻男子——狄志。

班超看看小龙，又看看朱成："朱成怎么了……"

小龙见狄志手中的镖，不用细看就知道一定是致命的毒镖："朱成救了你的性命。"

"到底怎么回事？发生什么事了？"班超一头雾水，嘶哑着声音问。

"唯一能回答这个问题的人现在不省人事。"小龙说。

就在此刻，一队士兵如暴风雨般地冲了进来。带队的见小龙他们三个人，忍不住叹了口气："又是你们？"

士兵们刚把倒在地上的打手们拖走，朱成就开始动弹了。她恢复神志后，用力紧握着双手，像是要把骨头都捏断似的。她依旧闭着眼，但开始说话了，她的声音意外地平静："我杀了他，是不是？"没有人回答她，她突然向前扑去，抓住了班超的衣领，仿佛怒视着班超，叫道："是不是？"班超慢慢地点了点头，她松开了手，跌坐回了原地。突然之间，她猛地跳起身来，瞪着小龙和班超："你们明白我干了什么吗？我亲手杀了我的大哥。"她再次抓住班超，将他推到墙边，"你知道我用什么杀了狄志？难道我一点儿都没有触犯你宝贵的尊严戒律吗？"

班超只是瞧着朱成，他简直不敢相信。朱成的情绪通常仅仅在欢乐和嘲讽之间转换，可现在她却是彻底地崩溃了。班超可以推开她，按她现在的状态，连一只病猫也打不过，但他什么也没有做。在朱成不省人事的一段时间里，他已经接受了整件事。再则，她救了自己的命。不管朱成现在怎么着，她都不是一个坏人。班超看着她，尝试用无声的方法与她交流着。

小龙走过去，轻轻将朱成从班超身上拉开。这很容易做到，因为突然之间，朱成像是失掉了全身的力气。小龙慢慢地把朱成拉回椅子上，她没有一点反抗便跌进了椅子里。然后闭上了眼睛，双手遮住自己的脸，身体向前倾着。朱成保持着这个姿势很久，才慢慢地开始讲话。

"我的父母被杀害了之后，有一个叫斯师傅的人收留了我。他开了一间有十来个学徒的小学堂，教我们偷、开锁、用骰子作假和撒谎面不改色等技巧，当然，还有如何不露痕迹地杀人，如何使用毒药。狄志十七岁，是最好的学生。起初，我对斯师傅传授的手艺只懂一点点，然而我学得很快。在狄志的帮助下，我进步的速度超过了任何人的想象。狄志帮助每一个人，还承担了额外的家务活，小师弟师妹犯错时，他也庇护，而被师傅惩罚。狄志是师傅最喜欢的徒弟，也是我从来没有过的好大哥。可是，他骗了我们所有的人。我到那里一年后，他竟然打算把我们全杀了。我碰巧看见他在饭碗里放药粉。在吃之前，我把自己的碗跟他的对换了。他的抗毒能力使他得以坚持到逃走，我有幸救了除师傅以外所有的人，但狄志在斯师傅的碗里下了双倍的毒。他和我曾经是非常亲密的，因此无人相信我没有参与下毒事件，所以我不得不离开。我仍然不明白，为什么狄志要谋杀大家。"

当朱成讲完的时候，这个从来不让自己悲伤的人，几乎哭了出来。然后她苦笑了出来："现在，再也无法找到答案了。"她抬起头，小龙和班超正紧张地看着她，好像不知道接下来她会做什么。朱成能理解小龙和班超的想法，因为她自己也不知道下一步怎么办。

小龙特别担心朱成的精神状态，看得出悲痛已经深深地烙进朱成体内的每一寸。

朱成摇了摇头："还不明白吗？你们不应该信任我。我会说谎、骗人、偷东西，下毒药时眼睛都不眨一下。连我自己都不能相信自己，不相信自己能分辨善与恶。"

班超和小龙交换了个忧虑的眼神。实在是一件糟糕的事情。朱成还没有恢复过来，依然神志不清。小龙懂得现在需要对朱成采取严厉的措施以帮助她恢复。小龙一下子无计可施，忽然想起了朱成的拿手戏——嘲讽。"我也有个催人泪下的身世啊，不过你从没见我哭过吧。"小龙似乎并不擅长此道。

班超眨了眨眼睛，接上了话题："母亲从来没有告诉过我父亲的身份，直到她快去世的时候，而我父亲早已经过世了。在我的整个童年里，从没有在一个地方待过很长的时间。总是从一个地方漂到另一个地方，靠讨来的一点可怜的钱活了下来。五年前，母亲因为久病过世了，眼看着她一点点地虚弱下去，可是我没有闷闷不乐地求人同情啊。"

突然间朱成从悲伤变为愤怒了："我知道你们在干什么。怎么样才能说服你们，没有我在你们身边，你们反而更好？"

小龙笑着，将手放在朱成的肩上，觉得事情有转机了："无论你怎么说，我们都不会离开，你现在也打不过我们，所以让我们帮助你吧。"

"我不需要你俩的帮忙。"朱成对他们说。一阵猛烈的咳嗽恰巧打断了她的话。显然解药开始起作用了，朱成应该不会有大碍，可是体内的余毒还在阵阵发作。她咬紧了牙关，一阵剧痛穿透了她的身体，这个时候至少她没有办法想其他的事情了。

见此情形，小龙迅速地点了朱成的一处穴道，让她好好地休息以便尽快恢复。在失去知觉前，朱成觉得真是可笑，自己一天之内竟晕倒了三次。

班超及时地接住了朱成，将她放在椅子上："能把她送回客栈去了吗？"

"这样最好。"小龙说，"还好这里离客栈不算太远，可她远比看上去要重得多哦。"

班超瞧着小龙，忍不住笑了出来，尽管发生这么多事，但他还是说道："她是对的，小龙的笑话讲得跟我一样差劲。"

小龙瞪了班超一眼："我正在努力啊。"

回到了客栈，小龙和班超告诉了金煌和田灵所发生的一切，并向他俩保证朱成不会有事，没必要请郎中。事实上城里的郎中都已经不见了。掌柜夫妇去忙后，小龙和班超将朱成送回她房间的床上，尔后又继续下两人之前没下完的棋。

朱成醒来的时候已经是下午了，两人还陷在棋局里。朱成起身时两人都注意到了，小龙看了班超一眼，用眼神告诉他保持沉默，所以班超又走了一步棋，假装仿佛没有不寻常的事情发生。

朱成走到桌边，坐下，看着小龙和班超下棋。很长一段时间，没有一个人说话。突然间，正当班超准备走下一步棋的时候，朱成伸过手去把他的手打到了一边，夺过他手中的棋子，吃了小龙的一枚马，将军。"这样的话你至少还有一点赢的希望。"

要是在平时，班超肯定会抗议这种粗暴的介入，然而此刻他保持着沉默。似乎朱成又回到了从前的自己。

小龙泰然自若地一着制敌，又走了几着便赢了棋，然后转向朱成："想玩吗？"

朱成没有一点儿想玩棋的样子。其实，她脸上有一种奇怪的表情，看上去好像病了。小龙过了好一会儿才明白过来，此时朱成出人意料的表情，实在是有点尴尬。怎么回事嘛。

朱成低头看着桌子，然后清了清嗓子。接着，她做了一件几乎让小龙和班超从椅子上跌下来的事情："我只说这么一次，你们最好别变成习惯了。对于先前所发生的一切我真的很抱歉。"

假若班超或者小龙正在喝什么的话，肯定会将嘴里的东西喷得整屋都是的。班超和小龙互相看着对方，小龙忘记藏起她的震惊。"我没听懂。"小龙说道，"抱歉什么呀？"

"为变成一个哭娃娃，为推了班超，为你们帮我的时候冲着你们大喊大叫。"朱成回答，看上去还是非常不自在。

"这是我们自找的呀。"班超笑着说，"别操心了。"

"才不会呢。"朱成驳嘴道，"现在唯一该操心的是我空空如也的肚子。我得去找点东西吃。"当朱成看见小龙脸上的表情时，她哼了一声，"去厨房，我可不想再晕倒和做任何傻事了，或者更傻的事情。"然后向着门口走去。在跨出门之前，她停了下来，说了声："多谢。"然后头也不回地走了。

这一次，班超真的从椅子上跌了下来。

19^章

　　既然朱成没能成功地获得邝家的情报，小龙他们三人便请县令手下的人，帮忙去挖些情报回来。一天晚上，在小龙的房里，三人一起研究送来的情报，仿佛有用的信息不多。

　　"没人知道到底发生了什么事情。从表面的情况来看，绑匪抓了郎中，可能是替邝家的老娘治风湿吧。"朱成说。

　　"查到的情报表明，被绑架的郎中，送到了从这里往南两日半路程的山上。"班超说。

　　"我们明天去。"朱成宣布。

　　班超看着她："你是说……"他吞下了后半句话，觉得还是不说的好。

　　这时朱成又说："也许可以找些马。"

　　"金煌能借给我们。"小龙说，"如果他没有的话，县令应该有马。骑马走，傍晚到不了的话，天黑之前一定能到山脚下。"

　　"救下了郎中，怎样才能带他们回来呢？"班超追问。

　　"又来疯话了。"朱成对班超翻了个白眼说，"这不由我们负责。再则，邝家一定有马啊车啊什么的我们可以借……永久性地。"

　　"耶，你终于又正常了！"班超说道。

　　朱成打了一下他的胳膊："你真的以为，你犯傻时我会不指出来吗？还不如杀了我吧。"

"我毫不怀疑。"小龙笑着评道。

等做好了第二天出发的准备后，三个人分别回各自的房间休息去了。

小龙走到窗口，轻轻地吹口哨召唤她的信鹰。信鹰从夜空中盘旋而下，落在了窗台上。小龙一边心不在焉地抚着信鹰的脑袋，一边抬头望着天上的月亮。跟匈奴即将开战的传言已经达到了白热化的程度。走完明天这一趟，得赶回都城去。她希望朱成和班超能一起去。

喂了信鹰一点零食后，小龙写了一封短信，告诉刘阳和可兰她明天忙完了后即刻回宫。

刘阳在御书房里紧张地来回踱步，他的朝服在地上拖出窸窸窣窣的声音，并在殿中发出很大的回声。过了一会儿，可兰受不了了："你再不停止，需要担心的不光是魏师傅一人了。"

皇上踱到半路停了下来，瞪着可兰："你要我怎么办？没办法不紧张嘛。"

"为什么不行？你觉得我做得怎么样嘛。" 确实，可兰一点儿也不紧张。她将两条腿搁在椅子一边的扶手上，头搁在另一边的扶手上的样子，着实证明了这一点。

"不需要紧张嘛。"可兰安慰道。

"经书上常说，权力使人变得愚蠢。你呀，大可不必紧张，至少得有点自信嘛，嗯？"

"真是太搞笑了。我怎能如你这般聪慧。"

可兰站起身来，咧嘴一笑："果真如此，我是没办法忍受你的。"她走过去将胳膊环上了刘阳的肩头，"听我说嘛，你现在是皇上。我的意思，不是说你应该像你的很多前任一样滥用权力，可你至少得记着你自己是谁吧。魏师傅比你博学并不代表他是比你更好的人。相信我说的吧，不要因为来了师傅这么个好人，你就变成懦夫了。你会在历史上留下威名，成为一个伟大的皇帝，所以从现在开始练习吧，好不好？"

"你刚才是说我会成为伟大的皇帝？"

"没有啊。怎么了，你今早起床后没有洗耳朵吗？" 可兰故意逗刘阳。

"这个不是我听过的最好的励志演说，但还是有点帮助的，所以我得谢谢你！"刘阳说。

"好。若是你现在一定还要来回踱的话，至少先把朝服脱下来吧。"

"还真是应该脱了。"刘阳挣扎着，褪下了长长的绣着繁复图案的缎质龙袍，小心地挂在衣架上。龙袍里面的衣服也是无比华丽。"我可不想让魏师傅觉得我在虚张声势。"

可兰看了看刘阳身上的锦服、头上的皇冕，一本正经地说："完全不会。"

就在这时，钟声传到了他俩的耳中。可兰冲着刘阳一笑："这是给我的提示。请您稍等，皇帝陛下，请容您谦卑的仆人为您去传个口信。"

"谦卑的仆人？整个皇宫还没掉入深渊吧？"

可兰向御书房门口走去，她的笑声回响在大殿里。她打开门，门口的一名御侍向她深深鞠了一躬："大人，魏师傅已经到了。"

"多谢。请他直接上御书房来。"

年轻的侍卫也是可兰的一位老朋友，他脸上飞快地闪过一抹笑容，又立刻恢复到正经的宫廷礼仪："是，大人。"

可兰回到刘阳的身边，叹了一口气："让他去掉这种称谓，就是不听。但又怕可能给他带来麻烦，还是算了。"

"原谅我没法同情你哦。至少柴华他们几个私下不再叫你大人了。小龙不在，你是唯一的不这样称我的人。"

"我敢打赌魏师傅一定不会朝你叩头的。"

"要是他这么做了，我才会更害怕。"刘阳说道。

"今天会面准备了什么程序啊？坐哪儿，说些什么，诸如此类的。"

"随意啊，到哪儿算哪儿吧。"

"好计划。"可兰告诉刘阳。

"别以为我不知道你正在翻白眼。"

"真的没有。"

"我都能听见你在翻白眼。"刘阳一边继续踱步一边对她说。

"你要不要再考虑一下你刚才说的话？"

"哦，让我静静吧。你知道我什么意思。"

还没等可兰回答，钟声又响了起来，她大步走过去开了门。

魏师傅留着些络腮胡须，看上去更像是退役军人，而不像是一位饱读诗书的学者，他走进了大殿，可兰深鞠了一躬以示尊敬。

刘阳走过去也学着可兰的姿势："魏师傅，真是很荣幸请到你。"

魏师傅双手抱拳也鞠了一躬，比刘阳稍稍低一些："陛下。"他直起身子，挑剔地打量着刘阳，"你一直是个好孩子，很高兴得知权力并没有改变你。"然后转向可兰，目光灼灼的，"你也成长得很不错，如同我预想的一样。"

其实没有多少情况可通报，因为对于眼前的形势，魏师傅一直保持着情报畅通。他动用了自己的积蓄和丰厚的养老金，雇了几个探子为他搜集从正常渠道无法获得的情报。刘阳和可兰刚刚把他们的计划告诉他，出人意料地，他随即赞同了。他立刻明白了需要做什么，也同意留下来帮他们。

可兰已经将魏师傅的旧寝殿准备好了，并建议今天先稍事休息，迟些再讨论。

魏师傅离开之后，可兰转向刘阳，笑着说："如何？"

"嗯，请他回来确实是个好主意。你就是想要我说这个，是不是？"

"说得再可信一点也没关系嘛。"

"做不到。"刘阳走回自己的桌边，软软地倒在椅子上，动作可称之为不雅。

对于刘阳放肆地破坏宫廷礼仪，可兰笑了笑。诚然，可兰自己也不怎么遵守。她在刘阳身边的一张椅子上坐了下来，动作只是稍稍文雅一点。"魏师傅能帮你很多，相信我。他可以帮你草拟圣旨，特别是向下颁发的。我的字算不上好看，而你的，实在有点可怕。"

"谢谢你没伤我可怜脆弱的自尊。"刘阳冲着可兰说。

"不敢相信忘记告诉你了，今晨收到小龙的信。她向南去调查一件事，很快会回来的。"

"谢天谢地，希望她能在与匈奴开战前回来。真是需要她的帮助。你和小龙还有范将军，相信你们可以制订很多好的战略计划。说到这事儿，让范将军进三公位的计划怎么样了？需要告诉魏师傅这事吗？"

可兰皱皱眉，摇了摇头："虽然我很喜欢他，也信任他，但这种事情还是先留在我们之间吧。我们基本上是在阴谋策划让沈大人攻击你。我很肯定诸如此类的事情，是不在律法允许的范围之内的。"

"也许吧。我们先保守秘密。沈大人已经开始计划什么了没有？"

"根据线报，他已经蠢蠢欲动了，但还没有实质性的进展。给了他足够的兵权，让他相信自己可以取而代之。但已给的兵不够去实施他的企图，哪怕沈大人策动了给他的所有军队。假使他不尽快行动的话，只能给范将军另设一个职位了，这样我们能经常请他参谋，避免不必要的政治骚动。只有解决了诸如此类的问题，我们才有可能真正开始有效地治理这个国家。"

"真具有讽刺意味。"

"不管怎么说，小龙回来我会高兴。匈奴随时可能向我们开战，而沈大人又在密谋搞政变，还有很多人在谋算着暗杀，我真是如履薄冰。小龙离开后，我不放心留下你一个人。她回来后，可以负起守卫的职责一阵子，这样我终于可以给自己一点时间了。跟你相处久了，有时候真的是很烦人的，你知道吗？"

"啊，难道你不是吗？"

"超时的工作和过低的银饷，还有权力让我自己想有多不愉快就有多不愉快。"可兰凛然地说，可虽然如此，她还是笑了出来。

20^章

班超对骑马不是很有兴趣，临走前见到马了，才后悔自己怎么没有早点反对。三匹骏马被牵到了城外，停在路边，这样上马的时候不会挡着道。

朱成和小龙很轻松地跃上了马鞍后，觉察到了班超满脸的不自在。

"需要托你一把吗？"小龙问。

"呃，我……"班超拍了拍马脖子紧张地笑着。至少他的这匹花母马显得挺温顺的，不像朱成骑的强壮有力的公马和小龙的那匹身体精壮、仿佛蕴藏力量的骟马。班超的运气不错，马夫专门为他选了这匹性子温顺的坐骑。"我其实只骑过一次马，也许两次吧。"

过了一会儿，朱成道："你不觉得应该早一点告诉我们吗？"

"我忘记了？"班超试图掩盖。

"真不能相信。"朱成说，见他瞪眼睛，她耸耸肩，"你自己撞上来的我也没有办法哦。"

小龙滑下马向班超走过去："其实一点儿也不难。记得保持上身挺直，缰绳不要扯得太紧，不然会伤到马儿的。"

小龙知道，班超没有完全接受她所讲的，仍然持有怀疑，他只是一个劲儿地点头，然后将右脚套进马蹬子，登上了马鞍。他一手牵起了马缰，另一手扶住了马鞍前沿。他瞟了一眼地面，摇摇头，似乎不太确信自己是怎么陷入这个局面的。

小龙挠了挠母马的两耳之间，摸了摸它的脖子。可以断定他的坐骑性格温良。只要班超不做蠢事，他的马准会跟着她俩的。她正要说这话，见朱成骑着她的公马小跑着从另一边向班超这儿过来。她懂得朱成不会做伤害班超的事，便退到了一边。

朱成拍了拍班超马的侧腹，马儿开始慢慢跑了起来。小龙也上了自己的马，班超此时震惊地看着自己的马动了，不禁向后扯起缰绳，差点儿使马举起了前蹄。

幸亏朱成探过身去，打落了他手中的缰绳："没听我们讲吗，别使劲拉。松松地用手抓着就行。你想使劲控制方向反倒会把马驾到沟里之类的地方去，所以别自找麻烦。你的马会自己跟着我们的。最重要的一点是，假使你的马突然失控的话，记得双膝紧紧地夹住马腹然后坐稳了。我们心情好的话会来救你的。不然的话，最终马也会跑累的。不过不敢保证你最后会停在哪儿哦。"说完，她腿一夹，马快跑了起来，班超的马也加速跟了上去。

小龙他们并肩骑着，她看着班超脸上警惕的表情和朱成夸张戏剧化的叹气直笑。虽然没人说朱成是个耐心的教员，但小龙原想接过手来再教班超几招的，不过看着他俩这样还是很有娱乐性的。

出发时的风景起初是小树林，很快进入了植被稀少的平原，短短的草沿着笔直的路向前无尽地伸展着。他们仅遇上几个人，这是件好事，因为路越来越窄，要是遇上迎面而来的马车或拉物车，非得下到路边避让，这可是班超现在最头痛的事了。每隔一阵子，朱成观察到班超骑马的姿势特别糟糕时，便会大声叫喊，让他直起身子或者放松缰绳。

　　快到中午时分，小龙注意到班超有多希望此刻不在马上，仿佛其他任何地方都行。他整个身体僵硬，每跑一步，脸都不由自主地抽动一下。鉴于他们一路慢跑，估计班超的脸一直在不定地抽动。因为前面很长一段路不会有饭馆，小龙建议先停一下，吃点金煌和田灵为他们准备的干粮。

　　猛然间，三匹马同时不安起来，举起了前蹄，害怕地惊叫。正当小龙挣扎着安抚她的坐骑时，瞅见一只小刺猬在路对面悠然地摇摆着。

　　小龙和朱成很快地稳住了各自的马，班超却惊慌失措，因为没有人告诉他怎么对付惊马。幸运的是，他记住了朱成告诉他的最重要的两件事。他双腿紧紧地夹住了马肚，没有用力拉缰绳，所以没从马上摔下来。班超的母马前蹄一落地，立刻向右侧疾冲了出去，全速地冲进了草地。

　　"拉住马，我拉人。"小龙冲朱成喊着。

　　她俩同时掉转马头，向班超追去。没过多久赶上了班超的全速奔跑的母马，小龙见班超正紧紧抱着马的脖子以求保命。她用力地一跃，从自己的马鞍上跳起，一把抓住班超的领口将他拎到半空中。他们两人重新落回地面，小龙用了内力减缓落势，所以两人得以轻轻地落地。

　　与此同时，朱成追了上来，在班超从马鞍上被小龙拎开的同时，抓住了缰绳，迫使疾驰的母马减慢了速度。朱成将神情羞怯的母马带给了小龙和班超，自己也跨下马来："所幸的是你听了我的话，抓紧了马。不然的话，你肯定是摔得鼻青脸肿的。"

　　"真是多谢你担心了。"班超翻着白眼，没好气地说。

　　小龙抬头看了一眼阴云密布的天空，不禁皱起了眉头："快要下雨了，现在吃午饭吗？恐怕下面很长一段距离不会有客栈。"

"有吃的总是件好事。此外，追赶策马奔腾的男孩令我胃口大增啊。"朱成道。

"差一点儿丢了命。"班超说，食指和拇指捏得只有一线之隔，"能不说我吗，哪怕一小会儿？"

朱成坚决地摇摇头："没门。"

小龙的预报被证实是准确的，下午过半，离邝家山的山脚只有不到一个时辰的时候，天空突然大开，闪电和惊雷将天空劈成两半，下起了大雨。每次响雷马都会吓得一跃，小龙他们下了马来牵着慢慢走。

这块平原不常下雨，可是每次下雨都是倾盆大雨。现今时节已临近深秋，雨打在身上冰一样冷。班超紧紧抓着马缰，抬头看着灰色的天空。"真是谢谢你啊，老天。"他想甩掉头发上的水，要不了一会儿，又全湿透了，"我们没有带油毡布吧，是不是？"

"想着只是去几日。"小龙抱歉地说。

朱成招呼小龙过去，然后在她耳边道："你能做点法术吗？"

"也许，我想尽量不在公共场合施魔法。班超还被蒙在鼓里呢。"

"迟早得告诉他的。"

"还没决定。若是有人正好经过看见了怎么办？"

"离开大路远一点。雨这么大，我们几乎是隐形的，对不对啊？"

停了好大一会儿，小龙叹了一口气："不敢相信我竟然同意这么做。你得跟班超解释我在做什么。需要非常专注才能不让雨淋到我们身上。"

"太好了。"朱成笑着，张罗着班超和马离开大路，走进了非常泥泞的平原。

"干什么呀？"班超抱怨道，"还不够湿透吗？非得溅一身泥才行吗？"

"只管往前走吧。问题待会儿再问。"朱成对班超说，"小龙，这儿可以了。"

"我肯定会后悔的。"小龙喃喃道，然后把缰绳递了过去，又把一只空的马鞍袋扔到了地上。她坐了下来，双手掌心相对平放在胸前，闭上了眼睛。她催动魔力，简单地说，能让小龙无限地增加控制自己内力的能力，包括她自己的内力，以及自身周围的人和万物的气。从理论上来讲，对于改变物体的位置和形态，真没有什么做不到的。最终取决于她的意志力有多大，她的魔力究竟有多大。通过一段时间的练习，小龙已经极大地提升了自己的能力，所以她还不知道自己的极限在哪里。

小龙从来没有试过将雨改道，觉得应该不会太难。只是需要保持精神集中，以自己对气的控制将每一滴即将落到他们头上的雨改变一个方向。

当小龙把自己大部分的脑力集中在这上面时，她还竖起一只耳朵听朱成和班超之间的对话。雨帘慢慢地被掀开，朱成和班超一起惊异地盯着看。雨不再直直地下来了，仿佛是落在一面看不见的透明穹顶上似的，雨在他们头顶和四周形成了一顶伞状的罩子。流动的雨水将他们周边的东西变得模糊不清，不过他们却能清楚地看见对方。

过了一会儿，班超不再盯着雨，转而盯着小龙看："怎么……她这是在做什么？"

"这不明摆着吗？"朱成冲罩子般的雨帘一挥手。

"这可不是开玩笑的时候！到底发生了什么？"

"幻术。不不，说真的，是魔力。随意想一个名堂来解释吧。我得再想想。"

班超纠结了一会儿，一边眨着眼睛，一边拧自己以确保不在梦里。最后，他服输了："好吧，我信你说的。小龙是怎么做到的呢？"

朱成挠挠头，仔细地察看着雨："不知道小龙具体是怎么做的。我相信小龙自己也不是很清楚。简单地说，我猜测小龙是用她的内力通过气把雨拨到了两边。"

"太不可思议了。这怎么可能呢？小龙的魔力是怎么来的？"

"小龙天生就有。"

"你怎么知道呢？"

"告诉你是因为小龙更信任我一点。"说到这儿朱成顿了顿，咧嘴一笑，"这就变成说谎了，而我们都知道我从不说谎的。"

尽管班超处在一种震惊和惊讶的状态中，但他听朱成这么说也忍不住大声笑了出来，这也真是朱成一直以来的目标。

"记得我们在城堡里的时候吗？当时小龙和我在找粮食，地主偷偷从我们背后袭了过来，射来一支带铁头的箭。小龙用她的魔力制止了箭，这就是我怎么发现的。你不会冲她发难吧？会吗？她正在让我们不被雨淋，或不被淋得更湿。"

"这怎么可能呢？"班超喃喃道。瞬间，一道雨柱从天而降，将他从头到脚淋了个透。

朱成及时地向后一跃避开了，转头一看，小龙唇边有一抹小小的笑容。再看看班超滴水的样子，朱成笑了："你刚才说什么呀？"

"没什么。"班超沮丧地回答，"我的意思是，对，至少能保我不被淋湿。想不承认亲眼看见的东西是没有用的。给我些时间让我接受这个事实吧。"

"你对新事物的接受能力比我想象的好得多。"

班超大笑："面临着再有一大兜水从天而降的威胁，我还有什么选择呢？"

"倘若我早知道这样就好了，应该更早告诉你我是谁，随身带一桶水威胁你就行了。"朱成抱起双臂看着班超，像是在挑衅，让他说些其他的什么。

"对付那帮主也是？"

"大部分时间，我利用他自己的伎俩回敬给他。在赌场里，我在他们喝的东西中下了药；而在城堡里，我给帮我们开门的人一些药，让他放进了侍卫的酒里。"

"好吧。"

"就这样？"朱成怀疑地问道，"我以为你会告诉我，对整个事情到底是怎么想的。"

"好吧，我说。你说用药下毒是违反我的原则，没错，我自己肯定不会用。而你是用来打击罪犯的，怎么会是一件坏事呢？这是你的一部分，我不会再试图改变你，就像我也不会试图去改变小龙的魔力。大家都认为这是超自然的本事。"班超匆匆地转向小龙，"请不要再让我淋雨了，完全没有歹意。"

小龙站起身来，微笑着："不行了。暴雨已经停了。" 小龙轻松地爬上了马鞍，然后向已经看得见的青山扬了扬头。

"没注意到。"朱成承认，拍拍她坐骑的脑袋，跃上了马鞍，"顺便说一句，班超，你比你看上去聪明多了。"

"我先不回了吧，把后面的话全说完了。"班超一跃上了他的马。

他们又出发了，朱成冲着班超皱眉头："一点儿也不公平。我压根儿没想出言侮辱你呢。"

"难道泥和水混在一起不再是泥了吗？"班超驳嘴道。

朱成叹了口气："即使我想有所改变，可对你们这些已经充满了偏见的家伙而言也将是无用的。"

21 章

　　小龙他们到达山脚下的时候，太阳已经落山。他们把马留在不久前经过的一家客栈里，这样一来，除了食物和武器之外，不用带其他的东西上山。

　　"会有巡逻的吗？"班超很好奇。

　　"马上就会知道。"朱成答道。

　　山峰的东北两侧各筑有一条长长的石阶，可是天色已晚。小龙他们准备在北山坡的树林里露营，三人徒步登山，避开了石阶，找到了一处相对平坦的洼地宿营。

　　好在这一夜不是太冷，因为不便生火取暖。在决定轮流值更后，由于无事可做，两个姑娘已睡过去了，班超坐在空地中间值他的头班夜更。

　　在小龙的夜更接近尾声时，天边已露出了淡淡的晨曦，光线慢慢地从树林稀疏的树冠间透了进来，忽然地面随着马蹄的踩踏开始有些轻微的震动。小龙登时意识到这不是个好征兆，立刻唤醒了朱成和班超，没有理会他俩的抱怨。"有马群向这边疾驶过来。" 小龙说。

　　"马群？我们在山上呀，骑马的人疯了吗？"朱成问，然后环顾四周，耸了耸肩，"尽管这里不太陡峭，但我仍然认为不是个好主意。"

"我们赶紧爬到树上去吧。"小龙建议，"骑马的离我们很近了，要不了几分钟。"

"希望他们别抬头朝上看。"班超说，"我们只能凭运气了。这时节大部分的树叶已经掉了，树也遮不住多少。"

这会儿，已经能够听见马的声音，他们三人各自选了一棵近旁的树爬了上去。班超一纵，顺势借力用手爬上了树，而朱成疾跑上了树干，小龙则展开轻功飘上了树枝。他们三人坐在离地两丈左右的树枝上，静等事态的发展。

马群越来越近，三人清楚地听见铁器碰撞的声音。他们互相交换了一下担心的眼神，准备随时应对。响声越来越大，突然之间，六个包裹严实、身着黑衣的身影闯进了视野。紧跟着在后面追赶的，是十来个骑着马的和十多个徒步的。穿着统一的黑红两色服饰，表明他们是宽帮的弟子。

班超身子一动，犹如准备突袭，小龙冲班超摆摆手让他稳住。首先，得了解一下情况。再说，六个黑衣人好像并不需要帮助，小龙觉得他们三人不到万不得已，没有必要现身。

树下，六个黑衣闯入者成功地发起了攻击。从他们整齐的着装，一起出手的方式看，很明显他们六个人熟练于集体进攻。他们摆出阵法，背对背抵守，因此宽帮弟子没法从背后偷袭，或以多胜少。小龙猜想，刚才在树林里的时候，他们六个人没法展开阵法，而到了这块空地，便能很快轻松地打退对手。

无论如何转动腾挪，六个人始终围在一起。剑招整齐划一，看得出他们非常熟悉剑法，宽帮弟子根本破解不了他们。不久，马因不习惯林间树丛中高低不平的地面而拒绝配合，骑马的宽帮弟子们也不得不跳下马来。

即使围攻的人数增加了，六个黑衣人依然毫无败象。他们继续保持进攻之势，仅仅用剑柄和剑面出手，只伤人致痛，并没有使致命的招数。突然，六个黑衣人中的两个撤出阵来，疾奔而去。剩下的继续打着，过了一会儿，又有两个从阵中撤出，随着最后的一击，余下的两个也追随着他们的同伴不见了。

六个黑衣人的这招完全出乎宽帮弟子们的意料，一时不知如何是好，小龙看出他们不可能再追上六个黑衣人。待宽帮弟子撤离后，小龙他们三人落下了树，望着宽帮弟子左冲右突地穿越树林而去，身后留下了一道踩踏的痕迹。站在小龙右侧的朱成，喃喃道："班超就是在像耳聋蝙蝠的状态下也能追啊。"

班超刚着地，意识到朱成又在嘲讽他了："你说了什么？"

"怎么又指责我取笑你了？"朱成说。

"我该相信你的话吗？"

"不管你们平时有多搞笑，今天我们有重任在身。"小龙指出，"知道这是谁家的武功吗？"朱成和班超都吃不准六个黑衣人的招数，小龙想了一会儿说道："我们走石阶上山吗？经过刚才的一仗，守卫肯定更加警惕了。靠说服守卫让我们上山的可能性不大了。"

"这是守卫的运气好。"朱成说，"我们不得不打过去。"

"这一次，我同意她说的。"班超说，"先走石阶碰碰运气吧。我真不想一高一低地爬到山顶。"

"你俩归根结底还是太懒，不愿意继续出其不意喽？"小龙问。

"差不多吧。"朱成咧嘴一笑。

小龙耸耸肩："对这帮贼徒我们已经没有惊奇感了。"

小龙他们三人向着通往山峰的石阶走去。蜿蜒的灰色石阶映衬在绿色的树丛中尤其显眼，由此拾阶而上一路直达山顶。看着眼前攀不完的石阶，班超发出了一声呻吟。

"忍着吧。"朱成捶了班超的肩膀一拳说，"还有，这里肯定是三步一岗五步一哨的。假如你爬不动了，我们可以停一下揍几个人。一定可以提你的神，也能提高我的情绪。"

"我会更加感激你，倘若你不是靠打我来提高你的情绪。"班超边揉肩膀边嘟囔着。

小龙揉了揉自己的前额，无意介入他们的对话。

随后的一个时辰，他们专注地向上爬着。他们的气功使他们轻松地爬上石阶，不至于气喘吁吁，然而此时能休息一会儿确实是个好主意。

他们接着到达了近半山腰的一片空地，一大群宽帮弟子挡住了他们的去路。他们中的大部分男女是些普通的成员，属于宽帮的一个附属团体，仅受了些基本训练。然而，小龙从人群中两个少年和一个姑娘臂上的绑带看出，他们三人是宽帮帮主的亲传弟子。不用说，他们三人的武功一定是不错的，但不能和小龙他们三个相提并论。

当然，宽帮弟子不知道这一点，他们专横地站在路中间。

"你们三人是谁？"中间一个高个子少年质问道。

朱成对两个同伴耳语道："你觉得说'是你们最惨的噩梦'能激怒他们吗？"

"足以激怒他下令攻击我们。"班超说。

没等朱成张口，小龙就大声道："我们想去山顶上的寺庙参拜。"

"今天庙不开放。"姑娘说。

"那，这样的话我们就得……"朱成不耐烦地说，可是小龙又一次打断了她。

"你没明白我的意思，我们今天必须去寺庙参拜。"

"假若你们现在不马上转身，我们会认为你们与今天早上攻击山庄的入侵者是一伙的。"最后一个少年说。

小龙想再说点什么，看了朱成一眼，叹了口气："还是照你的办法行事吧。"

朱成懒得回答，直接跃入空中，一个翻身落在了二十多名宽帮弟子的身后："喏，要不你们让我们过去，要不我们自己打出一条路上去。"

片刻的沉默后，先开口的高个子少年说："你们犯了一个极大的错误。别指望能打败我们这么多人。在我们出手之前，你们还有最后一次机会可以和平地离开。"

"但那样就不好玩儿了呀。"朱成调皮地说。她也许真是这么想的呢，小龙心想。

不等宽帮弟子回答，也没有给同伴信号，朱成再一次跃入了空中，这次是落在了宽帮弟子的中间。离她最近的一男子冲她挥来一拳，她一矮身躲过了。接着她探手向上，抓住他的手臂一扭，男子在她身边转起圈来。他想挣扎，朱成顺势一松手，他一下子撞进了宽帮弟子中间。

与此同时，小龙把班超向前推了一把："去帮她啊。我来对付这三个。"她指着三个怒视她的少年。

班超跃起翻过宽帮弟子的头顶，一头向前扎进了朱成开辟出来的一个桶形圈子。他们只想把这些人打趴下，并不想真正伤害他们，所以班超连剑都懒得拔出来。他猫腰躲过两个宽帮弟子挥来的剑，转身抓住他们的肩头，拎起他们对撞到一块儿。等他刚一转身，又有三把剑冲他面门刺来。班超立刻伏倒在地，伸出腿一扫，将好几个进攻者扫得失去了平衡。

班超马上一个打挺站起身子，同时一记旋风腿，他周边的宽帮弟子立刻向后飞去。他们连滚带爬地想躲开去，但相互碰撞，把其他人又推到了混乱里。

三名亲传弟子继续怒视着小龙，齐刷刷地拔出了剑。小龙朝他们相反的方向退开了几步，引他们离开遮住了班超和朱成的胡乱挥舞着的胳膊腿儿。小龙一直退到平台的边缘，右脚跟已经碰到台阶边缘，小龙止住后退，等着三个少年到她面前停下。

突然毫无预警地，小龙纵身跃入半空，翻过三个少年的头顶，落下时已把他们和部下隔断开来。小龙把剑从鞘中拔出，朝着那三名弟子向前踏了一步。他们被她那炯炯的目光震住，不自觉地向后退了一步才稳住了他们自己。

没等他们完全回过神来，小龙已出招了。她疾冲向前，对着中间的姑娘一剑斩下。女弟子举剑想要招架，可是小龙的青锋直接劈开了她的剑，轻松地将剑一斩为二。姑娘经不住冲击向后跟跄两步，险些掉下山崖。小龙向前一步，抓住了她的胳膊，将她拉到身前，同时手指点中她脖子上的穴道，她当场晕倒在地。然后小龙急速退开，剩下两名弟子目瞪口呆地看着他们不省人事的同伴。

接着，他俩脸上的表情严厉起来，两人肩并肩地向小龙逼近，挥剑使出同样的招数，动作整齐划一，一定是经过了无数次的套路练习。两人合二为一，或刺，或削。他们的剑法使小龙想起早上六个黑衣闯入者。

只一会儿，小龙就发现他们看似精准无误的套路中的破绽。两名少年同时转身，小龙向前一步举剑挡住他们的兵刃。接着她剑一扭，两名少年一下子失去了控制，两柄剑脱手飞下了山崖。

两名少年的目光追踪着他们名贵的剑，担心师傅知道了会怎么责罚他们。可此时，他们更应该防着小龙，因为她击中了两人的后背，他们同时翻倒在地，不省人事。在小龙身后，听得出来战斗也渐渐平息，她转身时看见朱成击倒最后两名对手。战斗刚一停止，整座山上突然响起了尖锐的号角声。

"这下该走了吧，不是吗？"听着号角声渐渐消散，班超说。

小龙向山下看看，见有几组人正从树林里冲出来，踩上石阶快速地向着他们奔来。她看着班超坚定地点了点头。

三人没再浪费一点时间，沿着石阶向上疾驰。他们几乎足不着地，无视坡度，径直往山上冲去，把追兵远远地甩在身后。

突然，一队宽帮弟子从他们正前方的地下冒了出来。

22^章

小龙步伐稳健，使劲踩在脚下的石阶上，越过了宽帮弟子的头顶。朱成和班超照着小龙的样子，继续飞速地朝山上冲去，宽帮弟子很快被远远地甩在后面。

一盏茶的工夫，小龙他们已经快到下一处平台，按起初走上来的速度估计还得半个时辰。当他们离山头更近一点的时候，听到钢铁的撞击声，于是他们慢下步子，观察周围情况以免忙中出错。

小龙踏上一片平台，大约距离山顶仅十分钟的路程，她瞧见先前的六个黑衣闯入者已基本收拾了附近的宽帮护卫。当六个黑衣闯入者注意到小龙他们时，立即摆出了阵法。站在前排的一名妇人放下了剑，举起一只手稳住了她的同伴："你们是谁？"

小龙首先踩住了朱成的脚免得她又说出什么嘲讽的话来，然后回答道："我们从陈柳来的，追查宽帮弟子绑架郎中的事。"

"你们知道宽帮为什么猛抓郎中吗？"班超问。

起先说话的女子拉下了脸上的面罩，她的同伴也跟着摘下了他们的。她的另一个女同伴抢先说道："等等，我们怎么知道他们三个说的是实话呀？也许是探子。"

朱成嘲弄地哼了一声："拜托，我们也可以拿同样的话说你们啊。再说，假如我们想伤害你们的话，你们早躺在地上了。"

朱成的话叫他们六个怒发冲冠，其中一位年长的男子走上前来："告诉你，我们不是好惹的。我们是名医隋新荣的弟子。宽帮帮主把我们的师父也绑架了，我们是来救他的。"

"知道为什么绑架你们的师父吗？"小龙问。

他们六个互相看了看，一起点点头，很明显决定信任小龙他们三人，便动作整齐地将剑收入鞘中。

"一起走吧，边走边告诉你们。"其中一名瘦得出奇的男子说。

"追我们的宽帮弟子越来越近了。"另一人补充道。

"好可怕哦。"朱成道。

"你干吗非得这样呢？"班超问。

"多么愚蠢的问题呀。"朱成对班超说。

"别理会他们两个。"小龙一边和新同伴们沿着石阶以极快的步子走着一边对他们说，"宽帮为什么要绑走你们的师父？"

第一个女子回答小龙道："几个月前，传出流言说我们的师父找到了长生不老的秘方。此后不久，我们门前络绎不绝地来了很多蠢人。不管我们怎么诉说没有秘方，都无人听从，反而被威胁说不交出秘方，就要把我们斩尽杀绝。无奈之下，我们只能躲了起来。大约几星期前，我们收到宽帮帮主谭石的传信，谭石请求师父去医治他重病的女儿。师父坚持单独前往，然而过了好几天不见师父回来，我们便开始暗中察访。"

"很快查清楚了，谭石只是用他女儿做借口引诱师父上山。他还指使宽帮弟子绑架了众多的郎中，他觉得制作大量的这种所谓的神药需要许多郎中。"另一女子继续说道。

"当发现我们师父真的没有长生不老的秘方后，谭石还是不放师父走。"另一个姑娘接着续完了故事。

"名医隋新荣是武林中的大师之一呀？"班超轻轻地问小龙。

"他是灰狮。"小龙也轻轻回答他。

"他为什么需要营救呢？"班超很困惑地问道。

小龙只是耸了耸肩，无法回答班超的提问。显然小龙不知道为什么，自己也在思索着同样的问题。武林中有五个被认为是功夫绝顶的高人。虽说灰狮这些年来一直过着隐遁的生活，但宽帮帮主谭石，应该没有本事跟灰狮叫板。小龙和班超怕影响新朋友的情绪，没再追问任何问题。可是朱成没有想这么多。

"你们的师父是灰狮吗？他有什么问题需要你们来营救啊？"朱成质问道。

"朱成怎么越来越粗鲁了！"班超喃喃道。

"师父发过誓不再动手了。"其中一男子说，怒视着朱成。

朱成耸耸肩，似乎一点儿也不在意他们的愤怒："这是你师父的命。我个人认为，我……"还没等朱成继续讲下去，小龙就伸手捂住了她的嘴。

"真是的，别说了。省省吧。"小龙建议。

"反正我也快说完了。"朱成大笑着答道，"我得练习的嘛，是不是？"

"我代她向你们道歉。"班超对他们六个人说，"她一直是这样的。"

灰狮的弟子们礼貌地点了点头，但脸上表露的不是一种理解的表情。他们一起默默地向着上面若隐若现的最后一片平台飞步而去。

当最终登上了山顶时，整队的宽帮弟子正等着呢，大家没有一点惊奇。宽帮弟子穿着一色的制服，其中还有几名亲传弟子。

宽帮弟子的身后是一处华丽的宅院，蜿蜒的围墙，到处窗棂轩敞。宅子向四面八方伸展开去，漆着鲜艳的红色，似乎有点皇宫情调。

小龙扫视了一遍附近的几栋屋子，断定正前面的是主屋。宽帮弟子在屋前筑起了一道结结实实的防御，很难进入屋内。小龙思忖着有两种方法可能进得去：打垮眼前的宽帮弟子，或者设法引开他们。小龙将计划小声地告诉了朱成，朱成又传给了班超。

朱成同时顺手抓过一个灰狮的弟子，向他解释了小龙的计划。他点头表示同意，然后传达给了同伴。大家明白了计划后，没等宽帮弟子开口威胁，就开始行动了。

六名灰狮弟子眨眼之间摆出阵法，立刻展开了进攻，很快冲破了宽帮弟子的第一防线。宽帮弟子团团围住灰狮的弟子们，似乎把他们锁在了自己的汪洋之中。

与此同时，小龙他们三人也与宽帮弟子展开了格斗。由于灰狮的弟子吸引了绝大多数宽帮弟子的注意力，小龙他们顺利地避开了他们。

小龙他们边打边溜到了人群边缘，一起纵身而起，跃上了邻近的房顶。忽闻几声叱喝，毫无疑问，几个宽帮弟子脱身前来紧追他们，小龙确信狮门弟子定能拦阻大部分宽帮弟子，使他们一时无暇兼顾。小龙三人翻过房顶，落在了一处打理得非常仔细的庭院中，花园四周绿树成荫。庭院占地很大，树枝低垂在院中蜿蜒的石头小路上，小路弯弯曲曲遍布整座院子，巧妙地围成一个正圆形的花坛，显然是在试图模仿宏伟的宫廷御花园。

虽说小龙在御花园里待过不少时日，但这一精心设计的庭院仍令她印象深刻，可此时他们三人无暇欣赏园林风光。在小龙的带领下，朱成和班超立刻向左转弯，奔向主屋。他们想着必须首先找到谭石，查出关押郎中的地点。然后趁着狮门弟子拦截宽帮之机，释放被抓的郎中，希望每个人都回家团圆。

正当快要出花园时，一年轻姑娘从灌木丛中冲出，挡住了小龙三人的去路。他们还没来得及说什么，她已举起一只手："请别伤了我的父亲。他糊涂了，不听任何人的，连我母亲的话都不听。"

"你知道被绑架的郎中关在哪里？"班超警惕地问。

"知道，我能带你们去郎中被关的地方。"姑娘说，"我叫谭纫悌。"她意识到他们三人眼中的疑虑，"你们绝对有理由怀疑我，但请你们一定相信我。我很想帮着送这些可怜的郎中回家。要是我心存歹意的话，早喊人了。"

小龙点点头，随着姑娘向前走去。她收起剑，瞧着朱成和班超："比我们自己漫无目的地瞎逛好多了。"

"说不准。"朱成边说边把自己的剑插入鞘，"看你说的好指的是什么。我喜欢瞎逛，撞上人的话可以打上一架。"

"别在意她。"班超对纫悌说，"我们从来不听她的。"

朱成在班超的头上拍了一下，冲着纫悌扬扬头："别理他。我没有他说的那么讨人厌。"

"继续斗嘴吧，仿佛眼下我们有大把的时间。"小龙提醒说。

他们跟着纫悌通过一扇门，进了主楼。宽敞的走廊，两边是染色的木条镶板，脚下是拼镶图案的地板。整面墙上，固然从地板到房顶张挂着大幅的字画和摆放着值钱的文物古董。

纫悌带着小龙三人穿过走廊，任凭自己的足音在屋中回响，或许想以此掩盖旁人的脚步声。纫悌其实不必这么做，但这显然增加了她的可信度。小龙非常肯定这个姑娘是在真心帮他们，她在讲述被抓的郎中时，那种悲楚的声音可不是装出来的。小龙同时清楚地知道，人总是有办法来掩藏自己的真实情绪，因此她依旧保持警惕，以防任何花招。

小龙突然听见下一个转弯口传来的动静，马上停了下来，伸手按住纫悌的肩，举起另一只手招呼班超和朱成停下来。片刻，大家都听见了响声，纫悌飞快地用钥匙打开了左边的门，挥手让小龙他们进去。

小龙他们虽然能毫无疑问地制服全部过来的人，但是暂时不想被人发现，所以这次朱成也没有反对，他们三人猫着腰进了房间。刚轻轻地关上门，一伙宽帮弟子便疾风骤雨般地朝着纫悌奔来。纫悌三番五次地拒绝宽帮弟子要留下来保护她，以免被旁人伤害的请求。正当纫悌在门外声称她有能力保护自己的时候，门里的朱成转身惊叹得差点儿忍不住吹口哨。她拍拍小龙和班超两人的肩，他们迅即转过身来。

23^章

　　小龙他们发现自己身处于一间兵器室。宝剑，长棍，长矛，匕首，以及其他各式兵器，琳琅满目地挂满了整面墙的架子。屋子里陈列的各式兵器使小龙想起了她的朋友欧冶子，一位为小龙他们几个铸剑的著名剑师。挂在墙上的兵器除了少数几件之外，在质量上无法与欧冶子制作的相比。

　　最惹人注目的一件兵器呈放在屋子中间的一个玻璃柜里。一柄做工极细致的短剑，剑身上宽下窄，躺在一块丝绸垫子上。八寸许长的剑身顶端是一个水平的把手，与一般剑的剑柄不同，使用者若是捶击，剑的利刃可以刺穿从盔甲到骨头的任何东西。剑身边缘磨得锋利，金属本身发出闪闪的光亮。

　　朱成冲到了玻璃柜边上，先仔细地查验玻璃柜是否藏有陷阱机关，然后揭起了盖子，爱不释手地拿起了剑。她借着油灯的光亮反复审视着宝剑并翻来覆去地找感觉。尔后把剑别在自己的后腰带上。

　　"你不能拿走它。"班超小声说。

　　"已经拿了。"朱成满不在乎地对他说，"这不是我的错。每当见到有不准随意拿的东西时，我便变得心痒难耐。大概算是一种病吧。"

　　"什么病？"

"一种病入膏肓了的病吧。"朱成丝毫不打磕绊地说，"别太担心了。搞清楚怎么用之后我会还给纫悌的。"

班超知道跟她斗嘴，自己是赢不了的，索性叹口气，走到门边和小龙站在一起。小龙将耳朵贴在门上，听着门外的对话。仿佛纫悌实在无法说服宽帮弟子留她一人在原地。

正当小龙准备撞出门去，以便继续前进时，听见纫悌发出一阵惊声尖叫："在那儿呀！"宽帮弟子慌忙地奔走了。随着脚步声隆隆地跑远了，姑娘把门打开。纫悌看着小龙说："我们必须快点。我骗不了他们太久。"她转过身带着小龙他们继续在这宅子里前行。

似乎拐了上千个弯，纫悌终于停了下来："关郎中的屋子在前面转口处的右边。门口有侍卫把守，所以我没办法带你们进去。请别伤害守卫。他们都是好人，只是对我父亲太忠心，差不多应该是愚忠吧。"

"他们不会有任何感觉的。"小龙向纫悌保证，晃动了一下手腕并准备了一把银针。她越过纫悌身边，窥视着下一个拐角，看见十几个守卫守在两扇巨大的刻着繁复图案的石门前。小龙一气呵成，走出掩体，对着守卫的方向一挥手，银针便飞了出去。待小龙放下手的时候，守卫已经全部倒在地上不省人事了。

小龙没等班超和朱成，一人冲向两扇门，举起了架在门上的粗重木闩。她把双手放在腹前，深深吸了一口气，猛然发力向外推出，两扇沉重的石头大门突然一下子被撞开了。

里面是一个似山洞般的宽敞大屋，被火把和油灯照得通明。先前不知道石瓷砖房是用来做什么的，现在明白是一个特殊的牢房。小龙一进屋，瞥见二十几张笨重的桌子交错地排列着。桌上放满各种药材，每张桌子边有一个郎中被铁链锁在桌脚上。

　　郎中在各自的桌子上专心致志地忙碌着，把各种各样的药材以不同的剂量和组合捣在一起。当门被猛力撞开的时候，所有的郎中停止了他们手中的活，一起转过脸来看着进来的几个陌生人。

　　牢房里监管的守卫们也同时转身想探个究竟，守卫们还没看明白，就已经被小龙的银针打倒了。郎中们一时间不知道如何应付这突如其来的状况，但也没人愿意立刻挑头冒险而受惩罚，因此他们只是静静地注视着新进来的四个人环视着牢房。

　　小龙检查了整间牢房，似想找出最佳的逃跑路线。牢房坐落在整个庭院的最中心，除了刚刚进来的大门，没有其他的门。显而易见，除了帮主本人外，偷偷地救出这么多的郎中几乎是不可能的。因为郎中们必须从大门出去，他们根本不具备躲过防守偷跑出去的能力。但当小龙出于习惯再次扫视牢房时，她的目光突然停在了牢房外侧的一个只能容下中等身材的人站立的铁笼子。铁笼子非常狭窄，连张开双臂的小孩也能抓住两边的铁栏杆。

　　窄小的铁笼里坐着一位身穿浅褐色衫袍，面容枯槁的老人。仔细查看后发现，老人实际上就是灰狮。他比他这个年纪的人似乎健康得多。灰狮盘腿坐在笼底，仿佛在气沉丹田。牢门撞开的时候他没有任何反应，这会儿眼睛也没有睁开。

　　小龙挥手招呼朱成、班超和纫偙上前，想着最后再去理会灰狮。纫偙取出钥匙，小龙三人佩剑走向郎中们。忽然响起一阵不安的低语声，纫偙立即告诉郎中们，小龙他们三人是特意来解救他们的。不久，郎中们都被松了绑，挤在一起。

　　"你们是谁？"一个郎中问。

　　"陈柳县令派来救你们的。"班超说。虽然这不完全是事实，但足以解释为什么他们在这里出现。"得把你们送往安全的地方。请跟我们走，一定带你们下山。"班超接着说。

"等等。"另一个郎中叫道，"这个姑娘是谭石的女儿。这可能是个骗局。"

听到这话，郎中们登时惊恐万状，挤得更紧了，一起大声喊叫了起来，谁也听不清他们在讲什么。他们互相指指点点，要求马上放了他们。

朱成终于失去了她有限的耐心。她抽出了佩剑，右手一挥朝最近的一张桌子劈了下去。桌子登时断成两半，塌倒在地上。响声使牢里的每一个人都转头望向她。她平静地将另一张桌子上的药材和器具全都扫到了地上，然后跳了上去。接着她转过身，扫视着挤成一团的郎中们："你们这些蠢材都给我听着。假若没有纫悌的帮助，你们无用的下半辈子就会烂在这间牢房里。现在，我们的计划是把你们从这儿救出去，如果你们宁可留在这里，就继续像个不懂事的孩子闹吧。我可没兴趣再当你们的护卫了。但要是想回家的话，就给我闭嘴，排成一列。"

看着郎中照着朱成的话做了，班超惊奇得张大了嘴巴："你还真有两下子呢！"

朱成从桌子上跳了下来，向班超走去。她把一只手放在班超的肩头，咧嘴一笑："你没有这种感染力啦，我的朋友。好好看着我怎么干的。用心学，你很快能学会的。"她向一队郎中走去，随即叽里呱啦地开始发号施令。

与此同时，小龙向铁笼子走去。她站在笼子前，低下了头："您在这里的活干完了吗？"

灰狮没有立刻回答。尔后他重重地呼出了一口气，睁开眼睛看着小龙："还有很多事情要做。"

小龙望着大师，两人似乎达成了默契。尽管他们的交流是短暂的，但当小龙的目光从灰狮身上移开时，大师立刻明白了现时的情况。小龙冲着大师点点头，走向她的同伴。刚走到班超身边，却见一大群宽帮弟子从门口涌了进来。

"退到里面去。"朱成命令道，郎中们不敢发问只是照着做了，在房间的后半部躲了起来，让小龙三人和纫悌对付闯进来的宽帮弟子。

纫悌走出来站在前面，宽帮弟子登时怔住了。几个亲传弟子从后面挤上前来，震惊地看着纫悌。"发生什么事情了？他们绑架了你吗？"其中一个大弟子问道，狠狠地瞪着小龙他们，"如果是这样，他们要付出代价的。"

"等等，容我先把这事搞清楚。"朱成说，"你不认可绑架的话，难道屋里关着的郎中都是自己主动来的吗？想必这是不现实的，我肯定，他们是被绑架来的，有可能吗？"

"大胆！你们是不请而来的。抓住他们！"他身后的手下闻言开始走上前来。

纫悌举起一只手制止了宽帮弟子："停！郭清，没有人绑架我。是我自己带他们来到这里并且帮忙放掉郎中。"

郭清困惑地对着纫悌眨眨眼睛："我不明白。"

"你知道你现在这么做是不对的。"纫悌说，手一挥指着尽量躲进屋子暗处的郎中们，"郎中们做错了什么，要把他们从家人的身边抓走，关在这里日夜制作一种不存在的药？"

"你父亲做这一切都是为了你。"郭清抗议道。

"他没有权力这么做。"纫悌答道，"你对我父亲非常忠心，但盲目地服从并不是在帮助他。"

郭清的目光闪烁了一下，显然准备妥协了，尔后又挺直了背脊："纫悌，我真的很抱歉你是这么想的，可是，你必须去和你的父亲辩驳。我得到命令抓捕闯入者，已经捉拿了六个。这是最后的三个。"话音一落，郭清身后的宽帮弟子分了开来，六个手被反绑在身后的狮门弟子被扔到了地上。郭清看着纫悌，皱起了眉头，他的脸上显露了复杂的情绪："我准备服从命令。"随即一挥手，宽帮弟子瞬间涌了上来。

纫悌和郭清对话时，小龙也跟朱成和班超低声耳语着。

"你能用魔力收拾了他们吗？"朱成问道。

"不打算这么做。"小龙赶紧低声说。

"可是会很炫哦。"朱成抗议道。

"你承受得了这么多人的注意力吗？"小龙问，她知道这一下能把朱成僵住。

朱成不作声了，猜想也许小龙知道她的真实身份，先将这想法放一边吧。不管怎么说，她是对的。惹不起这么多注意力。天知道是否还有人在追捕她。"准备出击吧？"

"对付他们，一个人绰绰有余。"班超道，"郎中不需要保护，所以我们只要顾住自己就好了。"

六个狮门弟子恰在此时被扔在地上。"班超，先去放了他们。"小龙明确地说，"散开。"班超一撤身，小龙转身对朱成说："你掩护班超，同时确保纫悌不要有太多的麻烦。我拿下两个亲传弟子和他俩的四个徒弟。"

"得令，队长。"朱成笑着回答。她缓慢而又坚决地站到了纫悌身后。

与此同时，小龙瞥见屋梁上交错挂着旗帜和布幅。郭清刚一声令下，小龙即向悬挂着的旗帜掷出了一把银针雨，割断了旗杆，重重的旗帜和布幅直接掉在下面宽帮弟子的身上。

宽帮弟子们登时在布匹下面挣扎，小龙立刻奔向六个被宽帮弟子半围着的狮门弟子。而大部分宽帮弟子还在忙着从布匹中挣脱出来或者帮助同伴解困。

见小龙向狮门弟子奔去，四名宽帮弟子举着长矛向她冲来。小龙平静地把他们的兵器扫到了一边，一抬右膝，一使劲把他们的兵器尽数折断。

小龙的力量之大令袭击她的人向后飞了出去，撞上了下一组准备冲上来的人。小龙举剑左右飞舞，招数繁复，无论是刺还是削，向她攻来的招数都被她轻松地一一拆解了。

小龙听见班超落在她的身后，立刻割断绑着狮门弟子的绳子。六个狮门弟子逐一松绑后马上站到了小龙身边。尽管他们起先赤手空拳，但不久都从宽帮弟子手里夺了兵刃。六个狮门弟子都脱身后，小龙立马一个后空翻，越过班超的头顶，同时对他叫道："这里由你们接手了。"小龙迅即找到四名宽帮亲传弟子，直接落在了他们中间。四人肩上的条纹表明，他们比先前在平台上交手的三个年轻弟子要高明许多。他们四个是正式学艺的宽帮亲传弟子，不会像年轻弟子一样犯愚蠢的错误。

小龙跳开后，班超俯身向前与六个摆出阵法的狮门弟子并肩而战。可是不计其数的宽帮弟子接二连三地冲击上来，使得狮门弟子举步维艰，更不要说出招一致了。但狮门弟子确实是身经百战的武士，他们还是继续在比自己多出无数倍的对手面前保持不败。

班超的注意力被一大群冲上来的宽帮弟子扯了开去，他们将班超团团围住，把他和六名狮门弟子隔了开来。班超突然发现自己独自一人身陷在一片红色和黑色的海洋之中。

格斗开始的时候，朱成走到了纫悌身边，纫悌的表情非常纠结，不知道应该加入格斗还是置身事外。她看出了纫悌的悲愤，朱成的目光从在布匹下挣扎着的宽帮弟子身上移到了一些还挂着的旗帜和布幅上。她拍拍纫悌的肩，向上指了指："割断它们制造点混乱吧。"

纫悌纵了开去，朱成取出了刚偷来的短剑，此时众多的宽帮弟子还在忙着把自己从布匹下面解脱出来，朱成利用这个机会练习新得来的兵器。她双手各持一剑，一次又一次地格挡住进攻，勇猛无敌，竟然每一次回击都将对手击得向后猛退。

朱成一会儿就把短剑玩得得心应手了。她把短剑松松地握在左掌中，舞得令人眼花缭乱地迷惑宽帮弟子们，他们想不明白朱成是怎么操纵短剑的。

朱成突然瞧见一片巨大的黑影袭来，知道纫悌没有闲着。当一条布匹向她头顶砸来时，她举起短剑在布条中间割开一条长口子，从中间一穿而过，跃上了横梁。她往下一看，除了两小块地方之外，这片巨大的布匹几乎盖住了整个地面。

其中一块没被盖到的地方，站着小龙和四名宽帮弟子。另一块地方，站着两个宽帮亲传弟子，郭清和他的同伴。朱成从房梁上跳了下去，向郭清他们纵去。

小龙站着不动，任凭四个宽帮弟子用目光恫吓。他们举着剑，把剑柄提到颧骨处，然后剑斜向交叉着向外刺出，这是一套专为困住或者杀死对手而设计的套路。

见四名宽帮弟子开始向自己进攻，小龙笑着举剑往上一扫，把其中一个弟子的剑扫得脱手向上飞去。她疾冲向前，抓住他的前襟，使他一个转身与她交换了一下位置。一切发生得如此迅速，宽帮弟子还没来得及撤剑。

被换了位置的弟子只好痛苦地皱起眉，出乎意料的是，他竟毫发无损。他睁开眼睛，看见是小龙把他推到了一个新位置，恰巧同伴们刺来的剑将他围住。他动弹不得，一把剑架在他的脖子上，另一把抵着他的腹部，还有一把在后背。

小龙见宽帮弟子脸上的震惊和说不出的苦，不禁微微一笑。她用几乎无法看清的速度，点了每一个人颈中穴道，令他们四个动弹不得。然后一跺脚，又纵身跃入空中去寻找两个亲传弟子。忽见郭清他们两个正跟朱成打得不可开交，双方不分胜败。朱成庆幸她偷了这柄短剑，如果没有它，对付郭清他们两个亲传弟子的联手进攻会很吃力的。

尽管朱成有两把兵器，但也只是进少守多，经常猫腰和转身躲开他俩动作一致的攻击。小龙刚跳到朱成身边，一名身材高大威武、眼神闪烁的男子悄悄走进了屋子，环视四周的一片混乱，咆哮道："住手！"

24^章

顷刻，所有宽帮弟子都撤了手，也给困在布匹下的弟子一个机会得以脱身出来。很快，宽帮弟子有秩序地排好阵列，刚刚发生的一场恶战的证据，是满地的碎布条和旗帜。

小龙回到班超的身边，和狮门弟子站在一起。瞬间，朱成也与小龙他们会合，她好像很不情愿放弃和郭清他们两个的这场格斗。刚刚进来的男子，肯定是谭石了，领头站在宽帮弟子的前面，怒视着小龙他们和狮门弟子。

"是他在寻找长生不老的妙方吗？天知道为什么要这么做。顶着这张脸想长生不老呀？"朱成对着小龙说，声音响得足以让谭石也能听见。

谭石向朱成投来一道恶狠狠的目光："安静。是你们放了郎中吗？"

"你要我安静，又怎么好回答你的问题呢？"朱成轻佻地说。

"没在问你。现在……"

"你应该问我。"朱成打断他，"是我把郎中放了。你准备怎么着呢？"

没等斗嘴继续下去，纫悌从横梁上跳了下来，落在她父亲和小龙他们中间："父亲，求你了，让他们走吧。"

"你在这里做什么？"谭石质问道，"你可不能强撑着啊。"

"先暂时不要管我了。你得放了这些人。我知道你这么做都是为了我，可这样是在害我而不是帮助我。你总不至于让我同意从这些人所受的苦难中获益吧。"纫悌说。

谭石第一次露出不确定的神色，但他的表情又强硬起来了："不。我要尽全力把你的病治好。我保证，你一定不会早逝的。"

纫悌摇摇头："你难道不明白吗，我不想跟死神斗。若是我真的只剩下一年时间的生命，你能做的最好的事情就是让我死得有些尊严。请不要用我的名义作孽啊。"

"此事不仅仅只是你的事。"谭石说，"你想过我和你母亲的感受吗？"

"我知道母亲是怎么想的。"纫悌答道，十分平静的样子，"你说得对，此事不完全只是为我。此事关于什么是对的。"

一阵叫嚷声从六个狮门弟子处传出，打断了谭石的回答。他们刚刚发现自己的师父被关在一个笼子里。"师父！"

灰狮没理会他的弟子，而是看着谭石："你从头到尾都不如你女儿的智慧大，听她的吧。"

"你再也不能把我呼来喝去的了。"谭石冲灰狮说，"多年前，你将我逐出师门时已经放弃了这个权力。现在你受制于我，你一定后悔于当时的冲动之举吧。"

灰狮从屋子的另一头严正地看着他："我赶你走并不是因为你不是个好徒弟。我赶你走是因为你的狂妄自大，你对所得的一切都觉得理所当然。你真的以为我没有办法从这个笼子里逃走吗？我留下来只不过是想看看你还有没有救。世上根本没有什么长生不老的妙方，像你女儿指出的，人也不能跟死神斗，放了郎中吧。"

谭石瞪着昔日的师父，一步一步向笼子走去："你说我目中无人？你又如何呢，师父？你敢从神坛上跳下来跟我比试比试吗？你是真的发誓不再动手呢，还是仅仅是个老懦夫？"

灰狮伸出一只手握住面前的两根铁柱，轻轻一拉，铁柱被拉开了，从中间钻了出来。然后他纵身而起，轻轻地落在谭石对面："我发誓不再动手是真的，不过跟你斗上一个回合算是清理门户，我接受你的挑战。"

两个人对视着，举起了拳头，脚下飘移，做好稳住下盘的准备。两人开始互相慢慢绕圈，纫悌上前一步像是想要介入，班超和朱成出手把她拉了回来。无论是谁，被夹在两人的气场中间都会有危险。

小龙看着互相瞪视的两个人，心中盘算着要怎么做。她遇见过很多次这样的情形，几个月前，她和刘阳目睹了蛇门和豹门之间的一场角斗。小龙首先想到自己为什么总是撞上这样戏剧化的情形，然后思索着该采取怎样一个危险但绝对有效的行动。

小龙深吸了一口气，向前慢慢走去，眼睛紧盯着两名对手。在她身后，班超和朱成警惕地叫了出来，不过他们得紧紧地扣住纫悌。

小龙快走到屋子中间时，灰狮和谭石突然向对方猛地冲了过去，他们的手掌紧紧地胶着在一起，一股巨大的劲道向屋子的四面八方撞击开去。

小龙的魔力在过去的四个月里已经大有长进，所以她根本没被撼动。她看着手掌紧紧相抵的两个人，开始凝神聚气。她突然疾冲，顺势同时袭击两个人。

他们二人都抓住了小龙的拳头，这正是小龙所期盼的。事实上，小龙的真正用意不是袭击他们，以她一人的武功是无法同时迎战两个强手的。小龙双臂左右一错，两个人便被生生地分开，使得他们各自倒退了数步。小龙之所以能取得这一效果，是因为给了他俩一个措手不及。小龙懂得假如二人同时转而攻击她自己，会有大麻烦。她站在两人中间，示意她将阻止他俩的进一步争斗。

突然，纫悌从被小龙的介入而吓得目瞪口呆的朱成和班超手中挣脱，跑到了小龙身边，鄙视地瞪着自己的父亲。

"你给我走开，纫悌。"谭石下令道。

"不。"纫悌应道，"真是荒谬之极。你为了一点自尊，宁愿冒着受伤，甚至送命的危险。"纫悌气极了，她突然紧咬着牙关发出一声痛苦的呻吟，慢慢地跪了下去，在谭石疾冲到纫悌身边之前，小龙及时抱住了即将着地的纫悌，并交给了谭石。

小龙走到了灰狮身边，注视着他的眼睛："请记住您来这儿的目的。"

灰狮点点头，心领神会地看着她，若有所思地说道："四个月前，一位戴着面具的侠客制止了蛇门和豹门之间的一场争斗。"

小龙没理会灰狮的话外音，朝着纫悌的方向扬了扬头。

灰狮点了点头，向她表示敬意，然后从小龙身边跃了过去，屈身蹲在纫悌身边："让我来看看还能做些什么。"

谭石凝视着自己昔日的师傅，思绪万千。到头来，对女儿的关切和担忧战胜了一切，他后退了一步让灰狮查看纫悌的病情。

25^章

从早朝回来的路上，刘阳和可兰停留在御花园里，身后的侍从都在门口守卫。作为皇帝，刘阳不想让旁人看见自己偷练武功，这样容易引起不必要的政治风波。有些官员随即借口皇家御侍不够尽忠职守，主动提出用他们的卫队来替换。倘若是由小龙教授功夫，不会引起太多的注意，因为小龙是刘阳的正式师傅，而今她不在京城，刘阳不愿让自己的武功荒废下去。

可兰临时接替了教授刘阳武功的工作，但原先的练习场地实在太开阔，偷窥者和探子很容易发现。可兰通常不在御花园练习武功，园内层层叠叠的枝叶和种类繁多的植物恰是散心的清静之地。

当他两沿着弯曲的卵石小径向现在练武的地点走去时，无法否认御花园的美，刘阳陶醉在绚烂的色彩中。御花园有众多的花农整日精心打理，保证了花草的健康成长。花农们将卵石小径打扫得片叶不留，灌木和树被修剪得赏心悦目。

从空中鸟瞰御花园，一丈半高的围墙正好是一个完整的正方形。花园里的一条主道蜿蜒地伸展在整座园林里密布的树木间，园内多条小径通向各处的花丛让人得以坐卧休息和欣赏园林。御花园的东面还有一个人造的小湖，湖上一座带着廊棚的小桥把两边的水连接在一起。

可兰环视四周不由自主地摇头，思忖着假如御花园是由她管理，一定会使草木的生长更接近自然。修剪整齐的花园好似宫廷形象的外表。官员们修饰得体的外表并不真实体现他们的内心世界。然而大部分时候，官员们心中的贪婪还是显而易见的，诚如御花园里花木的自然野性依旧随处可见。

他俩停在了御花园的中心，各条卵石小径汇聚在这里，形成了一个丈余宽的空地。

"我们今天练什么？"刘阳一边问，一边把自己一身沉重的朝服脱了下来，仔细地叠好放在旁边的石凳上。

"该是测验的时候了。"

刘阳刚伸展到一半，忽然停下并皱起了眉："又打？小龙从来不搞测验。"他委屈地说。

"小龙太强了，她只需看着你，你就吓得趴下了。真要打的话也是一面倒，根本证明不了什么。"

"你我之间打一个回合有用？"

"总有一天能用上的。"可兰答道。

"这么做是为了折磨我，快点承认了吧。"

"哦不，皇帝陛下。我整个人的存在都是为了让您开心。"

"你怎么把称谓也叫得这么讽刺啊？"

可兰双手手指交错，伸展开去："拖延术小伎俩在我这儿没用的，记得吗？"

刘阳叹了口气，做好了防守之势："赶紧打完吧。这次有可能让着我点儿吗？"

可兰不答，直接冲着刘阳攻上来，对准他的肩头就是一拳，被刘阳一挡，可兰又向他的腿部踢去。刘阳踉跄着退后了几步，很快恢复过来，顺势将后退转为旋风腿向可兰的脑袋踢去。她冷静地低头躲过，又向上一举，将刘阳推得直向后趔趄。

刘阳用后空翻化解了跌势，然后轻轻地落在几尺之外。他一落地，便绷直身子，准备进攻。这时可兰已站在圈子的另一头，笑着："不错，真的不算坏呢。"

刘阳闻言欢欣鼓舞："这么说我们不用再打下去了？"

"没门！权当这是为我疗伤吧。"话音未落，可兰便向刘阳再次冲了过来。

刘阳往边上踏开，一瞬间，好像可兰会直接冲过他的身边，但她没这么容易被一个小伎俩骗了。跃过刘阳身边时，可兰一把抓住了他的胳膊，不等他反应过来，就把他扔到了地上。虽然她使的力量不足以伤到他，但也摔得他一时喘不过气来。

刘阳重新站起身来，可兰又一次站在圈子的另一边。他拍打着窸窣作响的衣服，看看有没有弄脏或者撕破的地方："你已经打够我了，是吗？"

"建议你换个说法。这是在给你提供学习的机会。"

"我向你保证对于你的努力我非常感激。"

突然，可兰纵身跃了起来，刘阳苦着脸，以为她又要向他发动攻击。她直接越过了他，一脚踢在他的后背上。刘阳向前冲去，与此同时，陡然而来的匕首在他的脖颈边飞过直接扎入了石中。

可兰轻轻点了点地，立刻跃起朝着藏身于树林间的刺客追去。刺客见行刺失败，掉头逃跑之前撒出一阵小刀雨。

可兰在匆忙中忘了拿剑，在半空中左右扭躲着飞镖，错失了许多时机，赶到藏身处，刺客已经跑过了半个御花园。

在可兰的身后，刘阳大声地呼喊御前侍卫，他们涌进御花园的时候，被眼前的情形惊呆了，但刺客早已跑远了。身为朝廷高官，可兰不应该只身追赶刺客，然而当时如果她都追不上的话，又有谁能呢？

可兰跳下树，展开轻功追上了刺客。她一把抓住他的后领，又一拳击中他的腰眼。刺客挣脱了她的手，旋转身子打算一脚向她的脖子踢去。可兰用左手一把格住他，右手探出将他扯翻在地。他重重地摔倒在地，很快又弹跳了起来，取出两把匕首，在手中飞快地转动。

刺客一刀向她削来，她后退一步，避开他的攻击。在他准备施展剪切式时，可兰捉住了他的双手，使劲扭他的手腕，直至匕首脱落在地。可兰在他底下伸腿一扫，然后又一拳打在他的头上。

当可兰手向后拉开准备用力一击时，听到有人跳落在她身后。假如她一拳把第一个刺客击晕，不可能完全避开身后袭来的刀子。

可兰一扭身，向侧面一躲，刺来的匕首在她的袍子上割出一道口子。又用同样的手法，可兰手一翻，将他的匕首击落。紧跟着又一旋身，双掌击出，打中了他的腹部，令他痛得弯下了腰。可兰用手肘在他后背重重击了下去，他扑通一声重重地摔倒在地上，再也爬不起来了。

可兰刚结果两个刺客，又见两个刺客突然出现在她的正前方，挥着匕首向她刺来，她匆忙仰身向后躲避。然后抬腿踢出，把两个刺客向后踢飞了出去，可兰这才有时间站起身来。

两个杀手也很快恢复了，又向可兰袭来。他们两个双手各持一把匕首，可兰快速移动避免受伤，腾挪闪避各个方向的进攻。

突然，可兰的右手探出抓住了其中一个刺客的胳膊。她猛地一扭，将他狠狠地摔在了坚硬的石头地上。当她忙着对付这个刺客时，另一个也扑了上来，匕首划中了她的左臂。可兰忍着痛，放开了刚被打晕的一个刺客，猛地向着后一个刺客击了过去，只在他胸口一击就把他击晕了过去。

当刘阳带着整队的御林军赶到时，可兰已跌跌撞撞地爬到了离刺客不远的一条石凳上。看见她灰白的脸色和左臂的刀伤血迹，刘阳推开侍卫，急忙赶到她身边问："没事吧？"

"看着像是没事吗？"可兰有气无力地嘶声道。

刘阳转身命令侍卫："把刺客抓起来，快点传御医来，快去！"卫士们手忙脚乱地去了，刘阳又看着可兰说："你太蠢了，为什么这么做？"

"我抓住了刺客，不是吗？"可兰皱着眉说，"我被激怒了，行了吧？"

这时御医们不知道从哪里冒了出来，恭谨地请刘阳让开。

26^章

第二天，小龙他们一大早就匆忙地往陈柳赶了。从客栈取了马，他们一路小跑着上了路，班超跟在后面不停地抱怨。到了用午餐时已经走了一大半的路程。

"非常高兴，我们看到一个愉快的结局。"他们一边走着，班超一边评论道。午后，他们的行走速度慢了一些，于是有机会交谈。

"我倒是指望再多打一会儿呢。"朱成说，瞧见班超难以置信的表情，笑了，"放心，开开玩笑而已。我也为有一个美满的结局而感到高兴。"

纫悌昨天晕倒后，灰狮详细查看，发现她的疾病是能治愈的，并非不治之症。先前的许多郎中误诊了纫悌的病情。接着名医灰狮和谭石在一间僻静的房里商讨了许久，尔后灰狮给谭石详细解释了治愈纫悌的具体步骤。明显地，他俩也讨论了很多其他的问题，似乎已重归于好了。

"回到陈柳后，我得赶紧上京城去。"小龙说。

"什么？为什么？"班超追问道。

"朝廷和匈奴随时有可能开战。"小龙答，"预备役已被召集了起来，你们俩跟我一起去京城吗？"

"当然去。"朱成毫不犹豫地说。

"我也去。"班超看着朱成说，"你可答应得真痛快。"

朱成耸耸肩："我住在陈柳太久了。一个地方待的时间过于长，很难不断地饰演新的角色，迟早会露出马脚的。"

小龙估计朱成去京城是别有用心，但没吱声，冲着班超点了点头。

离陈柳还有一里地的时候，一阵疾风刮起，一块布条在空中飘了起来，直接蒙在班超的胸口。他把布条扯了下来，惊得他的眼珠子都差点瞪了出来："小龙，你最好看看这个，你肯定会很惊讶的。"

朱成掉转马头向班超走来，一见布条上的告示也扬起了眉毛，从班超手中夺过告示，递给了小龙。

有好长一会儿，小龙毫无反应地看着这张新的悬赏布告。她叹了口气，然后说："每当这个时候我就特别讨厌绘画好的人。"

朱成咧嘴一笑，把布告从小龙手里拿了过来。她的目光从小龙脸上移到布告的图像上，不住地点头："画得真像你，是不是？"

"真是发疯了。"班超说，"为什么说你是影侠？"

"这是因为，我是影侠。"小龙对他说。

"什么？"

"但不是像布告上所描写的。"小龙指着告示，加了一句。他们继续向城里赶去，城里的房屋已经清楚地出现在地平线上。"好在我已经打算尽快离开陈柳。我希望……"小龙原来打算说她希望没有人知道她真正的身份，但这样一说又需要做更多的解释，"我想我只能偷偷地溜回客栈去了。"

"好主意。"朱成同意道，"谁知道外面有多少这样的告示。"

"简直不敢相信。"班超说道，"他们怎么知道你长什么样呢？"

"全然不知。"小龙答道，"或许金煌和田灵知道。我们客栈见吧。"

他们三人离陈柳越来越近了，小龙从马上跳下，纵上了最近一所房子的屋顶。她从一个房顶上跳到另一个上，很快地从朱成和班超的视线里消失了。

"真奇怪。"朱成说着慢慢骑进城门，将小龙的马系在他们身后。

"谁说不是呢。"班超同意，"我真是猜不出来。谁在坏小龙的名声呢？你猜是谁？"

"不知道。"朱成说，脑海里出现了一个她曾经两次晚上在街上追踪过的神秘的人影。心想肯定是她在借用小龙的名号犯案。此时，朱成真希望当时能抓住她当面对质。

朱成和班超在城里绕着圈子，看见告示基本上贴满了每一个角落。很显然，有人迫切地想抓住影侠。他俩回到客栈的时候，小龙早就到了，正和金煌、田灵躲在后面一间屋子里。金煌和田灵把手头上的事情暂时交给了下人，以便和小龙他们三个一起商量对策。朱成和班超进来时，田灵挥手叫他们赶紧到屋子中间的桌旁坐下。

"四强甚至试过把所有的告示都揭了。"金煌说，"然而有人不断地又把告示贴上去，最后，四强实在是分不出人手来继续揭告示了。我们一直想找出是谁在这么做，但到目前为止，还没有确切有用的消息。"

"别太担心这事了。"小龙说，"我准备马上回京城去。他们需要我回去。"

叙述完了与宽帮的经历之后，朱成和班超出去找东西吃了，小龙仍在屋里。

"他俩跟你一起去吗？"田灵问，小龙点点头。田灵又关切地问："你打算告诉他俩你是谁吗？"

"终究会的。"小龙说，"我计划先和朱成说。"

"你真觉得朱成能放弃复仇吗？"金煌问。

"我会尽全力让朱成慢慢地接受这个想法。"小龙回答，"并向她讲清楚倘若坚持复仇只会让耿蜀一类的坏人在坟墓里笑出声来。"

"洛阳的情况糟糕吗？"田灵问。

"可兰说情况很紧急。"小龙说，"南匈奴部族随时都有可能向我们宣战。"

"你明天走吗？"金煌说。

小龙点点头："即使我不打算回洛阳，悬赏告示也会逼着我非离开这里不可。我答应过山儿的，走之前去看看他，我这就去吧。"

小龙回来时，天几乎黑了。由于小龙他们三个准备在天亮前走，金煌和田灵在就寝前来跟他们道别。

"你知道，我们很为你骄傲。"金煌对小龙说，带着些迟疑，"倘若你的父母还活着，他们也一样会为你骄傲的。"

小龙转过头去，装作看着远处。然后她微笑着说："嗯，我想也是的。"

太阳刚刚从房顶上露出个头来，每一个缝隙和角落都笼罩在深深的阴影里。清早的湿润还留在空气中，所有的街巷还处在宁静之中。三个小伙伴悄悄地在僻静小巷中穿行，贴着边儿走，尽量不让人看见他们离开小城了。

"这么偷偷摸摸地走了好像不太光彩嘛。"在快到小城外围的时候，朱成道，"我猜想，还是与往常一样。"

"你能静一静吗？"班超要求道，"我们偷偷摸摸地走是为了避免引起注意。假若你一直大声说话，我们还不如直接走在主街上，向碰上的每一个人宣布我们去哪儿。"

"别说得这么危言耸听好吗？"朱成对他说，"这可不是我擅长的。"

"有人告诉过你吗，你真的是很会鼓励人的？"班超没好气地问。

没等朱成回答，小龙举起了一只手。

突然之间，有五个人走出来挡住了小龙他们的去路，五个人身上的重甲装备让人一看便认出他们是捕快。

27^章

小龙看清了捕快领头人的面孔，登时怔了一怔。刹那间，回想起曾经逃亡的日子里，她多次躲避了这个想抓她邀赏金的捕快。

以前他都是单独行动的，是所有捕快中最执着的一个。小龙有好几次只是侥幸逃脱的，其中有一次竟花了三个月才终于成功地将全部的尾巴都甩脱了。现在，看来他又找来了。

小龙现在不再是一个十二岁的小女孩，只懂得逃跑。眼下，她能拒捕和对打，而且会赢。小龙脸上的表情坚硬了起来，站到了同伴的前面，面对着五名捕快。

"没想到还能见到你。"领头的捕快笑了笑说，"五年前，我疯追你好一阵子。你应该感到自豪。你是少数几个能逃出我追捕的人。告诉我，若是我杀了你，能拿两份赏金吗？"

"过来试试吧。"小龙对他说。

他看着朱成和班超，做了一个快走的手势："这不关你俩的事。赶快躲开，别伤着了。"

他俩反而都上前了一步，小龙转过身看着朱成和班超："我来处理这事。"

看见小龙眼中的强光，朱成和班超没吭声便决定遵从她的命令，他俩互相看了一眼，知道小龙准备送捕快滚到邻省去，他俩觉得还是别挡道的好。

"你很有勇气。"捕快带着抹冷酷的笑评价道,"这可改变不了你的命运。"

"不能吗?"小龙慢慢地问。听她的语调,熟悉她的人会忙不迭地逃走躲起来,但捕快还在继续说着,对即将到来的厄运浑然不知。

"你的结局会像你的父母一样。"他说,"听说他们一直表现得很勇敢,直到士兵把他们劈成两半。"

小龙如爆炸般地向前冲去。她在窄窄的巷子里先是探足点在一面墙上,接着又点着对面的墙,最后落在了捕快身后。她抓住其中两个捕快的脖子,把他们直接摔到粗糙的墙上。接下来的两个受到了背后袭来的猛击,他俩没有向前飞出去,因为小龙又抓住了他俩的肩膀。她一扭两人的肩膀,他们痛得昏死过去,摔倒在地上。

然后小龙又纵身跃上半空,当她跃过领头捕快的头顶时,抓住了他的领口将他甩到了地上。她的行动如此之迅捷,他根本无法反应过来。哪怕对朱成和班超来说,小龙的动作也是难以想象的快。

眨眼工夫,五名捕快已被收拾了,小龙再次抬起头,见她同伴望着她的表情不禁笑了。

"这可真是……高效率。"班超终于评价道。

"你别说话了。"朱成一边拖着班超走一边说,"走吧,让我们离开这里吧,趁其他捕快还没有赶来之前,否则对他们的健康没什么好处。"

"你什么时候开始关心起想置我们于死地的人的健康状况的?"班超笑了一声问道。

"没有啊。只不过是想找个借口让你闭嘴继续上路。既然这招不起作用,下一步我只好动用痛苦的手段啦。"

班超赶紧举手投降。

广德提着笔悬在绢布上太久，墨汁从笔尖滴下来，在这一页中央落了一大团污迹。他嘟囔着骂了一句，抓起布向脑后一扔。他垂着头，把脑袋埋在双掌间，叹了一口气，强忍着想捶打东西的冲动。他需要控制自己的情绪。

他真的想甩手不干了，然而，不光是他自己的部下，所有在这场侵略战争中被调拨到他帐下的人，都仰仗着他的坚强。

广德知道为什么他被任命了，自己是一个势单力薄的小军侯，属地离都城很近。他除了听从命令外别无选择，只能带着部下去执行这个自杀似的任务。

他低头看着一堆方绢布条，咆哮着把它们都扫到地上。就这样，他放弃了最后请辞的机会。不管他知道此事有多么鲁莽，他都得硬挺着去完成。

"倘若骑马的话，两天就可以到。"朱成道。

"第五次了。"班超插了进来。

"才第五次，真的？"小龙问。

朱成大笑前，在小龙肩头捶了一拳："就为这，我不说了。"

"哦，真是谢天谢地。"班超压低嗓子嘟囔着。

他们几个时辰前离开了陈柳，沿着大路步伐稳健地向洛阳走去。四强建议给他们提供三匹马以赶时间，但班超一听到骑马就看上去仿佛生了病似的，于是他们决定步行。朱成现在可后悔了，一直不停地给班超和小龙一遍又一遍地唠叨。

他们过了树林很久，进入一片山石嶙峋的地带，似乎很像以前金煌和田灵旧客栈周围的地貌。他们正觉得有些饥饿，看见路边有一个小镇，找了一家小餐馆坐了进去。这家餐馆颇为破败，一半的桌凳都在外头。在小龙的催促下，他们选了一张几乎是藏在大树阴影下的桌子，这就意味着要靠叫才能吸引小二的注意力。

小二终于走了过来，班超饿极了，点了似乎够十个人吃的饭菜。

"不觉得你点得太多了吗？"朱成问。

"饿极了。"班超说，"再说了，吃不完可以带着走啊。"

"好像我们没带够干粮似的。"朱成说，"知道这些饭菜要花多少钱吗？你应该庆幸，我有先见之明，留了一位好心夫人给的不少钱。"

"哪一个好心的夫人？"班超问。

朱成差点猛拍自己的额头，转念一想觉得没有必要伤自己。她可不是傻瓜。于是她伸出手轻轻地在班超的额头上打了一下："好好花点时间想想吧，你会想出来的。"

"我只是开个玩笑而已。"班超告诉她。

"你的笑话不好笑时，演得还不错啊。为什么平时你撒谎的技术还不如一条死鱼呢？"朱成不依不饶。

又斗了一阵嘴之后，班超转过身瞄了一眼饭馆里面和外面的桌子。好像有不少客人，几乎每张桌子都坐满了。可是他们点的饭菜还没有送来。"我去看看我们的午餐什么时候送来。饿死我了。"班超说。

"真怕了你了。"朱成一边看着他走开一边评论道。没了打嘴仗的伴儿，她从桌上筷筒中取出一根筷子开始玩起来。她让筷子在指缝间缠绕旋转，如此这般地翻动着，因为练习有素显得驾轻就熟。她明明可以用一把刀来练的，不过这么转着一把利刃的话说不定会叫周围的其他客人有一些紧张。"我们到了京城之后准备做什么？"她说。

"先找一间客栈住下，安排好了我们再一起入宫。"小龙答道。见朱成佯装吃惊，她暗暗笑了一下。朱成当然早就猜到了。朱成是侯爷家的女儿，她看到宫廷猎鹰的时候肯定能认出来。

"你在宫里有朋友？"

小龙点点头，一边控制着自己的表情一边观察着朱成的脸色。小龙一点儿都不喜欢现在的情势，不想这么小心地提防自己最亲密的朋友会伤害自己的义弟。她盼着有一天能把真相告诉朱成，不过只有到那一天，现在还是告诉她假信息为好，然后试探一下她到底有多想报仇。"可以说，朋友们位置都挺高的。"

朱成貌似若有所思的样子，理解地点点头。表面上，她装着只是稍稍有一点兴趣而已，可是在内心深处却是翻江倒海。若是进了皇宫后，自己有机会接近皇帝，应不应该报仇呢？一个月前，这个问题比她自己的名字在脑中翻腾的次数还多，可是现在，有种感觉让她迟疑了。假如她有机会杀了皇帝而能逃脱的话，她又将是独自一人了。每一个她在乎的人，都会有理由恨她。

倘若自己利用小龙的关系去实施复仇计划，这和狄志背叛她是一样的罪恶呀。朱成亲手杀死了狄志，这也改变了朱成。现在朱成发现自己不能确定新皇帝是不是真的该死。要是老皇帝还在世的话，问题就简单多了，当年自己父母被杀时，现在的皇帝也只不过十一二岁。平心而论，他有何错？朱成几乎要笑话她自己了，这似乎是班超的公平正义的古怪论调，竟然开始在她自己心中扎根了。

可是，朱成的心中仍然还有一个巨大的空洞，曾几何时她只能用噬血来填充，用偷盗与死神擦肩而过的刺激来安抚自己。过去的这几周，朱成感到誓死复仇的冲动比任何时候都少，因为她的朋友愿意帮助她，与她并肩战斗。这一切使她更困惑了，她不得不深吸一口气来清清思绪。

小龙看出了朱成内心的挣扎，她觉得有负罪感。小龙很不愿意这么做，可是又强迫自己去分析朱成眼中的情绪。在她的眼中，小龙找到了愤怒和挫败的根源。这五年来无数的挫折，让朱成深信自己已无力替父母报仇了，她的恨意如此之深，几乎有些可怕，而小龙能理解这恨的根源。

有那么一刹那，小龙担心朱成永远不可能放弃复仇。当看见她眼中滑过一丝犹豫时，小龙肯定了自己一直以来的判断。在朱成的内心深处，她并不想简单地以牙还牙。

等朱成暂时挥去了自己的思绪，抬起头见小龙正关心地看着她。"我出了一会儿神。很盼望见到你的朋友，相信班超也是一样。班超去催菜也是去得实在太久了，他不会不等我们就开吃了吧？你说呢？"

"我想他可不敢。"小龙说。

"你大概是对的。"朱成颇显严肃地答道，"他不会，不过说真的，他如果不马上回来的话，我要去找他了。你还是留在这里为好，因为……"

"我们不能在此地久留。"班超不知道从哪儿冒出来，急急地低语道。

"点的菜在哪儿呢？"朱成问，"现在我也饿坏了。"

"先别想菜了。"班超说，"我听见里面有一帮人在讨论影侠呢。"

"难道他们也是捕快吗？"朱成抱怨，"开始讨厌所有的捕快了。"

"不是捕快，是更糟糕的。"班超答道，"我一听见他们提到影侠，就在边上磨蹭起来听他们的对话。你现在可是武林中的一位大人物啊。"

小龙扬了扬眉："他们想对我做什么？"

"简单粗暴地说，他们想打败你。"班超说，脸上半带着痛苦的神情，"你从来没跟我们说过你曾经同时打退了两位大师。"

"其实也不算是。"小龙答道，"我是没有说过，不想让任何人知道。"

"别再说悄悄话了。"朱成说，"这会招来注意的。"

"好吧，不过听着，现在已经太迟了。不知怎么的，很多人已经知道了你的事迹。现在不少人都想打败你，可以争得个什么名头。"班超点点头，拧了拧小龙的胳膊，"你是个疯子，你知道吗？我说的是实话，同时攻击两名大师？"

"谢谢，不过现在不是谈这个的时候。"小龙对他说。

"好吧，我们赶紧离开这儿吧。"班超说。

"为什么？"朱成问，"他们不知道我们在这儿，匆匆离开的话反而会引来注意。"

"这也对。"班超认了，"我还是很饿。"

与此同时，小龙无奈地搓了搓脸："真是麻烦，假使有谁看到陈柳的告示……我们真是应该接受三匹马的。"

"我早就告诉过你啦，不过这么说有点不够意思，是不是？"朱成拍了拍小龙的肩，"往好的方面想，你现在成了大家都想打败的人，你是武林至尊啊。别人死都想坐上这个位置。"

"他们这么做不就是找死吗？"班超问。

"而我想杀死把我推到这个位置上的人。"小龙喃喃道，"你们从今早的捕快那儿也看到了，官府也在抓我。我没看到任何光明。"

"我是想问呢。"班超说。

没等小龙回答，或者说是把这个话题岔开去，菜来了。

跑堂的把三盘菜放到了桌上："真对不住，让你们久等了。其他的菜马上就来。"

跑堂的刚一走，朱成就从班超手里夺过了筷子。她瞪了他一眼，堵住了他的抗议，然后深吸了一口气。她四下一瞟，确定跑堂的已经走远了，便戳了戳一碟鸡。等她弄完了，她把一盘炒蛋塞给班超："去跟跑堂的说，你根本没点这些菜，尽量把事闹大一点儿好叫所有人都看着你。快去。"

见朱成十分严肃，班超赶紧追上了跑堂的，用手指直戳着他的胸口。为了尽量扮演一个不满意的客人，班超以最大的音量大喊大叫，吸引了饭馆里在座的每一个人。

见大家的注意力已被成功转移，朱成压碎了一颗药丸把药粉撒进了一碟鸡里。没过多久，班超解决了问题重新回到了桌边。在他身后，另一名跑堂的跟着过来，又在桌上放下了其他的菜肴。

朱成随意地夹起一块鸡吃了起来。过了一会儿，小龙和班超也吃了起来，等周围平静下来才开始问问题。

终于，朱成觉得他们可以继续说话了："我现在警告你们一会儿可不要大惊失色，好吗？"

"没问题。"班超对她说。

"这菜里下了毒。"朱成简短地说。

28^章

班超的一口菜差点呛在喉咙里，他想起自己的保证，所以没有过于大惊失色。

"别担心。你引开大家注意力的时候，我已经下了解药。"朱成带着一抹笑说。

"我们应该仍然假装中了毒。"小龙建议道，"这样我们能查出到底是谁做的。"

"这正是我想做的。"朱成说，"看来我的歪主意会传染啊。这毒大概要一炷香的工夫才会发作，我们应该会晕过去。"

班超望着朱成，犹豫着不知道说什么好。"有时候对于你的能耐，我不知道是该感激呢还是恐惧。"

"感激吧。"朱成对他说，"还是说你宁可真的服了这毒？"

"突然之间，我是特别特别感激。"班超很快地更正。

"我猜也是。现在表现得自然些。等我命令，把头垂到桌上或者随便干什么吧。"朱成说，"趁这个时间，我们能吃多少就吃多少吧。"

"至少这件事上我们是能达成共识的。"班超道。他以为会听到反驳，朱成只是冲他咧嘴一笑。

正好一炷香工夫之后，大多数菜都已经吃完了。朱成给了个暗示，于是三人看上去很令人信服地伏倒在桌子上了。有一盏茶的时间，没有发生任何事情，朱成要失去耐性了。她打算起来，再考虑用别的方法找出下毒的人。

与此同时，小龙让自己的呼吸保持着节奏，扩展听觉关注着周围的动静。不一会儿，她听见了抽气的惊叫声，混乱的脚步声向他们的桌子而来。

"老实说，我真没指望药能起作用。"一个粗鄙的声音说道。

"小伎俩，师父。"另一个声音笑着答道，"他们根本没有料到有这一手。"

好像就等这句话，朱成应声跳了起来，踢倒了她坐的长凳，同时扬手向最后说话的人掷出匕首。见他立刻跪倒，人事不省，她笑道："我猜你也没有料到这一手。"

这会儿，其他二人也都起身站到了朱成身后。小龙的目光扫过这六人，全都身穿统一的蓝袍。她看了看班超，他会意地点了点头，表示这是刚才要她俩提防的一帮人。

"你把他怎么了？"领头的问朱成，慢慢地一字一句地说着，好像是怕她会听不懂。

"给他应得的东西呀。"朱成回答，"你想成为下一个吗？"

"我跟你们无冤无仇。" 领头的咆哮道，"你为何伤我的徒儿……"

"你快说你们想要什么吧。"班超打断他，希望他们没有认出小龙来。

"我们是冲影侠来的。"另一个男子回答，"打败了她能为我派带来莫大的荣耀。"

"你的意思是你觉得我们中间有一个人是影侠？"朱成问。

领头的从怀中掏出一张布告，一把将它展开。这当然是悬赏告示了，小龙强忍着想大声呻吟的冲动。难道全天下都在合谋对付自己？

"你们两个站开。"领头的命令朱成和班超，"我们以后再跟你们理论。"

朱成双臂交叉，拒绝移动："听着，我可是有自尊心的。这么打发我，只能更加激怒我，你可不想看到我突然发飙吧？"

"你们可不想看到这一幕。"班超边摇头边同意道，"你们要是不相信她的话，也请相信我的。"

"若是我打败了你们，你们能不能走开？"小龙问。

领头的哼了一声："你把我们都打败了，我们会逢人就夸你。"

"不要！千万别这么做。当这些都没发生过吧。"小龙对他说。她伸手，把桌子凳子都扫了开去，然后站到同伴前。

小龙面对领头的和他的五名弟子，刚才倒下的被同伴扶到了一边。他们踏上前来，晃动着身子做好防御之姿。

"喔，喔，喔，你们先等等。"朱成命令道，"这些尾巴算是怎么回事？如果你可以有帮手的话，她也可以有。"

领头的恼怒地看着朱成，停下来想了想。如果他们一起打败影侠的话，别人会说他们以多胜少。要是影侠也有帮手的话，武林中就对他们的胜利无话可说了。这样想着，他说："如果你们想一起被羞辱的话，我们也不会阻止你们这么做的。"

"非常好。"朱成咧嘴一笑说，然后站到了小龙身边，"我想我们可以看看到底是谁终将受辱。是不是？"

"我得为这个结果下一个大大的赌注。"班超一边加入阵线一边说。

"虚张声势也帮不了你们什么。"领头的轻蔑地说。

　　"肯定可以帮我们很多。"朱成回敬，"你是准备一直这么说下去呢，还是现在就开打？"

　　作为回答，领头的手一挥示意手下冲上来。

29^章

可兰挣扎着保持清醒，严正地告诉已经处于半昏迷状态的自己，不能死，还有事情要做，奏折可不会自动批阅。

她眼皮翕动着睁开来，等视线稍稍清楚了一些，她困惑地看着挂在床上的衣服。显然不是在自己的房间里，这点她明白。突然猛一激灵，她意识到这是在刘阳御书房的寝殿里。不敢相信刘阳竟把自己抱到这里来了。其实，可兰的寝宫离这里不远。她想自己也没有伤得很重，经得住这点儿距离。真是的，她一边挣扎着起来，嘴里一边赌咒着。

刘阳不知道从哪儿冲出来："你在做什么？应该好好休息。"

"我已经休息够了，多谢。"可兰答道，"等等，我昏迷了多长时间？"

"整整一天。"

"一整天！"可兰终于坐了起来，虽然这动作引来腰侧一阵剧痛，"还有别人来刺杀你吗？"

刘阳拖过一张椅子，扑通一声坐了下来："放松，我没事。倒是你看上去不怎么好。"

"被人刺伤了肯定是这样啊。"可兰说，然后她冲刘阳挥了挥手，想叫他和他的椅子都从床边让开，"让开，我要起来了。"

"不，你不能起来。御医说你至少得再卧床休息一天。"

"别理他们。我得回我自己的地方去。"这时她不禁皱了皱眉，"要不至少得去书房。你快点让开呀。"

"不行。在你完全复原之前必须一直待在这儿。"

"你忘记这里是由我发号施令了？就是受伤了也能把你踢得团团转。"

刘阳挑剔地看着她："你都几乎动不了了。"因为这句话，他获得愤怒的白眼一枚，"我的意思是你当然能啦！"

终于认清楚了抵抗是没有用的，可兰抓起几只枕头垫在身后，这样她好坐得舒服点："为什么我是在这里而不是我自己的寝宫？你到底是怎么想的？"

"你当时是怎么想的呢？就这么冲着追杀上去了？要是有十几个人等着，你很有可能送命。"

"哦，别提了。我知道很蠢，但不是因为去追杀手，而是为把你一人丢下。当时那儿如果还有其他人埋伏的话，我都不敢想象会发生什么。"

"我们两人不都活着吗，是不是？所以也不算太糟糕。"刘阳安慰她道。

"不算，不算太糟糕。如果你不让我自己搬走的话，找人把我从这儿搬出去吧。"可兰有点急了，她想俯身向前，可是刘阳把她又按了回去。

"别担心。所有的人都忙着追查是谁操纵的这起刺杀事件，因为刺客还没等我们有机会审问，就都自我了断了。"

"他们都自杀了？简直不敢相信。我花了这么大的力气，为了留下活口，而他们竟都自杀了！如果他们再落到我手里的话，我定杀了他们。"

"那就是为什么他们会这么做的原因。你觉得会是谁干的？今天整个早朝，我都得避免听信各种各样的阴谋论。他们都想把罪责推给对方。不过你知道的，很微妙的，或者说这些日子已经超越了微妙的阶段。"

可兰在回答前仔细地琢磨了一阵："最明显的答案是丞相沈大人，不过不知为什么，我觉得这不是他的风格。当他决心造反的时候，一定会选择一种更加荣耀的方式。这样他就可以把一切变成一场精彩的故事，把一个无能无用的皇帝赶下台的故事。"

"我同意这一点。"刘阳说，"还能是谁呢？我们知道是有不少人，一旦有机会都想坐上我的位置。不过就算我死了，也只有少数几个才有这个权力和资源夺权。"

"权力和资源？至少我不是个嫌疑人。"可兰咧嘴笑着说道。她看上去已经平静下来了，脸上又有了血色。

"我得说你是头号嫌疑人。你是整个帝国第二有权力的人了。"

可兰佯装困惑："谁是最有权力的那个人呢？"

刘阳轻轻地在她胳膊上捶了一下。

"嗨，看着点儿。我是病人，记得吗？"可兰喊了起来。

"你已经好得能取笑我，差不多可以承受后果了。"他也笑着向她驳了回去。

"这是不是说你打算躲开，好让我起床？"

"不行。"

"好吧，不过不要再打我了。你很有可能会戳破我的脾啊或者其他什么内脏，很明显我是易碎的嘛。"可兰的笑容很快消失了，她咬着嘴唇，"回到谜题上。想想你刚才说的话。这个人得有足够的权势，想必也得很有钱才能够雇刺客。你一死这个人可直接受益。这就是说，这关系还得顺理成章，能归到这个类别里的，不过区区几人。或者说，只有一个。"

刘阳好一会儿才明白过来她指的是谁，震惊地瞪大双眼，跌坐回了椅中："你不是真的这么想的吧？我是说，这不可能。"

可兰举起一只手制止他的辩驳："请先把你自然的反应压一压。从逻辑上来讲，这说得通。"

"可他是我的亲叔父！"

"我知道这很难相信，不过你且随着我的思路想一想。先忘记他是你的叔父。事关政治，还记得吗？"

听闻此言，刘阳悲伤地点点头。他也很明白政治斗争的基本规则。没有什么永远的纽带，在这个阶层上，家族血缘根本算不了什么。不过，刘阳有着比家人更亲近的人——他的朋友们，曾经同生死共患难的朋友们。他会永远信任朋友们。除此之外，无论是谁，都值得怀疑。想到这，他对可兰说："我听着呢。"

"首先，你叔父到底对你有多少真正的忠诚？他是在你父亲登基为帝之后才跑出来的。他的底细究竟怎样，无人知晓。而他与你父皇之间又有多少信任呢？你也知道，他可能根本不是如他所说的，是你父亲的异母兄弟。先当他真的是你叔父吧。如果你去世了，皇位就顺理成章地落到了他的头上，他可是血缘最近的皇族。还有，杀手完全是冲你来的。如果真的是他在背后指使，他就不能叫别人知道他杀侄篡位的阴谋。如果刺杀成功，他还可以扮演一个复仇者，正好巧妙地清除异己，除掉抵制他上位的官员们。"

"我承认这一切都合情合理，可是……"

"我不是叫你立刻下令把他给抓起来。"可兰指出，"但要对此有个思想准备。"

刘阳点点头："我明白了。从今往后对他我们得多提防着点儿。不过我们也从来没在他面前讨论过重要的事情。"

"我还要说明一下，我说的全是实话。没错，我是不喜欢你的这位叔父和他盛气凌人的儿子，不过这可不是我要你小心他的原因。"

"我早就知道你瞧不上他们。你从来没有停止告诉我。"

"他们确实是有很多虚与委蛇，虚情假意的东西。当你在场的时候甜得发腻，表现得尽忠职守，可是我看见他们在独处的时候就显得没有那么单纯了。你的表兄不止在一个场合威胁过我。"

"你对他们说了什么？"

"这你可别怪我。你信不信吧，我对他们总是恭谨有礼的。"

"我就是皇家子弟中唯一一个可以任由你欺负的，嗯？"

"你是皇家子弟当中我唯一一个可以放心欺负的。"

"我还是有些权势的哦。"

"我不是说你不能处置我，是说你不会。譬如，我的疏忽差点使你送命，这可是死罪。"

"他们没刺伤了你的脑袋吧？"刘阳假意起身要检查可兰。

她趁机用胳膊肘把他捅到一边，自己直起身站了起来。在床上躺了一整天，她觉得全身僵硬，衣服下缠得紧紧的绷带对她的行动也没有任何阻拦作用。终于，她还是站起身来向门口跨出了一步。

看到她还是如此虚弱，刘阳叹了口气，把肩膀探到她的胳膊底下："如果你一定要这么固执的话，至少让我帮你嘛。"

一念之间，可兰想拒绝他的帮助，不过这可是挺长的一段路，她觉得自己应该走不过去。所以她靠在刘阳身上，由他支撑着向门口走去。

他们一边走，可兰一边说："没有，他们没可能刺伤我的脑袋。"

"我倒是很确定好像有哎。你都已经开始说胡话了。"

"你知道肯定很多人会这么说的。"他们快走到门口时可兰答道。他拧开了门，两人进了书房，她一下子滑进了书桌后的一张椅子上。

"让他们说去吧。你是在保护我。我看他们谁敢拿这个编排你。"

可兰叹了口气："可这也是实情，我让我的脾气战胜了我的理智。杀手可真是把我彻底气坏了。"

"看得出来，你现在听上去还挺生气的。"

"那是因为我就是。"

"对他们生气？"

"当然。我是唯一一个可以把你打得团团转的人。"

刘阳大声地笑了出来，推了一把可兰。见她拿眼睛瞪他，他只是笑着："你只是说我不能打你呀。再说了，如果你可以把我打得团团转，我同样也可以回报你啊。"

30^章

这帮人一动手，小龙就看出来他们根本构不成威胁。她好奇是什么令他们竟然幻想能拿下他们三个人。当然，他们的施毒计划差点起作用。

小龙向前一步身子一转，一把抓住其中一人的手腕，把他猛甩到右边一人身上，两人便跌撞在一起，穿过桌子飞了出去。在小龙的左边，朱成一脚踢中一个家伙的脸，也拿下了一人。她又施一记狠辣的上勾拳放倒了另一人，而这时在小龙的右边，班超抓住了最后两名汉子的头，把他们用力撞到了一起。整个过程不过眨眼工夫。早知道会这么容易，刚才他们的戏份也就完全没必要了。

"现在是不是全天下都知道我是谁了？"他们继续赶路，小龙问。

"很显然啊。"班超说，"而且他们还都在找你。我说我们不能再留宿客栈和饭馆了。"

朱成点点头同意："不过，我们得在下一个经过的集镇停一下。让我们面对现实吧，不管我们多么小心，总会有些跳梁小丑找到我们。最大的胜算就是去买几匹马，走得越快越好。"

"我知道最终还是会走到这一步。"班超不情愿地嘟囔着，"你们这些家伙最后可能会把我绑在马鞍上吧。"

"这一点儿不成问题。"朱成对他说。

"你当然一点儿问题都没有了。你是个天生虐待狂。你很享受看我受罪。"

"我相信过不了一两个时辰我就会厌烦的。"朱成并不否认，"不过我想你应该会没事的，不管怎么说，从宽帮山回来的路上你就骑得不错啊。"

"我到现在还全身酸痛呢。"班超抱怨地回答。

"我得告诉你旧伤加新伤对痊愈可一点儿好处也没有。"

"我真要多谢你有如此强大的洞察力。"

为了避免被人看见，一路上他们每次见有人接近，就避开主路，或暂时躲到大石、矮树丛后面。

过了一会儿，班超建议道："我们为什么不伪装起来呢？"

朱成摊开手，指指周围尘土飞扬的环境："我们拿什么来伪装？不过等我们到了最近的集镇，倒是可以找一些材料。我向你保证，绝对不会有人认出小龙。"

很不幸的是，他们现在的速度近乎爬行。夜幕降临时，到最近的集镇，就是用正常的脚力走也至少有半天路程。而以他们现在的速度，谁知道什么时候才能到呢？

第二天清晨，大家很早起身，希望尽快赶到下一个集镇，在没有被急着找他们比武的人缠上之前，能买好马匹。可是他们的运气就是这么背，走了才小半个时辰，就有一名少年从一块大石后头跳了出来，挺剑指着小龙。

"你不是来真的吧？"小龙对他说，"真的，还是走吧。没有人需要受伤。"

年轻人开始大声嚷嚷，含糊其辞地说了一大堆关于荣誉和盛名之类的话，小龙只用一枚银针就叫他闭了嘴，登时翻倒在地。不幸的是，他情绪高昂的喊叫声吸引来不少人的注意，附近有十几个男女冲到了现场。

"你们都是打哪儿冒出来的？"班超问。

"有一群侠客告诉我们你会出现在这条路上。"其中一人答道。

"等收拾了这些人，我们尽量离大路远点儿吧。"小龙说。

"照你说的办。"朱成爽快地对她说，"不过我们得尽快处理了他们，以防更多人再来找麻烦。"

"已经太迟了。"班超说。他指着第一队人身后，一名扛着长矛的彪形大汉、一名双手使短剑的妇人以及其他几名武林中人。

"这可真是太荒唐了。"小龙烦恼道，她向前一步对着那群人，"我不明白你们为什么想跟我比武。"

"武林大会就要开始了。"后面的一名汉子答道，"如果我们打败了你，就没有人敢挑战我们了。"

朱成闻言兴奋了起来："武林大会在何时何地举行啊？"

班超朝她腹部捅了一下："你不是在想着我想你会想的事情吧，不会吧？"

"可能不是。一般来说我的想法都比你的要完善一些。"朱成自信地说。

"比武大会明早在韬城举行。"一名汉子指出。

朱成转向猛摇头的小龙："肯定不行。我可不会到这么多人面前展示手脚。"

"如果你答应参加，他们也许现在就不会来烦我们了。"朱成指出。

"我可不想骗他们。"小龙说。

　　"应该真的去。"朱成小声说，"我相信你定会夺得武林至尊的头衔。之后，就不会再有人招惹你了。一了百了。不然的话，我们就得一路打到京城。"小龙还是坚决地摇头，朱成终于放弃了。她叹了口气，拔出了剑："我们得跟他们都打上一架了。"

　　"先别急。"班超对朱成说，"小龙，你何不使出银针把他们全放倒呢？"

　　"我已经所剩不多了。"小龙小声回答，"宽帮山一战差不多用光了我的暗器，我还没来得及补充银针。不过是个好主意。"她再次转身对着那群人说，"给你们最后一次机会赶快离开。"看到没有人走，小龙叹了口气，对准了他们，手腕一翻。这二十多人中，立刻有几名应声倒地。

　　其他人愣了一会儿，才向着三个小伙伴冲了过来。

31^章

"中间的几个归我。"朱成冲出去之前说。

"有时候，她可真是够气人的。"班超跟在朱成身后也冲了上去，小声嘟囔着。他一边向前冲，一边拔出剑，格住一名使双刃战斧的汉子劈来的一击。这些人比昨天碰到的六个蠢货强多了，是真正的武林人士，天天习武打架就跟呼吸一样自然。这一架可不会轻松，小伙伴们得使出全身的每一点功夫才能力保性命。

班超将剑甩过头顶格住从身后飞来的一剑。然后他向前一俯身，同时手腕也顺势一扭，将对手的马刀挑到地上。这下使对手站立不稳，摔作一堆。班超再向边上一扑，将对手扑倒在地，用胳膊肘点中了他的穴位，使他再也站不起来。

没等班超站起身，一把剑冲着他脑袋刺来。匆忙间，班超用剑挡住了刺来的离他的颈项仅寸许的一剑。随即又有一把剑加了进来，班超同时抵住两把剑，幸免于被刺穿脖子。

突然之间，又一把长矛冲着他的右腿刺来。班超使出吃奶的劲儿把腿挪了开去，矛头刺进了地上。他用腿卷住对手的矛柄，一把将它从使矛的人手中夺了下来。紧接着一个利落的动作，他把矛柄扫了一圈，击中了全部三名对手的脑袋，这时他才弹起身子，喘了口气。

但对他的考验还没有完呢，一名使双剑的妇人冲到他面前。她的剑姿娴熟，班超对上了她的专注目光后，不禁倒吸了一口冷气。仅凭使剑的手法和伶俐的身形就可以看出，她是一个极强的高手。

和班超一样，朱成立刻意识到今天的对手很难对付。他们在她身边腾挪闪避，技法精准，手段狠辣，证实了他们是武林高手。朱成滑向一边，抓住她背后一女子打来的木棍猛摇动，带着木棍另一头的女子滑了一个大圈。女子不肯撒手，一下子撞上了另外两名武士，跟他们摔在了一起。

当三人手忙脚乱地爬起来后，朱成把棍当矛使用掷了出去，中间的汉子举剑一劈，棍子从中间裂为两半，向两边倒去。可当他刚一剑劈到棍子，朱成的靴子已踩上了他的脸。他身边的两人赶紧跃了开去。一个躲不及，脑袋挨了朱成一记重拳，摔倒在地。然后朱成又挥剑向女子劈去。眼看着朱成将把女子的短剑打掉，一把巨大的马刀横格住了朱成的一击。朱成知道自己面对的是一名非常凶险的强手，只能利用一格的反弹力助她自己向后一个空翻，才险些躲过另一名袭击者向她脑袋劈来的一剑。

朱成落地站稳后，横剑在胸，抬头望着她有生以来见过的最高大的人，举着一把看上去比她还要重的马刀。倘若她的剑不是精钢打造的，刚才很可能会被巨大的马刀碰得粉碎。朱成四下一扫，看见其他武林人士已经让到一边。显然，他们寄希望于这个高大的人能拿下朱成。所以他们用大个子来向她摊牌，朱成暗暗自语："好吧，我一定成全他。"

小龙瞅了一眼冲上来的男男女女，抽出了剑。心想，他们个个都是厉害角色，决不能掉以轻心。她将剑舞成一片，把先扑上来的几个人的兵器打落。

见他们不停地涌来，小龙纵身跃入空中，两个对手也跟了上来。

一人使锤，另一人使头上带利刃的长链。

长链破空先向小龙面门抽来，她翻了开去。然后展开轻功，越升越高，高出长链的所及范围。当使长链的女子开始回落时，小龙一俯身抓住了长链，把女子止住。小龙再一扯长链，长链飞向正用锤照她砸来的男子。长链一下子缠着了他，当他往下掉时，女子也被一起缠住了，两人重重地摔在了地上。

这个时候，大部分对手已经被打倒，但一名使钩的小个子男人突然踏入了小龙的视线。他双钩一错，微微低了低头，以示真心尊敬之意。

小龙边回礼边打量着小个子男人。他看起来像是一个很有经验的高手，不容易对付。小龙慢慢地抽出剑，察看着周围的一切，护住身体四周，尔后她将注意力集中在这名对手身上，很肯定小个子是这群人里最厉害的。

与此同时，朱成摆好防守姿态，大个子静悄悄地走上前来。没有急着发动攻击，而是像一只熊似的笨拙地摇摆着。朱成的目光紧张地从他手上那把巨大的马刀闪过，不禁皱起了眉。她不愿意用自己的剑跟巨大的马刀硬撞。大个子举马刀刺来，刀刃冲着她下巴的方向一扫。她往后一仰，刀尖从面门上擦过，只有毫发之差。朱成向后一个空翻，给自己腾出点活动空间，考虑着下一招怎样回击。可以选择正面进攻，但大个子马刀的重量本身让他占尽了优势。看他的巨大体形，起先以为他一定行动迟缓，其实他的身手颇为敏捷。

于是，朱成耸耸肩，心想凡事思考太多反而不利于凭感觉行事。再者，此刻已不容她再考虑，只能硬着头皮上，随机应变吧。事实证明这是个明智之举，因为大个子根本没有估计到朱成会迎面击来，瞬间怔住了，没有料到一个身材娇小的姑娘竟然敢正面攻击。

大个子的片刻迟疑，足以容朱成跃过他头顶，猛击他的颈侧，令他痛得大叫。她一落地，即转身，右手紧握剑柄，左手抵住剑身，格住他排山倒海的一击。

两人对峙了很长一段时间，朱成将剑顺势滑下刀面，躲在他的双臂之下，用肩猛撞他的肚子。朱成这一击使上了全部内力，大个子登时飞了出去，飞了很远才砰的一声重重落地。他的马刀也跟着飞了起来，眼看着就要对准他落下。

朱成警觉地冲了过去，在马刀还差寸许刺进大个子心脏的时候，及时抓住了刀柄。她低头一看，见大个子仍然神志清醒，便急急向后退了几步以防他再突袭。退开一段距离后，朱成将马刀插入地上，然后看着大个子挣扎着站起身来。

大个子再次面对朱成，但出乎意料地向朱成深深地鞠了一躬，并保持了好长一会儿，才走向前，从地里拔出马刀。

虽然对大个子的举动有些疑惑，朱成还是挺高兴的，然后转身对着班超，想看看班超是否需要帮助。起初，班超似乎确实需要些协助。

妇人迅速转身，以极快的速度冲到班超面前，迫使他鱼跃似的躲开。他落地平稳，顺势站起身，用剑锁住了妇人的一把短剑，再格住另一把。班超慢慢地翻转刀锋，妇人后退一步，以防两把剑被绞得同时脱手。

恰在这一刻，朱成悄悄地走了过来："需要帮助吗？"

"不用。"班超说，不想因此分散注意力。

朱成耸耸肩，但还是做好了准备，以便她可迅速采取行动。

与此同时，班超继续持剑发力，逼得妇人又向后退了一步。班超知道自己胜券在握便再用左手一挑，把妇人的剑绞得脱了手。剑向外飞去，朱成跃起一把抓走。

要不然，飞起的剑可能伤着班超，因为他正忙着挡开刺来的另一剑。班超接着一记扫堂腿，将妇人踢向右边，恰是朱成站着的地方。

见妇人冲着自己飞来，朱成吃惊地嘟囔了一句。没有低头躲开，反而探出手，抓住妇人，把她在空中一翻。忽见班超也即将越过自己的头顶，她猫低身子，同时点了妇人的穴道，她犹如一块石头似的摔在地上。

"多谢你差点要了我的命。"班超落地后，朱成对他说。

"我怎么知道你站在这里。"班超抗议。

"这不是个好借口。"朱成说，然后对着正在厮杀的小龙的方向扬了扬头，"晚些时候我再找你算账。过去看看能不能帮上忙。"

小龙和使双钩的小个子已经互相瞪视了很久。小个子陡然疾冲向前，挥着右手的钩，小龙举剑挡住。

小个子又立刻撤力，想把小龙的剑绞得脱手。对付这样的小伎俩，小龙太有经验了，尽管小个子一气呵成，但小龙手腕一翻，她的剑登时压住了对方的剑。

小个子丝毫未受影响，只是将剑身一转，自己也跟着转身。同时，把另一只手上的兵器挥压了下来，钩冲下对准了小龙的脑袋。小龙把剑抽出，正好当啷一声抵住压下来的利刃。此刻，小个子的两把钩卷住了小龙的剑，继续向下绞，妄想使小龙无法抵挡他的压力。

小龙没有抵抗，反而放松了握剑力，让剑往下一掉，然后重新接住，接着向后一跃，跃到安全的距离外。

小龙的余光瞥见班超和朱成向她赶来。小个子顺着她的目光也瞬间游移了一下，小龙抓住这个机会出击。小个子目睹小龙靠近，他的注意力马上又回到小龙身上，把双钩舞得如同搅拌机一样。通常，这种招数对小龙来说完全不是问题，因为她的师父也喜欢用同样的兵器，所以小龙深谙双钩的长处和缺点。

但小个子将一对钩使得出神入化，小龙全力抵挡和反击，同时发现自己必须全神贯注才能预测下一步的招数。小个子的劈、刺、击看上去像是一段舞蹈，集优雅和力量为一体。小龙留心他的一招一式，认识到单用传统的方式需要很长的时间才能累倒小个子。然而，她也不想用自己的轻功耗他的体力。她想着怎样诱骗小个子，但需赶在其他对手加入之前。

为了麻痹对方，小龙故意露出疲态。回击不像以前强劲了，每受一击，剑都向自己的方向弯一下。突然，她举剑弓步向前，任由剑被拉走。仿佛剑是自动飞走的，而不是被夺走的。

当小龙纵身飞起，避开小个子的下一击时，她的剑在空中飞转着，像一把回旋尺一样重又飞了回来。小个子转身想把小龙的剑凌空击开时，小龙俯身抓住了他的左手。然后她身子一转，瞬间，她的脚已经踏中了小个子的肩，而他的钩抵上了自己的下巴。未等他企图脱身，小龙又一脚踢中了他的背心，那里正是一个关键穴位，登时他人事不省倒在地上，小龙纵身而起，俯身取回自己的剑。

32^章

小龙抬起头，正见朱成走过来检查小个子的兵器。她弯下腰，捡起其中一把钩，弹了一下，兵器发出很纯粹的声音。她扬起了眉毛："这钩是用银子打的，可能吗？"她又捡起另一把钩，并排放在一起。

"你在干什么？"班超质问道，"不是要尽快离开此地吗？"

"让我再看一下。"朱成说。她继续研究小个子的双钩，突然，她把它们柄对柄扭在一起。她微笑着，将兵器舞了一会儿，才掷进了地里："我真不敢相信。你知道躺在地上的是谁吗？"

"上一届武林大会的优胜者。"小龙一边继续往外走一边挥手叫朱成和班超跟上。

"正是。"朱成匆匆地跟在小龙身后说，"你刚刚打败了武林至尊。走吧，去参加比武吧。"

小龙叹了口气："我只是想尽快赶回京城，对比武根本没兴趣。"

"至少去看看热闹吧？"朱成问，而小龙和班超目光正警惕地从一块岩石扫向另一块岩石，留意着路边的动静。

"你疯了吗？"班超问，"我们得尽量躲开人多的地方，还记得吗？"

小龙注意到了朱成的笑容，看来她真是想说服小龙和班超去观看比武。小龙本想拒绝，不过内心却是想去观战。比武是武林中一件隆重的大事，每五年才举行一次，优胜者将会受到武林中人极高的尊崇和景仰。比武会集了全天下最好的武林高手，小龙确实也想去见识一下。因此无意识里，决定不坚持反对去观看比武。

"反正是会路过的嘛。"朱成反复强调并指出这一点。觉得这个理由好像没有打动同伴们，转而开始不停地抱怨和烦扰小龙和班超，以至于小龙最后都想捂住她。虽然朱成仿佛更享受烦扰小龙和班超而不是在努力地讲述理由，但是朱成的话除却重复的唠叨，确实还是有些道理的。诚如"人生一世能有多少机会观看这样的盛会"等等。

"若是我们同意去，你能不能住口呢？"小龙问，唇间带着一抹淡淡的笑意。

朱成的脸上呈现一个笑容，知道小龙已经同意了："我保证至少有几分钟不出声。"

"你若能做到一杯茶的工夫都不说话，我也同意去观看武林比武。"班超咧嘴笑着说。

小龙也笑了，知道班超也乐意前往。朱成出乎意料地伸出双臂环住两人的肩说："我喜欢你们两个。"

由于他们必须越过重重阻挠，到达韬城时已经半夜了。不确定悬赏布告是否也贴到了这个城里，为了安全起见，在朱成和班超找客栈时，小龙觉得她自己还是走屋顶比较好。

这时在城里找客栈忽然变得意想不到地困难，每一家客栈都已经客满了。班超建议加钱住店，可是小龙指出这样会引来不必要的注意。

他们三人到达小城已经半个时辰了，朱成和班超走进了城中最穷街区边缘上的一家显得很破败的客栈。他们上前一问，掌柜说还剩一间房。他俩互相看了看，说等下决定。他俩走到后巷里，小龙正在等他们。

"我不喜欢哎。"班超说，"真担心晚上屋顶会砸到我们的头上。"

"这就是为什么我选择这家客栈。"朱成说，"大家族和大帮派的人不会来住这样的客栈。正是因为这个，这家客栈才会有空房间。"

"假若再找不到地方住，我们只能在房顶上露宿了。"小龙指出，"赶紧要了这间房或者离开这个小城。"

班超做了个鬼脸："好吧。"

一会儿工夫之后，他们在窄小的房间里四下打量着。朱成和班超由小二带进来，小龙则是从窗子翻进去的。

朱成碰碰一张快散架的桌子，厌恶地吐了吐舌头："比我想象的还要差。"

"当然啦。"班超看着屋里唯一的一张椅子，不敢坐上去，好像生怕会塌了似的。

"床我占了。"朱成宣布道，然后打开窗子，"我回来就得用床。"

"你去哪儿啊？"班超问。

"去查探一下。我们明天总不能这样大摇大摆地去看比武，是吧？我们得化装一下，我去找些东西来。"朱成答道。

"一起去吧。"班超说，很显然他对朱成上次一个人走掉之后发生的事，还心有余悸。

小龙点头赞同："最好是待在一起。我停在房顶上或躲在暗处，我们和你一起去。"

有一瞬间，朱成想争执，但她转而笑了："你们别抱怨太脏，行吗？"

半个时辰后，他们带回了怎样混进武林大会的相关信息。小龙也趁此机会补充了她的暗器袖针为日后准备。

朱成真的占据了睡床，小龙和班超似乎也无意相争。小龙只是和衣倚墙而睡，班超仅在椅子上睡了，他仿佛觉得椅子比最初想象的要结实一些。

第二天早晨，天稍亮他们就起床了，未惊动客栈掌柜，偷偷地溜了出去。他们三人乔装打扮，即使在光天化日之下，也不会吸引旁人的注意力。

"这还真是一个好主意。"班超对朱成赞道。

"你为什么这样吃惊呢？"她问。

此时刚好路过当地一家富户的门口，也省得班超回答问题了。富户的大门上贴着红色的"囍"字，匾额上挂着红绸布，门两边的石墙上还饰着红布剪成的人物故事，敞开的大门里传来了喜庆的鼓乐声。

他们三个对视了一眼，急忙脚步踉跄地向大门走去。趔趄地跨过了门槛，进了一处小庭院。主人带着手下迎上前来，凝视着他们不合时宜的打扮，尽管如此还是高兴地表示欢迎。

"恭喜恭喜啊。"朱成嘴里含糊不清地说，准备抱拳行礼，但她的双手好像怎么都抱不起拳来，只好简单地鞠了一躬。

主人朝他的手下看了看，不知如何是好。于是，他也摆出了一副笑脸，向小龙他们鞠躬回礼，毫无疑问他也只想安全行事。很多武林中的人是些山野匹夫，行为举止难免怪异。因而小龙三人如此装扮，到了这种地方也毫不稀奇。"多谢，多谢。来来来，请进请进。"

听闻此言，他们三人继续跌跌撞撞地向里走去，但朱成斜着身子回来，往主人手里塞了一块金锞子，然后又跟上朝院内走去。其他几个人留着口水看着金锞子。这下暂时分散了主人和手下人的注意力，他们压根儿没有看到小龙他们三人纵身上了房顶，未进主庭院。

小龙他们沿着房顶边缘一路偷偷向前，直到一个僻静处，不用担心被底下路过的人瞧见。卸下了伪装，把行头放在了一棵树上，三人在斜坡上趴了下来，沿着房脊排成一排。

他们探过房脊偷偷往下看，比武即将开始。庭院中间有一张空空的擂台，擂台对面的另一高台上坐着四名评判。

庭院的四周，坐满了来自武林中几乎各大重要门派的代表。身穿各自统一的服饰，在院子里形成了一块一块的色块。剩下了很少几个空位，小龙他们来得正是时候。

眼下，比武还没开始，大家正互相交谈着，熙熙攘攘地掩住了其他的声音。班超悄声地问："你觉得袭击我们的人也来了吗？"

小龙捅捅班超，点了点庭院北面。坐着的就是两天前在小饭馆偷袭他们的一伙人。

"门口的蠢货连他们也放进来了？"班超感到难以置信，"现在他们可是什么人都放进来。下一回连狗和街上的混混都能进来了。"

"我宁可让狗进来也好过让这几个蠢货进来。狗好歹也不算是完全没用。"朱成道。

小龙朝他俩翻了翻眼，把朱成和班超的注意力引到庭院中间，比武马上要开始了。坐在高台上的一名男子站了起来，向前走几步冲着大家说话。他是一位中年人，满头黑发，下颚有微须。身上好像没有兵器，他的样子仿佛是一个功夫很厉害的角色。"各位朋友，大家好。都知道比武规则了吧，但还是想把规矩再说说清楚。"男子取出了一把黑色的围棋子，"想参加比武的人都可以上擂台来，我把这些棋子都抛出去，捡到围棋子可以进入下一轮比赛。比武者一个接一个地比，直到最后一人胜出。在此之后，谁想上来打擂的还可以上来。"

"好计划。"朱成评道，"这样可以筛掉一大批蠢人，同时又能保证后面的比武有好戏看，有点儿脑子的都不会去抢第一轮的混战。"

"干吗还有人参加第一轮比武呢？"班超问，"别的不论，就算能各个击破，也会累死的。"

朱成耸耸肩说道："有些人就是蠢啊。"她咧开嘴笑了，"所以可能不完全是这样。参加了第一轮，又赢得了最后的胜利，将是终身武林至尊，不仅仅是五年而已。"

"有没有人成功地打过通关呢？"小龙问。

"没有。"朱成皱起了眉，想了一会儿，"可能有过一次，也可能没有。其实，我也不知道。"

"谁想第一轮比武的话，请站出来吧。"主持人高声说。

立刻，参加第一轮比武的人像潮水般地从座位上跃了起来，向擂台冲过去。放眼一看，约有近百名武士跃上了擂台，主持人举起了一只手叫大家安静。大家听从号令，一切议论都平息了下来，屏气凝神地等待着。

随后，主持人突然之间举手向上一挥。五十枚黑棋子撒入空中，像是飘浮在比武者的头顶上。

33^章

　　主持人刚一扔出棋子，擂台上瞬间爆发出一阵骚动。手快的挑战者直接纵身跃起，为自己抢得一枚棋子，然后落到一边，不再去跟剩下的人挤拼。

　　当棋子升到最高点，下一拨的人挣扎着从别人的胳膊腿中间脱身出来，踩着别人的脑袋和肩膀攀高为自己抢得一枚棋子。

　　下面，等着棋子落下来的人，利用这混乱报些旧仇。一名男子被人横着扔下擂台，如果不是有人接住了他，肯定直接撞上了墙。擂台另一边，一名妇人被绊倒，摔下擂台。显然，一些武夫们自觉地提前开始下一轮了。

　　"绝对的混乱。"朱成喃喃道，"很高兴我们来了吧？"

　　"真是有趣啊。"班超同意，"有些手段可真是下三烂啊。"听到朱成发出一声呻吟，他轻轻地推了她一把，"我是在开玩笑嘛。"

　　"玩笑得好笑才行啊。"她马上反击，"好好看吧，这么横插一句破坏了我看戏的好兴致。"

　　"是你先开始……"朱成很用力地捅了他一下，班超马上住了口翻了个白眼，"反正我不能赢。"他嘟囔道。

　　这时，余下的棋子已尽数散落在擂台上，武士互相争来抢去，像是要饭的抢铜钱一样。这些人都自认是武林豪杰，可一点都不在乎用些肮脏的手段。

角落里，一名妇人手指直插另一人的眼睛，迫使她不得不丢下棋子格挡。棋子刚从她手上落下，另一妇人一把抓过，跳下了擂台。

剩下的人，即使身手最好的也都使出了种种手段，时不时地，会有人从拼抢中得手胜出，挥舞着抢到的棋子，跌跌撞撞跳下擂台。比武大会开场犹如一场混战。

小龙迅速地点了一下擂台边已经抢到棋子的人数，估计擂台上最多还有五枚棋子。突然，一名汉子自混乱之中跳了出来，直飞出有两丈之高，然后落到了擂台旁。在他身后的一片混乱中，又有三名竞争者从人缝中钻了出来，成功地跌跌撞撞下了擂台，暂保安全。

整个擂台上只剩下一到两枚棋子了。还有许多绝望的人在争夺这一两枚棋子。再打下去，连朱成对这种血肉横飞的招数都皱起了眉。终于，一名年轻的和尚从人堆里挤了出来，带着一只已经被打紫了的眼睛。

主持人见最后一名胜出者分出，一挥手，几个人就敲响了锣，以示第一轮比试结束。一阵骂骂咧咧之后，比输的人陆续回到自己的座位上，不少人揉着瘀青，不过颇为奇怪的是，竟没有人受重伤。

擂台上全部清空后，第一轮胜出者都交出了棋子，重新回到擂台上听指令。等大家都平静一些，主持人举起了手示意安静。

"现在进入比武大赛的第二轮。这一轮的目的很简单：成为最后一个能够站在擂台上的人。希望大家都好运。"主持人又取出一枚棋子，掷向铜锣。

没等锣声完全消失，比武者的喊叫声和搏斗的低喝声就已经盖过了它。

若是小龙觉得第一轮狠毒的话，第二轮的出招完全是招招致命的。某人猛地一腿踢出，将对手直接踢飞到庭院围墙上。又有人被头朝下扔了下来，还有一些被打得不省人事，滚到了一边。

很快，有一半的人败下阵来，再过一会儿，又有十来人遭遇了同样的命运。这样，只剩下了十来名真正厉害的高手还留在擂台上，他们很小心地互相绕着圈子。有几对师出同门的互相帮助，不过大部分时候，无论是谁靠近都会毫不留情地挥出兵器。

这些人的水平不相上下，又过了一炷香的工夫才使擂台上的人数减至三人，其中两人来自同一个帮派。

"希望我现在是在下面啊，这样我可以开个赌局了。"朱成喃喃道。

"只有你才会这么想。"班超道。

"总得有人考虑些实际的事情吧。不知道你想过没有，吃、住和所骑的马都不是白白来的。"朱成说。

"有你的整日提醒，我们怎么可能忘记呢？"小龙说，她的注意力仿佛是在比武场上。

"没错。"朱成赞同，"这是我的另一项免费服务。"

"我们还得顺带着忍受你的羞辱和讽刺。"班超还了一句。

他们的对话被打断了，第二轮余下的三名比武者开始了决战。两名来自同一门派的姑娘一直协同作战，很明显此时不会改变策略。她们俩绕着一名男子转圈，直到两人正好分两边相对。

男子只是找好平衡点站着不动，做好瞬间出击的准备。小龙看他的站姿，心想他一人打两个应该不会有问题。要是他打得小心，能赢这轮比赛。但无论是谁赢了第二轮，总会有人出来挑战并夺得头衔。

突然之间，擂台上的两位姑娘同时冲向他，试图一举拿下。当她们即将得手时，男子身子一挪躲了开去。姑娘们还没来得及改变方向，他就双臂伸出，猛推一把，利用惯性将她俩推到擂台边缘。

一名姑娘没能站稳掉下了擂台，她黯然转身回了自己的座位。另一位姑娘也几乎掉下去，却用脚钩住了擂台的边缘，把自己扳直了回来。对手见她逃过了圈套，颇为震惊，很快拎起拳头准备再度出击。但似乎很长一段时间，两人都没有出击。只是互相交换了几记快拳，都是虚招，以显示势均力敌。猛然间两人的比试开始激烈起来，脸上的表情极为专心，全神贯注。突然之间，情势急转，姑娘显出劣势，疲于防守。

小龙立刻明白了姑娘的策略。果然，事实证明小龙的猜测是对的，姑娘是在使诈迅速制胜。显然，她的对手很高兴又占了上风，变得冒进起来。当姑娘被逼近到了擂台边缘的时候，她一跃而起，狠狠地推了他一把，他立刻跌下了擂台。

见此情形，一阵叫好声从庭院一边的人群里响起。这姑娘仿佛是个大弟子，她的师父也会在有旗鼓相当的对手出现时参加比武。

姑娘明白她的头衔撑不了多久，没有显出赢了比武应有的兴奋劲儿。可不管怎么说，她是第二轮的优胜者。

主持人再次从座位上站起来，走到擂台边缘对着整座庭院的人高声说："下一轮，请挑战优胜者的上擂台来，一个一个地来。不能再重复上届比武大会时的窘状。"主持人冲着观众笑了笑，引发了一些尴尬笑声。很明显，大部分人都知道他指的是什么。

班超拿胳膊肘捅了捅朱成，挑了挑眉。

"你怎么觉得我知道他说的是什么呢？"朱成问。

"因为这种八卦，我们中间是你懂得最多。"小龙替班超回答。

"这算公平。"朱成咯咯一笑同意了，"我确实知道上一次比武大会所发生的事情。传说，两个大门派的大弟子同时上台，为争谁应该先打擂台吵个不停，吵架变成了打斗，都想置另一方于死地。事情后来演变成，两个门派见面就大打出手置另一方于死地。"

"哪两个？"班超问。

朱成指了指下面的两班人马，一队穿黑袍子，另一队穿蓝袍子："他们坐在庭院的两边。估计是大会的组织者特意安排的。让擂台挡在中间，以免他们搅了局。现在他们还守规矩，但比武结束后不知会怎样。想必我定能为此设个赌局的。肯定能赚到好多钱的。"

"我们有足够的钱了。"小龙评论道。

"瞎说。"朱成反驳道，"永远不会有足够的钱。哦，看，有人要来挑战第二轮的优胜者了。这是比武最有趣的一部分。"

小龙低头见一个年龄跟擂台上姑娘相仿的年轻人走上了擂台。没做自我介绍，直接向她发了招。挑战者的迅捷行动并没奏效，姑娘的出手更快，抓住他后心衣衫，直接把他扔下了台。

接下来的两个挑战者也没有成功，随后的挑战者毫不费力地打败了姑娘。他赢了之后，有一个小帮派的掌门上来挑战。此刻，徒弟们已经打得差不多了，师父们开始上场为自己的荣耀和名望出手了。

并不是每个掌门人都来参加比赛的，所以把比武的最终优胜者叫作武林至尊还是有些牵强。尤其是，五大高手从来没在擂台上出现过，世外高人也不会来。但高手一旦到了这个地步，功夫大抵不相上下，赢得最后胜利大多是比拼耐力、决心，甚至是运气。

擂台上，两名男子矫捷地躲闪腾挪。两人的姿势都颇曼妙，他们的一腿一拳看上去不像是在交战，而像是在表演一出编排缜密的舞蹈。这场比武持续了一盏茶的工夫，两名对手才开始真正用心对付对方，每一劈一击都使上了劲，旨在伤敌制胜。

因为不允许带兵器，他们交换着狠辣的拳脚功夫，在擂台上来来去去过了好几回合。

终于，挑战者把卫冕者扔下了擂台。他先是猛地发起一阵急攻，把对手击得连连后退。等对手开始反击时，他纵身跃起，像是要逃。可他却没有展开轻功躲到一旁，而是用脚锁住了对手的脑袋，然后向后一个空翻，把他扔到一边，像个风车似的转个不停。

虽然优胜者沉浸在自己成功的喜悦中，但是他的优越感并没有持续多久，因为下一个挑战者轻松地就击败了他。在此之后，又出现了好几个短暂的优胜者。每一个都使出华丽的招数想放倒对手，而自己又转头被别人赶下了擂台。

34^章

在可兰大声而又坚决的反对下，她终于被允许一起去上早朝了。她坚持自己走去大殿，着实累了，整个早朝她都保持沉默。

其实可兰不受伤时，也总是在早朝时保持沉默的。她感觉到同僚灼热的目光似乎将她的朝服都快盯得烧出洞来。这时候，大臣们或多或少地得到了消息，哪怕消息最不灵通的也已听到好几个版本的故事，尽管前一天刘阳已经发布有关对他行刺未遂的官方通报。

可兰看了通报的内容都是实情，却也隐瞒了一些事实，比如说，行刺发生的时候可兰正和刘阳在一起练功。可以把这归因于事情的突如其来影响了他的记忆。人都差点被暗杀了，怎么可能指望他记得每个细节？

由于可兰重新出现在朝堂上，仿佛恢复了正常的议事日程，官员们不再谈论变态的阴谋论，转而一起向刘阳力谏增加御前侍卫。刘阳成功地挡开了这一建议。早朝结束时，几乎没完成任何实务。退朝的时候，可兰特别留意各官员对她的态度。她不在意一些对手的想法，倒是一些中立者的态度令她担心。

下朝后，大家分头往自己的府邸走去，可兰跟几个大臣简单地交谈了几句。起码她替自己赢得了更多的支持者。好些人看上去都对她热络了些，因为她舍命护驾。

　　不管从哪个角度来看，救驾替她赢得了更多的尊重。这意味着她不被重视的日子结束了。她盼望着这一天很久了。可兰把一些宫廷争斗的念头先从脑中赶走，专注于一步一步地向前走。可能是因为她一直保持一个姿势太久，感觉不太好。但她不想露出虚弱之态，虽然从她的伤口情况来看，还没有完全康复。但任何一点软弱都会让她失去刚刚赢得的尊重。

　　可兰缓步机械地向刘阳的御书房走去，无视坐下来休息的驱使。通常都是和刘阳及侍卫们一起走，今天她告诉刘阳先走。一方面是想观察官员们对她的态度，另一方面是觉得自己可能跟不上他们的步子。

　　过了好一会儿，可兰终于到了御书房门口，侍卫队长立刻让她进去了。与刘阳打了招呼后，她慢慢地靠近桌子，然后一下子滑进椅子里。

　　刘阳从面前一堆奏折中抬起头，见她嘴唇发白，不禁皱起了眉："你太难为自己了，是不是？御医特意嘱咐过说你还很虚弱不能上朝。"

　　"我没虚弱到不能打你哦。"她故作兴奋地答道。

　　"可能今天早晨还不行，但我敢打赌你现在可以啦。你应该去小睡一会儿或者休息一下。对你复原有好处。"

　　"别再为我大惊小怪了。还有比我的健康更重要的事情需要讨论呢。"

　　"事情现在不用你着急。御医说最早明天或后天你才能基本恢复正常，也许今天你太用力了，谁知道呢？好好努力地照顾自己。我需要你，我的老朋友。"

　　可兰静默了一阵，接着叹了一口气："好吧，我保证会更加小心的，倘若这是你想要听我说的话，不过首先，有没有新的情况？"

"其实，有的。"刘阳说，"几个探子送来一些情况，在你……受伤行动不太方便的时候，我自己看了一下。其中有一张条子特别有意思。看看能不能找出来。" 刘阳开始翻找，差点打翻了一整叠奏折。

"回到刚才你私自打开了应该上报给我的情报。这可是侵犯隐私的，你知道吗？"

刘阳白了她一眼："是，这我很了解，特别是很多我还没批阅的报告你已经打开了。"

"完全不是一回事。"可兰笑着反对，"你知道每次会送来什么吗？很有可能被下了毒，或夹着一个很小很小的杀手。"

"对。"一叠奏折又差点被打翻，刘阳举手投降了，"找不到报告，总结一下吧。还没过去很久，我很肯定还记得所有重要的事情。你探子连八卦都通报吗？"

"虽然不是每次都准确，但能让我了解那一带民众的情绪。别这样看着我，我知道自己在做什么。"

"我相信你。根据你的探子报告，京城一带最近出现了一个新的罪犯，被称作影侠。"

"影侠？不是小龙的名号吗？"

"是啊。你觉得这是个很蹊跷的巧合吗？"

"老实地说，我不知道。"可兰答，"从逻辑上来讲，我会说是，不过我知道，有可能是某个恶棍被她曾经收拾过而心怀不满，冒名干坏事来陷她于不义。但她收拾的大都是小恶棍，不觉得能搅出这么大的动静。假如探子把这事报上来了，事情就已经不小了。"

"我们需要做什么吗？"

"在采取激烈行动前，我先做些调查。同时，我会通过暗中渠道匿名地传播出去一些影侠真正做过的好事，并叫人写出来。对她的描述要具体到足以跟新的影侠区别开来，又不至于让人认出她来。你觉得怎么样？"

"是个好主意。"

"回答正确。"可兰冲刘阳笑笑，这才深陷进椅子里，"我们还有什么事情要讨论？"

"我叔父的问题。一直在想你说的话，我承认很有可能你是对的。今天早朝我注意观察了，他表现得出奇的安静。通常，我叔父是第一个提出请求派他的侍卫来帮忙。今天几乎什么都没说。"

"别以为这就等于他心虚，虽然我认为你叔父是这场暗杀的幕后主使，我们还得从另一个角度来考虑，即使不是他，他也很清楚暗杀成功后会是什么样的情形，说白了，他是直接获益人。所以你叔父不想表现得过于明显。然而，这种跟平时不符的表现，达到的效果与所期望的正好相反，我从来没有觉得他是个有谋略的人。"

"我想你是对的。只是现在我自己有点偏执，不知道下次刺客何时又出现。很显然，无论谁是这场暗杀的幕后主使，不把我杀死会就此罢休吗？"

可兰点点头，咧嘴一笑："再次引用一句老话，不赶尽杀绝就不要出手。幕后主使现在肯定是坐立不安了。绳套正越收越紧。这暗杀是个杀头罪，只等查证了。"

"究竟怎样才能证明谁是幕后主使呢？"

"需要些时间想一想。"可兰说，"自从刺杀未遂事件起，还没有好好想过呢。"

"这倒是提醒我了，你应该小睡一会儿吧？"

"也许应该躺一会儿，但眼下不行。"

"为什么不行？"刘阳疑惑地问道，"你还要干什么？"

"此时，不打算做任何事。"可兰说，"你叔父随时都有可能前来觐见。"

"你怎么知道？"

"不管是不是此事的罪魁祸首，他都会紧张，都会来向你表明他的忠心，也确认一下你有没有怀疑他。"

门外的钟响了起来，一名御前侍卫宣报司空刘大人到了。可兰冲刘阳扬扬眉，咧嘴笑了笑，站起身来，再次深深地吸了一口气："记住，这是你必须做的。等你叔父进来后，叫我退下，好吗？"

"让他认为我信任他比信任你更多，对吗？"刘阳问。

"正是。还有，他向来不喜欢我，我在旁边你叔父会更加小心。记得留意他是否有撒谎的迹象。我会因为你叫我退下而抗议，你要坚持你的决定。等我走了，说一点点我的坏话，不要太多，而且要表现得有些怕我。假如你们的谈话向这个方向发展了，暗示他，你觉得我是想要除掉你的幕后人。只要你足够紧张，定能演好害怕的样子。"

刘阳打量了她一番："你确定自己能一个人回你的寝宫去？"

"不会有事的。"可兰说，"我站在门外。这样会更加证实你怀疑我的说辞。"

刘阳一边深吸一口气一边点着头："好吧，就这么干吧。"

刘阳的叔父走进御书房后，恭谨地躬身行礼，腰弯得很低，上身几乎与地面平行。刘阳亲自走上前去迎接，扶他起身："叔父，我们是一家人。不必拘于这些礼节。"

"多谢陛下。"司空大人答道，再一次低头行礼，"请恕我冒昧询问，您的身体如何？"他是一个面白无须的中年男人，眼神犀利。

人们总是说司空大人和刘阳的父皇有很多相似的地方，可兰从来没有这样认为。

"多谢你的关心，叔父。刺客没能伤到我，已经被制服了。可兰，请退下，让我和叔父单独谈谈。"刘阳说。

"陛下，作为尚书，我的职责是帮助您治理国家。我对这份职责十分尽心，只有时刻在您身边才能让我更好地完成工作。"可兰一边回答，一边看着司空大人的表情，观察有无任何能显示他想法的表情。

"我们不谈论政事。"刘阳冷冷地说，当可兰像是还要坚持时，他冲她皱起了眉，"这不是建议。"

"遵命，皇帝陛下。"可兰用一种更加冰冷的口气说道。然后她仅点点头，转身离开了御书房，留下身后的沉默。

门关上了以后，刘阳叹了一口气，伸手指了指炕上的小桌："请坐，叔父。"两人落座又喝了一会儿茶之后，刘阳望向他的叔父问："我能直言吗？"

"当然，陛下。正如你刚才说的，我们是一家人。"

"谢谢你，叔父。首先，除你之外，再没别的人能让我如此信任了。"

"您真是叫我受宠若惊。我相信您一定还有其他让您十分信任的人吧？"

"我无需跟你客套。作为兄弟，我父皇信任你；而作为叔父，你时时将我的安危和健康放在心中。旁人更在意我的权力和皇位而不是我这个人，我知道你是真正关心我的安危的。在所有的王公大臣中，你是唯一来探望询问我的人。"

"这个自然，你说得没错，我当然只在意您的健康和安危，不过您父皇也有其他亲信的人，比如说您的皇家顾问，尚书大人。"

"你刚才也亲眼看见了，她变得有多……傲慢。若是我父皇能预见她是这样的，肯定会非常不高兴的。"

"请允许我说一句，可兰怎么想就怎么说，不是件好事吗？不管怎么说，她是您最亲近的谋臣。"

"不，叔父，她曾经是我最亲近的谋臣。这些日子以来，她更热衷于监视我的一举一动，而不是助我治理国家。你都看见了，下朝后我整日被困在这儿。"看见他叔父脸上的义愤神色，刘阳向他微微一笑，"可能说被困住，有点用词不当。我的意思是当我需要讨论政事时，她总是拉着我扯些没有意义的话题。"

"她企图分散你的精力。目的是什么呢？不勤于政事对她有何益处呢？"

"倘若你不介意多担些重任的话，我希望你能帮我查出真相。"

一会儿，司空大人忘了掩饰脸上的震惊之色，但马上从椅子上站起身来，又深深地鞠躬："皇帝陛下信任我派我去完成这件重要的任务，我感激涕零。放心，我一定彻查。"

脸上带着微笑，刘阳也站起身来，抓住他叔父的双臂扶他站直："我知道我能倚重于你，叔父。"

当司空刘大人离开书房时，他满身透着胜利的喜悦和自信。他看到仍然站在门外的可兰时，脸上显出一种毫不掩饰的满足感。司空大人在她面前停了下来，随便地点了点头，无疑，是挑衅的姿态："听说了你保护皇上的英雄之举，不是所有人都欣赏你的舍命精神。但是请相信，我注意到了你是这样勇敢地拼杀。事实上，我会确保你因为成功地阻止了这次行刺事件而受奖赏。我相信你的身体没有大碍吧。"

可兰平静地瞪着他，脸上没有露出任何表情。她听懂了语焉不详的威胁，她毫无表情冷冷地冲他笑了笑："谢谢你，司空大人，我没大碍，你的好意我心领了，感激不尽。"

"祝你身体一直健康。"司空大人说完连头都不点直接快步走了。

等他消失在视线里，刘阳打开了门，冲站在门口的侍卫队长点了点头，又看了看身着金色制服的御前侍卫们数步一岗沿着走廊排列着。然后，他冲可兰招招手叫她进来。可她没动，反而朝他皱着眉。

显然，可兰是在等刘阳的叔父走到听不见他们的对话的地方。刘阳走到了她的身边，这时才注意到她的面容看上去非常严峻。等过了足够的时间，刘阳问道："你没事吧？"

"我没事。"可兰说，小心地将声音放得很轻，"队长，请你帮个忙。"

队长是一位长相粗蛮、满头黑发，不过目光正直诚实的汉子。他向她走过来，用身体挡住手下人的视线，然后动作很快地，点了一下可兰腰侧的穴道。她脸上现出疼痛而扭曲的表情。若不是队长及时稳住了她，她僵硬的身子几乎向前摔倒。

刘阳上前一步，让可兰把手放到了他的手上。他很惊奇地发现她使出了如此大的劲道却又要表现得没用太大的力。可兰走进了书房，伸出一手撑在门上，这才放开了刘阳。

队长跟着他们走到门口，冲刘阳点点头，才转向可兰："虽然我很尊重您，大人，可是您真是有点疯了。"然后他再次点点头，替他们关上了门。

门刚一关上，可兰就完全支撑不住了，身子下滑，跪倒在地，嘴里喘着气骂了起来。

刘阳蹲下身子，扶着可兰没让她彻底倒下去，急得不知如何是好。最终，刘阳还是把她抱到最近的一张椅子上："可兰，我该怎么办？是不是应该叫御医来？"

可兰看上去像是恢复了一点，抓住了他的肩膀："不要。不可叫御医。除了你和队长，谁也不能知道我现在的状况。该死的刺客，伤得我比我自己原先想象的要严重。"

"让你休息，不要强撑着了。"刘阳说，"说实在的，这就是你现在要做的。有必要的话，我会亲自抱你去的。"

作为回答，可兰探手过去一把将刘阳推进另一把椅子里："放心，我不会死的。刚才我让队长点了我的穴道，让我动弹不得，不然的话我无法一直站在门外。"

"队长说得对，你真是疯了。"

"告诉我，会谈的情况怎么样？"可兰瞪了他一眼，对他说。

考虑到还是不要加剧她的伤情，刘阳将整个会见的过程从头到尾对她详细讲了。

听完刘阳的讲述，可兰思考着这其中的含义："你怎么想？"

刘阳皱起眉，转开头去："我很不想承认，但你是对的。可以感觉到我叔父有阴谋。为什么我以前没看出来呢？"

"他是个相当不错的演员。"可兰评道，"或许他不像忌惮你父皇的洞察力般地忌惮你。"

"这我倒不吃惊。谁都不怕我。"

"不管怎么说，这也解释了为什么你叔父刚才粗鲁地对待我。还好我动不了，不然的话我肯定会忍不住对他做出些可怕的事来。让你叔父负责调查确实是个高招。请接受我的景仰。他肯定会将所有的事情都钉实到我身上，而最终，他会成功的。"

"一点儿证据也没有啊。他拿什么钉实你呢？"

"有足够有钱有势的人想除掉我，这不可忽视。我们要尽快在他获得足够的支持和送我入狱之前，找到他是幕后主使的证据。"

"这需要多长时间，你估计？"

"让他纠集足够的支持者吗？这得要些时日。我想现在还不用担心。"

"我们又怎么找出证据呢？刺客还没开口就都自我了断了。"

"我原来打算偷偷溜进你叔父的宅子里去搜寻证据的。"

"什么？不行！"

"我不需要你来告诉我。我们等小龙回来之后才能行事。"

"也许她还能给你疗伤。"刘阳说。

可兰撑着身子站了起来，笑着："我打赌在她回来的时候我已经好了。"

"好！这将是你输给我的第一个赌。"刘阳很肯定地对她说，然后抬起她的一条胳膊架在自己的肩膀上。

35^章

　　中午时，一名身穿式样繁复的衫袍，两袖上挂着长绸带的年轻女子一直占据着优胜者的位置。即使服装上有碍手碍脚的布条子，她依然连续四轮保持优胜的位置，剩下的人里头有可能挑战的越来越少，看来她很有可能赢得最终胜利。此时，太阳正位于中天，炎热难当，女子又将最后一个挑战者，使双截棍的老人，打下了擂台。

　　忽然，女子双臂一抖，系在袖子上的长绸带朝着屋顶方向飞来。连小龙也都进入了松弛状态，对这毫无征兆的突袭，过了一会儿才反应过来，急忙滑下房顶躲避飞来的绸带。

　　绸带越过了屋脊，小龙他们似乎安全了，但是绸带的飞行轨迹突然一转，一下缠住了班超的手腕，将他一把扯上了房顶。

　　小龙也跃上房顶，飞入空中，向擂台俯冲下去，挥手射出一把银针，割断了绸带。她抓住班超的手，和他肩并肩落在擂台上。朱成也落在了班超的另一边，帮他把剩下的绸带扯掉。

　　擂台上，女子瞪着他们三人，厌恶地甩了甩袖子。小龙跟她玩着互瞪的游戏，朱成环视庭院，将众人震惊的表情尽收眼中。突然，朱成笑了起来，捅了捅班超：“虽说你这出场算不上隆重，不过也没有比这更加戏剧化的了。也许末了，我还真有一两件事情可以向你学习的呢。”

还没等班超有机会回答，庭院北首的一名男子站起身来指着小龙：“你怎么敢在这里露脸？这是武林中有头有脸的人的大会，不欢迎像你这样的狠毒罪犯。”

小龙眼光始终没有离开擂台上的女子，出声叹息：“我想布告也贴到这儿来了。”

“什么布告？”第一名指控她的男子身边的妇人质问道，“我们昨天早上亲眼看见你杀了一队旅人。”

听到这话，小龙全然忘记了继续斗瞪眼的游戏，她的注意力全部投射到了台下：“你在说什么？我从来都没有见过你。”

“倘若你不记得他们，那记得我吗？”又一名男子问道。

小龙向他看去，见他满是络腮胡子的脸上和脖子上都是新鲜伤痕：“我应该记得吗？”

“鉴于你对我做下这事还不到一天时间，我想是的。”他答道，目光中似喷着怒火，他从背上的鞘中抽出剑来，跳上了擂台，“你不可能从这么多人手底下逃掉。我要报仇。”

“替我留两刀。”一名妇人叫道，接着也跳上了擂台。左臂上着夹板，缠着绷带。

接着，从庭院的各个角落里又有更多的人向小龙宣战。他们都声称目睹小龙行凶，甚至他们自己本身就被她打伤。

小龙几乎没法开口辩解，就算她能，在这充满愤怒的喧嚷声中也没谁听得见她的声音。她环视着这些怒火中烧的武林中人，很多人都拔出了刀剑，准备一起拿下这个臭名昭著的“武林公害”。他们把最近这里发生的行凶案都归罪于小龙。小龙知道形势正迅速地变糟，用不了多久这些人就会变成一群热血冲动的暴徒。她转向朱成和班超，催促他们快点躲到安全的地方去。

　　小龙一转身，一名女子已挥出她的长绸带卷住了她的手腕。知道她的同伴绝不会自己走开，她抓起两人的肩膀，将他们往评判台上掷去。

　　然后她扯住绸带，一转圈挣开袖子上的缠绕。小龙紧紧地抓住她手中的另一头，而女子试图拉她失去平衡。正当她们俩互相使力时，起初指控小龙的两名男子跳上台来。

　　见他们举起兵器加入战斗，小龙迅速冲到一边，把长袖缠到了这两人身上，将他俩紧紧地绑在一起。小龙松开绸带，夺过他们的剑，割断了绸带。

　　这时，越来越多的人爬上了擂台，小龙知道，这一次很难毫发无损地脱身了。她将手中的剑向外一掷，剑飞过庭院，直接插入了围墙。正当她的剑出手，一名只剩下半截袖子的女子攻了上来。预感其他人也将扑上来，小龙从防守改为进攻，想快点在第一拨人到达之前放倒这几个。

　　小龙的攻势极其凌厉，而她的对手们只能手忙脚乱地招架，和躲避她的暗器。终于，一女子露出一个可以利用的破绽。小龙向她的双腿踢去，却被她跳起来躲开了。小龙继续朝她踢出然后身子一压，滑到了对手的身下。她轻轻地一点地，重新跃回空中，一转身正对着女子的后背，推掌击中了她的右肩，将她转了一百八十度。小龙不给她任何机会反击，点中了她手臂上的穴道，女子于是应声倒地。

　　这时一大拨武士冲了过来，小龙忙着小心不被人砍了，同时也要避免不小心杀了他们。这一切发生得非常迅速，当小龙把他们都扔下了擂台，朱成和班超正好在评判席附近落了地。他们重新站稳了身子，看见擂台上的小龙已经又被扯进了一场新的恶斗中。

　　就当他们准备去帮助小龙时，主持人按住了他们的肩膀："我建议你们不要过去。否则你们很有可能不会活着下来。"

朱成厌恶地拍掉了那人的手:"我们不会把朋友一个人扔下的。"没等她和班超纵身而起,主持人已点了他们后背的一连串穴道,叫他们不能动弹。

他们俩被定了身,男子走上前,站到他们面前,面对着正在擂台上前后腾挪舞成一道影子的小龙。她在武士中间优雅地穿梭,至少现在来看,把他们都制住了。小龙以极快的速度出手,让对手失掉了兵器。她要尽快拿下更多对手。因为,等他们联起手来,她就会有大麻烦了。

首席评判观察着小龙,想要猜出她的身份,可是她出招的武功路数只给他很少的信息,只看得出来她兼具许多不同门派所长。她出招准确,却有意收敛杀伤力,他很难相信她就是这些人宣称的毫无人性的杀手。不过有这么多的目击证人,她又怎么可能不是呢?

朱成努力地试着用内力冲破穴道,却做不到。她望着站在自己面前的这个男子,质问道:"你是谁?"

"你为什么要这么做?"班超一边问,一边也想尽力地挣脱。

"我只不过是想要保住你们的命。"他答道。

"可我们不会感激你的。"朱成咆哮道,"放开我们。"

"求你了。"班超比较有礼有节地说,"我们必须去帮助我们的朋友。"

男子转过身来对着他们:"假如这些武林人士说的都是真的,她就不值得你们去救。"

"这都不是真的。"班超抗议道,"昨天一整天我们都跟她在一起。倘若是她做了那些坏事的话,他们为什么没有认出我们来?"

"那么这些武林人士都在说谎喽?"

"不，他们没有。"朱成说，"我自己就见过那个冒名顶替者，而她看上去还真的很像小龙。他们都搞错了。"

主持人将信将疑，他看着擂台上还在不断打退挑战者的小龙，皱起了眉："我不知道你们说的是不是实话，不过每个人都应该有一个被公平审判的机会。"他向着另一个评判望了过去，一位满头银发的年长妇人扬了扬头，"请您出手。"

妇人站起身来向着平台边上走去，男子解开了朱成和班超的穴道。不过，还没等他们急急地冲出去，首席评判就再一次抓住了他们的肩头："等一下。"

回到擂台上，小龙对手的人数不断地增加，变得越来越难把他们甩开。第一拨上来的人大都身手不行，虽然看上去还是挺吓人的。现在，刚才观战的开始加入了战局。

这时，她瞥见一名评判向空中撒出一把粉末，她立刻冲出包围圈，直接纵上了半空。她疾速地向上踏步，冲出粉末的范围，同时屏住了呼吸。

擂台上，攻击她的男男女女都倒在了擂台上，一动不动像是晕了过去。小龙重新落回地面，凌空推出，倒在擂台上的人都滑下了擂台。片刻之后，他们开始动弹，再一次站起身来，看上去有点晕乎乎的，不过基本没有受伤。

在跃上擂台之前，朱成花了点时间在空中嗅了嗅，当她认出这药粉是什么之后不禁眨了眨眼。谁又能想到在这样严格的比赛上，一位令人尊敬的评判竟然会使毒？接着她和班超就飞了过去，站到了小龙身边。

"看来叫你们俩躲开还真是奢望了。"小龙说道。

"还用说。"班超答道。

他们的对话被打断了，一名想取小龙性命的男子向评判们鞠了一躬："尊敬的前辈，你们不应该插手。这个姑娘是凶手，必须为她犯的罪偿命。"

"她不是你们要找的那个人。"班超用力地宣称。

"这真是荒唐。"男子对他说，"我亲眼见她杀了我的一个朋友。"

一片赞同声在庭院四处响起，其他的武林人士还讲述了自己版本的故事。

这时，有一名妇人疑惑地说："不过她的剑看上去好像不一样。"

班超转过身来对着那名妇人："是因为这根本就是完全不一样的兵器。你们找的那个人确实跟小龙有几分相像，你们都同意她使的是不同的兵器吧。"

擂台下的武林人士都缓缓地点点头，他们的目光也变得没那么敌视了。

"别上当了。"第一个男子说，"她只不过是取了另一把剑，很可能是从某一个受害人那儿拿的。她昨天早上攻击了我们，谁知道她还攻击了谁？"

"我们昨天上午一直都跟她在一起。"班超说，"她没有可能袭击你们的。"

"我们怎么知道你是不是在撒谎？"男子问，"你是在有意保护她。"这话又引来一阵赞同的嗡嗡声。有那么一刻，这些武林人士又准备再次进攻。

小龙四下看看这群人，想着他们能活着的概率真的很低。还没等她开口说话，身后就响起了一阵骚动。

36^章

小龙一转身，见一彪形大汉，是前一天跟朱成过招的那个人，走进了庭院。她看不出他脸上的表情，小龙以为他也是来报仇的，因为他伸出一只胖乎乎的手指头直指着他们。不过接下来，他环视着庭院说道："我可以担保他们没有说谎。"

聚在一起的武林中人都默默地看着他，不知道对他的话如何回应。大家的震惊还没散去，又一个男子走进了庭院，站到了大汉边上。这次，是小龙打败的那个人，上一届武林大会的夺冠者："我也可以证明。"

接着，他俩把前一天上午发生的事情原原本本地讲了一遍，特别还提到他们三个人都很小心，尽量不叫任何一个人受重伤。半个时辰之后，小龙他们已经骑着评判赠送的马在通往京城的官道上雷霆般地疾驰而去。这些优良品种的马儿，以风一般的速度奋蹄奔跑，耐力十足。他们被告知，这些马用一天半的时间就能送他们到达京城。

回想起最后发生的事情，直到他们获赠马匹，小龙不住地摇着头。当两名男子的证词说完之后，评判没费多少口舌就平息了这批武林人士对小龙的怒火。当他们停下来细想，很快明白过来这确实是两个不同的人，虽然还是声称相似度很高。大部分人都为他们的冲动向小龙道歉，小龙大度地接受了道歉，依旧被事情的突转惊得目瞪口呆。

但接下来发生的事情则更叫她震惊。没等她跳下擂台，昨天被她打败的男子对评判说了几句话。首席评判点头表示同意，他清了清嗓子引起大家注意。小龙忽然知道他准备做什么，不过已经太迟了。"要是没人反对的话，新一届的优胜者已经产生了。"

小龙的眼睛睁得大大的，假若不是朱成一只手钳上了小龙的嘴，制服了她，小龙是想反对的。

"她接受了。"朱成急忙对大家说，不管小龙怎么瞪她，她只管笑着。

至此，与会的人，包括刚才还仇恨满腔、不杀小龙誓不罢休的，也都上来恭喜她获得胜利。大家簇拥着她下了擂台，但小龙看上去对整件事情并不是很高兴。事实上，她看上去从头到尾都是很悲惨的样子。"这事不应该发生的。"小龙喃喃道。

"有我在身边，你应该想得到这样的事情会发生。"朱成对她说。

小龙叹口气，跟着他俩走到评判席边，朱成表明了他们有急事，需赶回京城去，急需几匹马。

这正是他们为什么会骑着拿钱也买不到的良驹飞驰在通往京城去的官道上的原因。小龙感到得到了解脱，能很快地离开比武的地方。和昨天才被她打败的男子面对面客套让她觉得浑身不自在。

而朱成却恰恰相反，还是她一贯的风格，很快和跟她打的高个子男子有说有笑了。她的心情显得那么畅快，小龙都不忍心对她生气。她只能接受事实，随朱成去吧。小龙为掩饰她的真实身份的种种努力，至此被完全地粉碎了。她一想起整件事情就满脸的苦恼。先前的悬赏布告，现在又是武林至尊，无论五年间她变了多少，若是没有人能查出她的真实身份，也算是一个奇迹了。但现在还真没时间担心这个问题。

第二天晌午，小龙他们离洛阳城只剩下一个多时辰的路程了。朱成建议先吃点东西再继续赶路，进了城后就不必再找饭馆了，小龙和班超也都觉得是个好主意。

午饭后正当他们准备继续上路的时候，小龙察觉到了些什么。她举手示意，四下里扫视了一圈，然后往环绕着空地的一些笔直的树木望去。她站起身来，朱成和班超也跟着站了起来，三人都警觉起来。

他们静静地等了相当一段时间。突然之间，他们的马儿全部瘫倒在地。三个小伙伴立刻抽出剑，小龙暗暗催动魔力以备不测，她潜意识里觉得可能用得着。

看似不可能的事情发生了，空地边上的两棵树被生生地从地里拔了起来，树根上的土如雨般落在地上。它们在空中盘旋了一阵之后，突然像两支长矛一样疾速地飞了过来。小龙见状一个箭步上前，双手分别一扫，两支"巨箭"便向两边飞了出去。然后她聚起一面屏障，做好准备应付从林子里射出来的任何东西。

正对着他们的树冠动了一下，又没了动静。然后，毫无预警之下，两棵树向两边弯了下去，一条天底下最大的蟒蛇从两树中间飞射出来，撞上了小龙用内力聚起的屏障。小龙咬紧牙关抵挡着巨蟒，它有着猎豹般的图案，光是脑袋就跟小龙一般大。小龙提起所有的内力，用力地推出，将这条巨兽甩到了空地的右侧。

巨蟒重重落地，但它沉重的身体开始向空地中间扭动，绕起自己的脑袋像是保护它。身体像是永远走不完似的，他们三人震惊地瞪着一尺又一尺的蛇身游了过来。

"这是什么东西？"班超问。

"看上去显而易见的嘛。"朱成答道，声音明显带着颤音。

　　这时候，巨蛇已经盘成了一大团，比他们的头高出好几尺。慢慢地，蛇头升了起来，黑色的眼睛，每只都有灯笼般大，定定地盯住了他们。它长如丝带的舌头在空中一伸一缩地探寻，像在迎风搜寻他们的气味。然后它缩了回去，又再尝了一下空气中的味道。它转了整整一圈，看到三匹倒地的马儿，立刻俯冲过去，卷起了一头不幸的牲口。马儿顺着它的食道慢慢一点一点地被吞了下去。然后，是第二匹马……

　　"呃，不是吧。"朱成惊叫了出来，"真的？"

　　"我们应该怎么办？"班超问，"要不要跑？"

　　"不。"小龙说，"倘若我没搞错的话，这是巴蛇。"

　　"只是个传说，不是吗？"班超问。

　　"你看看它的尺寸。"朱成回他。

　　"你说得有道理。"班超同意，"我肯定不会喜欢这答案，不过我们得杀了它，是吧？"

　　小龙点点头："附近有很多村庄。一旦让它逃跑了谁知道会发生什么事！"

　　"等它把三匹马都吞完了。"朱成说道，"希望这样，它吃撑了会行动缓慢些。"

　　"它吃完了马儿之后，是不是有可能对我们没什么兴趣了？"见蛇开始吞咽第三匹马时，班超问。

　　"是有人驱使它来对付我们的。"小龙很肯定地答道，"只不过是被马儿分散了注意力，等它吃完，定会再冲我们来的。我们得快些解决它。"

　　"你不用告诉我两次。"朱成说，"斗大蛇是我的一大嗜好。"

　　"你是开玩笑的，对吧？"班超问。

"没有啊，我完全是认真的。每个月的十三号，我都会跑出去找一条像房子一样大的蛇来屠。"朱成回答。

"我只是问问嘛。"班超带着敌意说。

"等会儿再斗嘴吧。"见蛇吞完了第三匹马，小龙已把注意力重新转向了他们，命令道。巴蛇注视着他们三人，把头往后一扬，向前猛冲了过来。

朱成和班超本能地向两边摔了出去，小龙还是保持着原来的姿势。小龙架起防御罩，在最后一刹那纵身而起，坐到了蛇的颈后。她准备快速地结果它，可是巨蛇前后不停地甩头，用力之猛令她无法坐稳，更不要说出击。

等朱成和班超跃到了安全的地方，他俩用剑从腹侧猛刺盘起身的蛇，它痛得一边翻腾一边收缩。蛇头转了过来，向他俩俯冲下来，却忘记了小龙还在它的背上。

小龙抓住这个机会将剑直接插进了它的七寸处，剑身正好卡在了一块脊椎骨中间。她再催动内力将剑继续向下划开，即刻重创了它的脊椎。

巨大的巴蛇登时摔倒在地，小龙在它倒地前腾了起来，落在了空地的另外一边，她望着自己剑上的一堆脏东西皱起了眉。朱成和班超出现在她身边，他俩的剑也都是同样血肉模糊的状态。

他们都没有来得及去拭干净剑，任由巨蛇的血液从剑锋慢慢地流下来，滴进了脚下的草丛里。巴蛇被彻底打败了，但事情还远远没有完。是谁放倒了他们的马儿？又是谁驱使了这条怪兽？神秘人或许正希望他们现在放松了警惕。

似乎又过了一段时间，一个身穿黑袍的人影渐渐从树影间浮了出来。头上的帽子将脸掩藏在阴影里，突然一股强劲的风把帽子向后吹开。

37^章

当他们看清了来者的脸之后，屏住了呼吸。一个站在对面的姑娘貌似小龙。唯一的区别是她的眼神，渗着恶意。她冷酷地微笑着，瞟了一眼瘫倒在地上垂死的巴蛇。她开始说话，声音有一种无法形容的滑溜感觉，仿佛词句从她嘴里出来通过空气传到耳朵里的时候起了变化。"你们收拾了巴蛇，这可真是个麻烦的事儿。巴蛇的主人是非常爱它的，尽管我并不这样认为。曾经告诉过顽固的巴蛇，我，一个变形者，能对付你们三个，但巴蛇想尝尝人肉的滋味。它不相信人肉会塞牙。叫我说，蠢货活该。"

班超转向朱成："我以为昨天你是在撒谎呢。"

从震惊中平复过来的朱成哼了一声，摇了摇头："外观的相似性在白天更加惊人。"

变形者目光炯炯地注视着朱成："当然，我还可以变成你们中的任何一个。"话音刚落，她的形象即刻消散了，当重新凝聚时，另一个朱成站在了空地对面。

朱成回敬她一声冷哼："我大概不能怪你。你的真身估计很难看。"

变形者不怒反笑。她一边笑着，身形又一次变化。一瞬间她的形象像是被火熔化了的蜡。当她重新变幻出人形时，是个完全的班超样子，一副皱着眉头不高兴的表情。

瞧见班超受打击的样子，朱成捅了捅他："想想我们每天都要看着这副尊容，你就明白为什么我这么讨厌你了。"

听见这话，变形者哄然大笑了起来，像是听到了最好笑的笑话。

"说不定由大笑造成脾胆爆裂而死。"小龙喃喃道，只有小龙和班超能听见，"这样可省了我们许多的麻烦。"

变形者终于止住了笑，冲着朱成说："你知道，我喜欢你，真的很喜欢。可惜，我得杀了你。"

小龙站在朱成和班超身前，鄙视地看着变形者："做不到的事情，也敢拿来威胁。"

"谁说这是个威胁？"变形者说，又幻化成小龙的样子，"是事实。等我结果了你，会慢慢地享受杀你的朋友。我已经很久没到人间来了。折磨其他妖魔没有这么刺激。叫我怎么说呢，人的尖叫声更让我有满足感。"变形者一说完，双掌对准小龙他们，向外推出。立刻，一股强劲的气流向他们涌了过来，脚下的草皮被撕开，一起刮了过来。

小龙毫不畏惧，她抽出剑将涌来的劲力一劈两半，劲力向两边冲了过去。

"噢，对了，我忘记了，你也有魔力的。"变形者向后退了一步，上下打量着小龙，"主人曾经提过这事。你的魔力是天生的，是不是？凡人身上具有魔力真是罕见。以前不曾有过这样的事。希望再也不要发生了。你真是有点讨厌。"

"从你嘴里说出来，我权当是一种恭维。"小龙答道。

"你取笑的功夫大有长进啊。"朱成推波助澜地说。

小龙懒得回答，踏前几步，向变形者射去一把银针予以阻隔。

变形者挥出一只手用内力去挡银针，但是发现银针很难扫掉，便直接冲入空中，然而银针转弯跟上了它。于是变形者抽出剑，以一种怪异的速度划向空中，打掉了银针。

它的速度快得使小龙吃惊，但小龙没有表露出来。在变形者落地的时候，变形者周边的草地上落了一片针，在阳光下闪闪发亮。

"你得再使出些本事来。"变形者带着笑容对小龙说，但好像少了些先前的猖狂。

小龙细看了一下，发现一枚银针穿破了变形者的防御，正斜插在它的肩头。针没有刺中它的穴位，也不含毒，所以没有使它变慢多少。却让它觉得不安或者至少分散了一点它的注意力，也许给击败它增加了一些机会。

银针刺得它似乎相当疼痛，它竟然抽动着脸，瞪着小龙，冷冷的表情化作了愤怒："我会让你付出代价的。"

说着它举起双手准备再推出一波内力时，小龙向前走近了几步。出乎所有人的意料，变形者出手时，根本没有魔力被催动。它瞪大眼睛，手飞快地捂上肩头，然后破口大骂了一声，又一次拔出了剑。

小龙几乎不敢相信自己的运气。很显然，变形者有着与凡人不同的穴位，真是凑巧，银针正好锁住了它的魔力。这是件好事，小龙起初预感下一击，将更加难以抵挡。

变形者向前疾冲，一个拳头大小的流星锤向着小龙的脑袋飞来。好在小龙没有鲁莽地冲上前去跟它硬打，她的警觉让自己有足够的时间向右一扑，同时，双脚踢出，将铁锤直接踢上了半空。变形者握在左手中的绳索连着流星锤，这时被绷得紧紧的，而重力又让铁锤向它的方向反飞回来。

变形者只是猛地一拉绳索，锤端又一次向小龙飞了过去。这一下，小龙没有躲开，而是伸出左手抓住了流星锤，并在空中转身，将惯性力重新引回到使流星锤的变形者。小龙一边躲着带铁锤的绳索，一边又加了一把力，流星锤以双倍的速度向变形者飞了过去。

尽管变形者接住了铁锤，但它的胳膊撞得直向后，倒退了好几步。等它终于站住后，扔下兵器，痛苦地呻吟着。

变形者抬头看着小龙，烦躁得几乎咆哮起来。突然，它投射出几支连环镖，一把接一把地，以一种超自然速度飞来。小龙不得不放开自己的剑，才能凌空一把一把地接住飞镖。她为确保朱成和班超不被方向不定的飞镖伤着，将飞镖在空中接住了。

当这一切在眨眼间完成时，小龙的剑也落了地，她伸脚接住，将它重新踢回空中。剑飞过她的头顶，转了一圈，然后剑锋向下回落，将一柄飞来的匕首打掉，插入地上。小龙捡起她的剑，变形者愈发愤怒了。

变形者还能以如此之快的速度冲过来，连小龙都吃惊不小。不管怎么说，小龙和变形者仿佛势均力敌，至此，小龙以全力回敬了变形者的每一次凶残的劈、扫、刺。交手之快，连朱成和班超都无法插入，只能关注着小龙与变形者之间的殊死较量。

两把剑反复地交错在一起，兵刃的撞击声格外凄厉，奇怪的是剑都完好无缺，互相缠绕在一起，从空地的一边打到另一边，把剩余的草皮也都翻腾了起来。经一番恶斗之后，小龙占了上风，变形者仿佛也明白，它的信心大减，剑舞得更加疯狂，但每一次回击也更加绝望。小龙很小心地把握着时机，她知道了变形者的厉害，变形者仍能像刚才使出流星锤一样出些惊奇的招。

一点一点地，小龙将变形者逼了回去，将它的剑扫到一边，使它露出一个空间。小龙奋力砸在它的胸口，趁它后退不稳时一下子绞脱了它的剑。

变形者急向后退了数尺，砰的一声坐倒在地，且向后滑出了好几尺。它一只手放在胸口，另一只手似乎想握住一柄已经不在它掌中的剑。当它意识到小龙已经绞了它的剑时，眼中浮现出了恐惧之色。

小龙觉得困惑，低头看着变形者的利刃，见它正慢慢消失。此刻剑尖已经消失，剑锋也正慢慢变成一股尘雾，随风消散。见剑正慢慢自动消失，小龙放开了手，它一落地，剩下的剑和剑柄也都炸成了粉末，被一股不存在的风卷裹着，消失了。

当小龙重新将注意力转向变形者身上时，她毫不惊奇地看到同样的事情也发生在它身上。这不是普通的变形者，而是一个从深渊里跑出来的极有妖道的鬼魅。很显然，变形者和它的剑都施了咒，它们才能在人间显现。

此时，变形者的腿已经消散了，腰也快不见了。很快它整个人形就不见了，原地只有一只小小的红狐狸。

班超抑住自己的震惊，上前跳至小龙身旁，偷瞄着狐狸："它死了吗？"

像是在回答班超的问话，小狐狸睁开眼睛。看见他们三人，它惊吓得迅速跳起来，浑身的毛全都竖了起来，倒很像一只猫。然后一转身，往树林里冲了进去，消失在阴影中。

"这是我见过的最奇怪的事情了。"过了一会儿，朱成感叹道，"我见过很多离奇的事情。我的意思是，我历来相信超自然的力量是存在的，而小龙向我展示了人类也能拥有魔力，可是此刻亲眼所见的一切真令我感到意外，我猜你比我们知道的更多。"

小龙叹了一口气，挥手将剑上的蛇血抹掉，重新插回剑鞘中："因为我能感到魔力，神仙们对我有特别的兴趣，让我成为游侠。而有些人不希望我去完成使命，一些人定会尽力置我于死地。差不多就是这样一回事吧。"

朱成和班超眨着眼看着小龙，又互相看了一眼，不敢相信小龙竟然给他们陈述了比原先所期望的更多的细节。

"我还是不明白。"班超说，然后把手放在头上，"我头痛。"

"想象一下我的头感觉会是怎么样。"小龙问，"简直没有办法跟你解释，其实我也真的不理解。"

"我们就不再问你其他相关的详细信息了。"朱成说，"假若你真是神仙心目中的优胜者，神仙应该给你一点点帮助吧。"然后她扫了一眼死蛇，肚子里还有三个大大的肿块，"或者总得给点儿好的交通工具吧，剩下的路程我们还是要靠自己的脚走，是吗？"

"我很为三匹马难过，但总算是有一个好的结局。"班超说，他还是没有习惯骑马。

朱成翻了个白眼，向着大道走去："首先，我很感激这些马。若是你对整个事件感到这么高兴的话，何不背着我去洛阳呢？"

38^章

"趁早歇了吧。"可兰挥手叫刘阳走开，说道，"今晚我自己能回自己的屋里，不留在这儿了。你这么大惊小怪的好像我马上会昏倒似的。我现在已经好多了。"当刘阳抓住她的手把她从椅子上拉起来时，可兰瞪着他："天哪，有时候你可真是烦人呢。"

刘阳放了她的手，认真地看着她："你为了保护我而受伤，这是我最起码该做的。"

可兰冲刘阳眨眨眼睛，伸手在他面前舞了一下："你发什么神经？我明白你上课时不专心，但我知道你还是被逼着读了宫廷规则的。根据这些律法，我失职了。"

"我指的不是律法。我是以一个朋友的身份与你说话。"

"我一直知道你是个神经病。"可兰终于笑着说，"我还是要回我的寝殿。"可她只向前走了一步，一阵眩晕感就上来了。可兰闭起了眼睛，又退回去坐到了椅子上："算了，我还是留在这儿吧。"

"又开始头晕了吧，是不是？"

可兰睁开眼睛，忧伤地点点头："不明白。伤口已经不痛了，头痛却越来越厉害了。我要杀了刺客。"

"刺客已经死了。"

"我就再杀他们一次，希望第二次比上一次更痛。"

"我相信一定会的。"刘阳坐回他自己的椅子上，从桌上拿起一份奏折，"既然你哪儿也去不了，我们何不过一过这些呢？"

可兰感兴趣地瞄了一眼，看见一角有一个皇家的凤翎标志。她立时坐了起来，连头痛也忘记了："你叔父的报告？昨天早上才给他的任务啊。还没过两天，他已经有事要报了。他手下负责造假的人可真是能干啊。上面说什么了？"

"不知道。"刘阳答道，"我还没有看呢。"他打开奏折，快速地通读了一遍，皱起了眉头。他把奏折递给了可兰，显得很困扰："你叔父还没有确凿的证据，但说很快能找到证据。你叔父说刺客竟然在看守眼皮底下自杀成功是因为看守被人收买了。"

可兰哼了一声："他付了他们多少钱。"她读了一遍，点点头，"他只字不提怀疑的是谁。我猜他还算相信你，但一点不相信我。"她咧开嘴冲刘阳露齿一笑，"聪明人。"

"如果他真是聪明的话，他就会把报告交给我一人看。"刘阳说。

"怎么会呢？那样做风险太大，容易引起怀疑。还是这样大大方方地送上来，用词谨慎，就像这样。"可兰挥了挥手中的奏折。

鹰门翻动，猎鹰从开口处飞了进来，拍着翅膀落到了桌上。

"是鹰。"刘阳叫了起来，"可能小龙快到了。"

可兰也急忙站起来去看，又一阵眩晕感袭来。见刘阳去拿信，她咒骂了一声。照这个样子下去，她明天上早朝都可能会有问题。一阵发作过后，可兰重新站起来，越过刘阳的肩膀看信条。信很简短，意思明了：向上看。

两人立刻抬头，只见小龙高高地坐在一根横梁上，正向他俩微笑。她轻轻地落了地，刘阳冲上去给了她一个大大的拥抱，差点儿把她撞翻。

一开始，可兰只是逼视着她，可眉头紧锁，发出了重重的一声叹息。

"怎么了，见到我不高兴？"小龙问，仍然笑着。

"不是，不是。我真的是很高兴看见你回来。你知道吗，只剩下他一个人跟我做伴是怎样的一种情形？"可兰指了指刘阳说。

"你为什么愁眉不展的？"小龙疑惑道。

听到这话，刘阳立刻明白过来是因为什么。他很没有风度地，在空中挥舞着拳头："我赌赢了，是不是？小龙回来了，而你还没有完全复原。"

"不知道你凭什么这么高兴。"可兰喃喃道，"好像我受伤对你来说是一件值得高兴的事情似的。"

"你受伤了？"小龙问，"怎么发生的？"

可兰挥了挥手："没什么大不了的，遇上几个刺客。"

小龙听闻扬起了眉毛，还是不太明白。

刘阳把事情的经过大致讲了一遍，又解释说可兰被暗袭，伤得不轻，现在还没好。听刘阳说完，小龙很忧虑，上前抓起可兰的手腕替她把脉。

"你的伤口已基本愈合了，我没什么可以为你做的。"小龙道，"你的眩晕我不太明白，但我知道有人可以帮忙。"坐下后，小龙把她走后发生的事情都告诉了他俩，除了在林中与巴蛇等大战的事。当然，小龙详细介绍了班超和朱成，并解释了带他俩到这里来的原因。

刘阳跌坐在椅子上，理解地点点头："同意你说的。然而你打算怎么理清这团乱麻呢？朱成真的能够放弃复仇吗？班超呢？"

"我想知道，事情是怎么发生的。"可兰说，"我的意思是，是什么力量把你们四个又推到了一起？"

尽管可兰提了问题，但每个人很快意识到肯定是神灵使然。鉴于没有人回答或者做出解释，刘阳和可兰对小龙讲了在宫里发生的所有事情。

"就是说你们想要溜进你叔父的宅子里？我肯定朱成一定能办到。"小龙说，她思考着这事的可能性，眼神变得迷离，"我有一个计划，想知道你俩能溜出宫去吗？"

"不太容易。"刘阳道，"可兰有伤，我有重兵守着。"

"近乎不可能啊。"可兰同意道，"但你们溜进来会比较容易些。"

"我是担心倘若把班超和朱成带到这里来，他俩会很快发现你是谁了。"小龙说。

可兰突然有了一个主意："地道。"

"为什么我没有想到？"刘阳道，马上说，"别回答我的问题。"

暗道贯穿整座皇宫，甚至出了皇城墙。这是刘阳的父亲告诉他的国家机密，刘阳转头告诉了可兰，虽然只有皇家才知道这个秘密。理论上，只有在紧急情况下才能用它来逃生。

好吧，刘阳认为眼下就是一种紧急情况，需要逃出皇宫去，这样就可以名正言顺地用地道了。在小龙回客栈之前，决定让可兰和刘阳早朝后溜出宫去。只要告诉御前侍卫队长不让任何人进来，这样就可以避开所有人一个时辰，足够他们来回。

小龙用地道离开了皇宫，已经不再是秘密了，考虑到明天可兰、刘阳二人和朱成的会面，他们会掩饰真实身份，小龙觉得还是先透露一些秘密为好。她不知道将会发生什么，不过一定会很有意思。

第二天一早，朱成回到了客栈的大厅，见小龙已坐在厅里了。

"想不想出去走一走？"小龙问。

朱成耸耸肩："为什么不呢？"

两位姑娘沿着小路走着，虽然时间尚早，但已经到处是人了，小摊贩正在出摊摆放商品。她们穿过了一个小市集，那里有着各种各样的蔬菜卖。

起初，小龙没有刻意选择方向，毫无目的地走着，时不时简短地评论一两句关于小店和小摊的事。

过了一会儿，小龙特意偏离主路，很快，她们进了一个僻静的小巷。"你没有办法放下它，是不是？"小龙转头对朱成说。

朱成一脸不解地看着她："什么？"

"你的剑，我的意思是，你可以放弃所有的东西，哪怕你的名字，可是你永远不能放弃你的剑。这是最后一件可以证明你身份的物品。"

"你在说什么？"朱成问，然而朱成眼中闪过的情绪却无法掩饰自己的真实想法。

小龙看着朱成的眼睛，然后回答："你是白虎侯的女儿。"

39^章

当小龙大声说出朱成父亲的名字时，朱成震惊了，猛地吸了一口气，右手捂上剑柄，瞬间又松开了，嘲笑自己，同时察看着小龙的表情："纯属肌肉反应，要是真打，我不是你的对手。你真要伤我，我没什么可做的。你是怎么知道的？"

"你的剑。我认出来的。"

朱成再次震惊地注视着小龙："可是，怎么可能？这样的剑仅有一把。"

"其实有两把。每一把四灵护卫剑，欧冶子都复制了一把。"

朱成显得更惊讶了："你认识欧冶子？"她瞅着小龙，皱起了眉头，"你到底是谁？"

"我一直在等你问这个。"小龙笑着说道，"我不姓赵，姓张。"

朱成盯着小龙看了好久，然后伸出一只手扶住小巷的墙壁，笑了起来。朱成笑完后，转身对小龙说："现在你说起这件事来了，其实是很明显的。即使你的姓不是张，也可从你的独特名字知道。我早就应该猜出来的。"

"你觉得我已经死了，是不是？"

"我是这么听说的。我的事，估计你也是这么听说的吧。"

小龙悲伤地点点头："我想不出来还有其他可能。我的魔力保护了我。你是怎么逃脱的？"

"班彪一死，我父母准备了一个出逃计划。当听说军队赶来的时候，我们赶快骑上最好的马跑了。当然，军队不久追上了我们，但不知何故我逃脱了。完全是运气，并没有其他什么原因。"

小龙理解地点点头，两人一起静静地回想着："没想到我们俩是这样相遇，命运真是多变。"

"为什么现在才告诉我？倘若你一开始就知道，为什么不早说？"

"要是起先说了你会怎么做呢？"

朱成随即回答道："恐怕会很快地消失。"

"诚如我所想象的。另外还有一个原因，你听了下面的一个秘密定会更加惊奇的。"

朱成翻了翻眼珠："我不相信你还能有什么让我更吃惊的。除非你告诉我班超是班彪的儿子或者其他什么的。"小龙没有回答，朱成咽了一下口水，"这怎么可能呢？班彪根本没有儿子的呀。"显然朱成已被自己的话惊住了。

"班彪有一个儿子，只是他自己不知道。因为某种原因，班超的母亲在班超出生前离开了皇宫，把剑一起带走了。"

"班超的剑？"朱成想了一会儿，皱起了眉头，"我承认很少有人在剑上用龟做纹饰，但这是什么样的偶然性啊。"

"想象一下我是多么震惊，当你们俩走进金煌和田灵的客栈时的那一刻，我一眼就认出了你的剑。这件事能否这样看，假若我们俩能正巧遇见的话，有什么理由说我们三个不可能碰上呢？"

"可这是完全不同的。"朱成吹了吹气，抚了抚前额，然后叹了口气，"真不敢相信，真的。班超知道自己是谁吗？"

"你停止否认眼前的事实了？"

"我没有选择。不管我是否承认，事实是这样明摆在我们眼前。除非我是个傻子才会继续否认。但假使班超知道了他自己是谁，你知道这意味着什么。他没理由不相信官方的说法，班超知道了我们是谁，他肯定会追着我们要讨回血债的。"

她们继续散步，小龙看着朱成："你真的是这么想的，认为班超要杀了我们替他父亲报仇？"

朱成点头作答："这样才是讨回公道，不是吗？大概我也会这么做的。"

"这也是我现在告诉你这些的最后一个原因。我的结拜兄弟和他的朋友等会儿要来拜访我们，需要我们的帮助。我想确定你对此是否有意见，他是皇亲。"小龙说。

朱成顿时停住了脚步，疑惑地瞪着小龙："皇亲？"小龙点点头，朱成感到难以置信地笑了起来："你真的是不计前仇，但我永远都忘不了。"

"我也没有忘记。我在皇宫期间，发现先帝根本没想杀我们的家人。是一个谋逆的大臣欺骗了先帝，让他签下了处死诏书。"

"你相信这个？"

"我信。再说，生活中还有比复仇更重要的东西。"

"有吗？在过去的五年里，这是占据我头脑的唯一念头，没有别的了。"朱成叹了口气，又做了个深呼吸，"回答你的问题，我不会对你义弟构成任何威胁。你义弟不是杀我父母的人，我保证不会伤害他。"

小龙相信朱成的口头保证，点点头，她俩掉转脚步开始走向客栈。她俩沉默着往回一路走着，各自思忖着今晨的揭秘对自己来说意味着什么。朱成心中仍然无法完全接受事实。天知道这些事情究竟是怎么发生的。

历经这么多年的烧灼之后，自己足够坚强放弃复仇和所有关于复仇的想法吗？假若没有人为她父母冤死付出代价的话，自己能最终获得平静吗？朱成向小龙保证不伤害小龙的义弟，自己理当信守誓言。小龙的义弟与这一切都无关，不必为此付出任何代价。

朱成不知道自己是否能把同样的原则放在皇帝身上，虽然皇帝和自己的年龄相仿，或更小些。假若权势和尊崇能世代相传，罪行也应该一样相传吧？朱成自己意识到这是一种荒谬的说法，但只要触及复仇，朱成就会变得很不理智。她最终觉得应该把这些先搁置在一边，再另找时间慢慢理顺。

小龙仿佛能从朱成脸上看出她内心的纠结和挣扎。她相信朱成最终一定能做出正确的决定。不论朱成怎么说和表现，她始终有一颗非常善良的心。

"你肯定你能去吗？"刘阳问，声音里充满了关心。

可兰一点都不领情："你再问一次我要拿椅子砸你了。"

很显然可兰是更加对自己生气，刘阳笑了笑，没再说什么。刘阳和可兰在秘道里走着，已经快到达目的地了。小龙走之前告诉他们在客栈边上的空房子里碰头。

秘道似乎状况很不错，石头砌的墙面纵横排列着，几乎没有裂缝，而且地道里很干爽，只有少数几处有地道里常见的潮湿。很显然，皇帝连逃亡的时候也要用最好的。

一盏茶的工夫之后，他们已经站在客栈后面。可兰看刘阳穿着便服跟她一样。"你做好准备了吗？"

"既然来了，我们就得进去。" 刘阳微笑着回答。

"权当先前什么都没说。"可兰道。她走到左边第三扇窗前，急促地连敲了四下。

过了很长一段时间，没见动静。窗子突然一下子开了，小龙招手示意他们进来。刘阳走上前，从窗口翻了进去。

可兰正准备跟上，一阵眩晕使她不得不停了下来。她一只手扶在窗台上，举起另一只手示意需要停一停。当她终于恢复了一点，也跃进了窗子。

朱成抓住了可兰的手腕帮她站稳，可兰点点头表示感谢，但朱成反而皱起了眉头。在整个互相介绍的过程中，朱成一直都皱着眉。介绍刚一完，朱成立即转向可兰："你中了毒，你知道吗？"

朱成的问话带来一阵沉默，他们五人互相看着对方。

"这就对了！"小龙叫了起来，"难怪我弄不清楚可兰的病症在哪里。"

朱成指指可兰，然后又指指椅子："坐下。"

可兰瞟了小龙一眼，随即坐在椅子上。在大家的注视下，朱成再次抓起可兰的手腕，闭起了眼睛像是在把脉。片刻后，朱成睁开了眼睛，欣赏地轻轻吹了声口哨："我必须向下毒的人致意，这个毒下得很巧妙。一种发作极慢的毒药，需要几周时间才会完全起作用。先是眩晕感，觉得可能是病引起的；然后症状会开始多变不稳，连医生也未必能找出头绪来，不会想到是中了毒。" 班超走近朱成，用胳膊肘轻轻地捅了捅她，要不然朱成还会继续唠叨下去，这时她转回对着可兰，"你够幸运的，我能治好你，但需要几天时间，才能完全让毒性消失。"

"我能再多忍受几天。"可兰笑着说，"多谢。"

"别客气。"朱成对可兰说，她伸手入怀，掏出一只小瓷瓶，扔给了可兰，"这里面有三粒药丸。一天一粒，吃完了你也就恢复正常了。"

刘阳探过可兰的肩膀看着小瓷瓶子："真的这么简单？"他看着朱成，微笑着，"多谢你的帮忙。"

可兰猛拍自己的额头："有时候，我真是……我自己会感谢别人的，行不行？"

"行。"刘阳很有幽默感地答道，一直冲着可兰笑，直到她也不得不笑了出来。

正当大家交流时，小龙注视着朱成，相信朱成会信守诺言的。朱成起初显得很紧张，然而现在又恢复成了一个大大咧咧的朱成。

其实，朱成已将椅子拉后，把腿架在桌子上。她冲着班超挥手，对他笑着说："再去搬些椅子来吧，你这个主人的招待真是差劲。"

"但这是你的屋子呀。"班超抗议道。

"你的意思是？"朱成问。

班超无可奈何地叹了口气，走出了这间挺宽敞的屋子，找椅子去了。班超一走，朱成对着刘阳和可兰咧嘴一笑："我总是赢的。"

"不知为何我一点儿也不感到意外呢。"可兰说。

"我们一定会合作得很愉快的。"朱成对可兰说。

此时，小龙用胳膊肘捅捅刘阳："你最好小心点儿了，可兰现在有后盾了。"

"我也看出来了。"刘阳笑着答道，"毫无疑问，可兰会为这几天我绑着她手脚的事情报复我的。"

可兰冲刘阳一笑："因为你是在帮助我，并不代表你没有烦人啊。"

班超找来了三把重重的木头椅子，大家坐下后开始讨论正经事情。

"小龙说你们需要帮助。"班超坐下后说。

刘阳郑重地点点头，说道："若是你们愿意，需要你们潜入一名王公贵族的家里。"

朱成期待地搓着双手，笑着说："这是我的长项。来这里之后，一直在找一个恰当的理由，好摸进谁家去。更别说这是一个重要的官员，贵族的家里总是设很好的暗藏机关。"

"你们要潜入的是皇帝的叔父的家。"可兰答道，"是当朝司空大人。"

"这样更好玩儿了。"朱成说，瞥了一眼班超，瞅着小龙，"请告诉我，班超不去是吗？"

"为什么我不能去？"班超质问道。

"她想起了上一次你俩一起偷入别人家里的事情。"小龙对班超说。

班超想起上一次的事情便皱起了眉。据朱成的描述，班超几乎成功地触动了整个屋子里的所有机关。"最终是我把我们俩带出了困境，不是吗？"

"谢了，幸好我没有像你一样摔倒。"朱成对着班超说。

"如果我答应不碰任何东西呢？"班超问。

"那你能一起去。"小龙说，而朱成在一边翻白眼。

"假若这次行动失败了，至少我们知道可以怪谁。"可兰也插了一杠子，这话赢来了朱成的一笑。

40^章

朱成和班超出去勘察地形，小龙陪着可兰和刘阳回到了宫里。

"你和朱成真是一拍即合啊。"刘阳对可兰说。

"我没有忘记她是谁。但不知何故，我不觉得她会有危险。"

"她不会。"小龙说。

"好。"可兰说，"我可不想跟她打，虽然以我现在这个样子，一定打不长。"

"你们俩确定最近不会再有刺杀？"小龙问，"假若需要的话，我可以留下来一起预防刺客。"

"似乎刘阳的叔父近期实施行刺的可能性不大。"可兰说，"他正在努力搜刮证据抹黑我。要是把我赶走了，他就成了刘阳最亲近的近臣或参事，转而把刘阳当作一个傀儡来操纵。若是刘阳变得太独立了，到时再轻松地除掉刘阳也不迟。"

"政治。真是带劲。"刘阳喃喃道。

"我愿意打赌，还有其他人也想要你的命。"小龙说。

"这是肯定的，可能没有这么快吧？刚刚挫败了一次暗杀。"刘阳说，"侍卫都已经加倍地警觉了。"

"我觉得越快解决你叔父越好。他很危险，而且他一定还在策划。要不了多久，会有更大企图。"可兰说。

"今晚尽全力找出要找的东西。"小龙说，"他的宅子很大，可能要多去几次。倘若今晚找不到东西，朱成能联系黑道上的朋友，从地下渠道挖些情报来。"

"朱成简直是天生擅长干这类事。"可兰说道，"显然，从你告诉我们的情况来看，她确实受过很多的训练。"

"多年的练习有很大的帮助。"小龙同意。

正如小龙所说的，刘阳叔父的宅子确实很大。在幽暗的灯光下，一所大宅铺在朱成和班超面前，近似一座小宫殿。宅子位于皇宫外面，周围砌着厚厚的围墙。院内的房子漆着浓重的颜色，但没有皇帝专用的红褐色和金色。

府中下人住的区域，虽然跟主人的豪华宅子比起来显得简陋，但是也很坚固，修得很好。

成队的士兵守在每一处出入口，连下人住的地方也设了岗。守卫定时绕着围墙巡逻，警惕地防范任何可疑的情况。很显然，司空大人是个很多疑的人。但这些防御对三个小伙伴是无用的。

"屋里可能也有巡逻的。"小龙说道。

"这是肯定的。"朱成同意，"我以前去过不少有钱人的房子，他们总是担心行刺、盗窃，或什么的。"

"有你在，他们这样的小心是没道理的，无用的。"班超说。

"自找的。倘若行事不诡异，才不会去动他们呢。"朱成答道。

"我们的计划是什么？"班超问。

"天黑之后很容易避开巡逻。守卫会点起火把和灯笼，反而使我们看得更清楚，任务更容易完成些。守卫只看见火光照射范围内的地域。我们进去之后先到处转一转，熟悉地形。不知道书房在哪里，或许重要的东西放在书房里。我们要小心不被抓到。班超，我在对你说。明天我再看看道上的消息怎么说。你们觉得怎么样？"

"你是专家。"小龙指出。

"你也是常常暗里来黑里去，至少应该也有一些这方面的知识。"朱成回敬道。

"自然。"小龙答道。

"我感觉，你的计划太妙了。"班超看着朱成似乎在问，马屁拍得怎么样。

"你的演技是越来越好了。"朱成不在乎地说，"我必须警告你，恭维我一点儿都帮不了你。"

"我觉得也没有用。"班超喃喃道。

他们离所有的岗哨都有一段距离，所以不用担心被守卫听到，他们一直这么斗着嘴，打发时间。一个半时辰后，天已经完全暗了下来，月亮还没升起，朱成决定是行动的时候了，于是三人蒙上了面罩。

此时，守卫确实点起了灯笼，星星点点的火光遍布了整个宅院。朱成看着火光，不禁为守卫的愚蠢轻声笑了起来，因为亮光确实为入侵者提供了各个要点的具体位置。

巨大的火把将两扇大门照耀得好似沐浴在光照中，同时照亮了下人院里的很多窗户。在大屋里，他们所能看见的窗户都紧闭着，灯光从几处白色窗帘后面映出来。似乎都是些丝绸窗帘子。

他们三人尽量保持不出声，展开轻功从墙上跳了下来，然后从守卫的头上飞过，轻轻地落在院内的屋顶上，躲在翻翘的屋檐后，直到确信没有人注意到他们。

过了一盏茶的工夫，他们确定了他们起先进入宅院的地方没有被发现。小龙随即从屋檐边悄悄地滑了下来，几乎没有一点儿摩擦声便落在了阳台上。选了一扇没灯光的窗户，仔细地听着，同时将身体平贴着墙壁，没有人看得见她的侧影。过了一会儿，她把手放在窗户底部，然后深吸了一口气。窗户里面的插销轻轻地一动被打开了。

小龙催动魔力，用一小股轻风一点点地打开了窗户，仿佛窗没被锁好，被一阵风吹开了似的。窗户完全打开了，并没有人急着过来关上，尔后小龙移近窗子，利用两个半扇的窗户做掩护向走廊两边张望，然后招手叫朱成和班超下来。他俩还没落到阳台上，小龙已经翻身越过了窗口，随后朱成和班超跟着翻进了屋里，小龙将窗户关上但没有插上插销，以备撤离时急用。

班超只跨出一步，即撞上了一个花架，架上的大瓷花瓶眼看要晃倒在地上。在最后的一瞬间，小龙用足尖接住了，把大瓷花瓶重新踢了起来。她一纵身，在它撞上天花板前抓住，然后轻轻地放回了花架上。与此同时，朱成瞪着班超，他显得十分懊丧，小龙几乎笑出声来，但眼下的情势是很严肃的。

朱成看上去严肃极了，她故意过度地反应，以此警告班超。朱成用手指着班超，然后把右拳砸到左掌上，班超一见不禁皱起了眉。朱成看到他收到了信息后，便招呼小龙和班超跟上，他们三人偷偷溜进了走廊，小心地躲在阴影里，一路留意着可供藏身的拐点，以防有人突然走近。

幸运的是，走廊里布满了像刚才班超撞到的花架。忽然有人走过，能轻易躲身在阴影里。

还没穿过走廊的一半距离，就听到了沉闷的脚步声。他们互相看了一眼，无声地利用走廊转角两边的墙面爬上了屋顶。

他们等着，脚步声越来越近。一队六个身戴统一佩剑的卫士，从转角处走来，勤快地在各个暗处搜索着，像是怀疑每一个阴暗处都藏有危险。虽然很努力，但一无所获，他们很快地走了过去，竟然一次也没有抬头查看屋顶。究竟有什么东西能藏在屋顶上呢？

守卫走过去后，他们重新回到地面，继续向前。小龙很惊讶在三楼碰上巡逻的。因为三楼都是卧室，有巡逻很不寻常，谁希望自己睡觉的时候有人重重地从门口走过？很显然，司马大人比原先想象的更偏执。还真不能怪他，小龙他们不是正潜入他的宅子吗？

在走廊底端，按照之前说好的，他们分头行动以便能查看更多的地方。朱成坚定地做手势告诉班超小心一点，然后带着他向右转，小龙向左。

小龙本打算用魔力录下此处的地图，不过鉴于他们所需要的那么多细节，她得待在同一个地方很长时间才能集中魔力把这些信息全部吸收进来。如此细致的工作，须容她仔细地探寻每一个房间，这会花费太多的时间和能量。她此刻没法花太多的精力在这件事上，所以她快速地游走，用魔力探查守卫岗哨和驻守人数等信息。

与此同时，朱成忙着把她的偷盗技术学以致用。确定班超负责警戒后，她专注于用脑子记录地形。他俩边前进边检查每一扇门，试图搞清楚门后有什么。

似乎这里并不复杂，三扇装饰精美的门，在楼层的一侧紧挨着，显然是睡房。

除了这些特征，还有一些细致的线索。朱成的脑中处理着各种细节，如门上的装饰和磨损的程度，以及走廊里飘散着的气味。

最后一个细节帮助了这次行动。朱成闻到了几间屋子里有淡淡的墨香。她想，是一个书童住在这里？这不太可能，一般书童大都会住在下人的院子里，因此她确定这是书房。

班超转了五六个拐角就有点迷路了，朱成的方向感一直是准确无误的，又把他带了回来，经过了几次险些撞上巡逻守卫，他们又回到了原来的一条直廊，小龙在那儿正等着会合。

他们又从进来的窗口溜了出去，然后尽量轻地落在了下一层的阳台上。他们猫低身子躲在栏杆下，这样下面的守卫看不见他们了。他们一个一个窗子潜过去，朱成的怀疑是对的，这里就是一间一间的空客房，于是一扇一扇地打开了插销。

当他们转过拐角时，面对面撞上了两个蒙面人，同样也穿着深色的夜行衣。

41^章

两拨闯入者互相瞪着对方，小龙更是忙于谋算而不是震惊，一动不动，她利用短暂的惊讶机会决定了如何行事。他们根本不太可能在这里打，这样会引来太多守卫的注意。可同时，也不能就让这些人跑了。

突然，两名入侵者掉头，拔腿正要向回跑，他们的动作相当之轻。

毫不迟疑地，朱成和班超也扑了上去，但小龙伸出胳膊挡在了他们的胸前，止住了他们向前冲的惯性。等她的朋友们站定，她举起一只手带着他俩一起慢慢向前，眼睛盯着他们的目标。

两个黑衣人，与夜色融为一体，他们纵下阳台，展开轻功越过了围墙，小龙他们也跟了上去。

事实上，他们三人先到了围墙外，等着那两人翻过围墙。当这两位见到他们三个后，便一头钻进小巷里飞跑起来，不再试图掩藏脚步声。

小龙跃过一幢房子落到了他们面前，而朱成和班超从后面断了他们的退路。知道自己被困，两名黑衣人举起了拳头做好防范。虽然一下子还没搞明白，但小龙觉得这两人出奇的熟悉。好吧，等打败了他们之后会有足够的时间搞清楚。

突然，又一名黑衣人从边上的房顶跳了下来，加入之前的两人。他的出现引来一点争执，原先的两人像是叫他不要从藏身处现身。这情景触动了小龙的记忆，她很确定地知道这三个人是谁了。她惊讶地眨着眼睛看着他们，就在她迟疑的一瞬，朱成和班超却行动了。

趁着几个黑衣人争执的时候，他俩扑了上去，朱成抓住离她最近的两个人的衣领，把他们提了过来，但被挣脱了。其实她有意放开了他们，轻松地接住了两人的拳头，将他们一转，拳头就打上了对方的胸口。等他们刚一站稳，朱成径直点了他们肩膀上的穴道。

与此同时，班超也解决了新来的一个，紧抓住他的肩头，一脚踢了出去。这家伙试图反击，身子后仰，出了一记重拳，班超将这一拳打偏，再点中了他的颈部，他瞬间动弹不得。

这些都发生在一刹那间，等小龙回过神来，三名黑衣人已经被推到了小巷的墙上，面具也都被摘掉了。他们几个的年龄都没有比朱成他们三个大到哪里去。一个身材颇瘦削的男孩，目光迅速在捉住他们的人脸上扫动。两个姑娘，从她们的马尾辫到五官，看得出她俩是双生子，正挑衅似的盯着他们。

小龙走到他们面前，揭下了自己的面罩。他们认出她来，惊讶地睁大了眼睛。小龙微微一笑，解开了他们的穴道："朴阳，柴华，白惹，很高兴见到你们。你们在这里做什么？"

"你们认识？"班超不比对方吃惊小。

"不是，她凭空编造了他们的名字。"朱成难以相信地说，"老实讲，你的问题有没有过一过脑子啊？"

班超把他想驳嘴的话吞了下去，当那男孩子听小龙叫他朴阳时，惊得咕噜了一句。两位姑娘中的一位，可能是柴华，挺身站了起来："我们不知道你已经回了京城，小龙。你是什么时候到的？"

"昨天刚到。"小龙答，"我正在暗查司空大人的事，不过我很惊讶，没人告诉你们我回来了。"说到这里，她给了他们三个意味深长的一眼，暗示他们务必要保守刘阳身份的秘密。他们当然不需要提醒，不过小龙想确定一下。说到底，这里有很多利益冲突。

"早知道你已经着手这事，我们就不必这么做了。"朴阳抱怨道。

"我们得知司空阴险、狡诈，而他们又不能自己出来调查，所以我们就决定帮忙。"白惹附加道。

"看我们多有用。"柴华说到自己翻了个白眼，"又惊扰了你们。真是对不住。"这声道歉是冲着他们三个人的。

"没关系。"朱成对她说，"反正也正好要走的。"

"我们得回去了。"朴阳说，"走吧。"

"那就回头宫里见？"柴华这话倒是多余了。但小龙也只能点点头，笑了笑说："好，我们还真需要些支援。"

"那些奏报真是非常烦琐。"白惹也赞同。她的双生姐妹捅了捅她，止住了她再说下去。她吓坏了，猛地闭上了嘴，胡乱地道了个别，就被柴华赶着一起走了。

"也是你宫里的富贵朋友？"他们转了个弯时，朱成问。

小龙瞟了她一眼，看得出来她脑子在飞快地转动着："不完全是。严格来讲，他们是侍从，不过他们也是可兰和刘阳的朋友。"见朱成若有所思的样子，小龙知道她必须说些什么分散她的注意力，使她不去多想这次的巧遇，"班超，等我们回到了旅馆，我们有些事情想要告诉你。"小龙说。

"好啊。"班超答道，至少他看上去一点没起疑心。

倒是朱成，怀疑地看了小龙一眼，还偷偷地捅捅她，像是在问，你到底在搞什么。等他们回了客栈，朱成努力地控制住那种如果换一个人，就会被称之为恐慌的情绪。不过，她还不至于发疯，不会让别人的想法来影响她。

可仍旧，她发现自己还是止不住去想，当小龙向他揭示她们真实身份的时候，班超会是怎样的反应。终于，她向自己承认班超如何看她，就像小龙如何看她一样重要。不管她怎么努力，她又一次让自己对别人产生了依恋感。

究竟是什么让她变了呢？难道是自己放松了警惕？是自己变得软弱了？软弱到她活该要忍受别人带来的最终痛苦？她告诉自己逃走好了，不要回头，可是她已经逃亡了这么多年，逃开追杀的士兵，也逃避了她自己，还能怎么逃？再说她实在是太关心这件事了，不能就这样不知道班超了解真相后的反应就逃走。

小龙说她要快速解决这事，虽然朱成很怀疑，但她想小龙不会那么天真的，因为她是看尽了人间最丑恶的东西。但就冲她的义弟竟然是皇室子弟这一点来看，她还是相信人性中好的一面。

她的经历告诉她，班超会背叛她。其实不能算是背叛，因为他们本来就是仇人，杀她是他的使命，不算是违背了任何誓言。尽管朱成感情上无法面对这样的结果。

这一切都有道理，这也解释了为什么她最终没有离开。她想受伤，因为这样也许会让她学到教训。当她们走上旅馆楼梯向房间走去时，小龙特别留意着朱成以确保她不会突然关上门，或者做出类似的激烈反应。她回来的路上一直显得颇为忐忑，心不在焉，不过这也不能怪她。其实，小龙自己对班超可能的反应也颇觉紧张，虽然她比朱成对他更有信心。

班超根本没有注意到他的同伴烦躁不安的情绪，因为他一直在不停地想自己差点撞倒花瓶，破坏了整个行动什么的。而朱成并没就此紧咬着他不放，这反而令他十分吃惊。他希望她能把这事儿忘了，不过他很肯定她的言辞虐待随时都会开始。

直到他们集中在小龙的房间里时，班超才意识到有些不对劲。他和小龙坐在桌旁，朱成一直在那儿走来走去，手上抛弄着一把小刀，看上去一副紧张的样子。班超的目光转到小龙身上，她倒是很镇静，几乎有些太冷静了，事实上，有些太强制平静的样子。虽然已经有所警觉，但是当小龙问出问题的时候，班超还是吃了一惊。

"关于你父亲你知道些什么？"小龙问。

班超困惑地眨了眨眼睛："你为什么想知道？"

"你就回答问题吧。"朱成对他说。

他看向朱成，她却有意转开头去，好像发现墙上的木板特别有意思。他的注意力重新又回到小龙身上，深吸了一口气才回答："我从来没见过他。我母亲临死前告诉我，他曾经是京城里的一个大官。五年前，他的两个结义兄弟杀了他。"

"如果我告诉你这不是真的，你会相信我吗？"小龙问。

班超抬头看着她，皱起了眉头："可是我母亲，她……"

"她只知道官方的版本。"小龙打断了他，"实情是，一名逆臣害死了你的父亲。几年前，这个逆臣谋反想推翻皇帝。他把你父亲的死归罪到白虎侯和青龙侯身上，而且逼着皇帝下令杀了他们。这样皇帝就更加势单力薄。"在她身后，小龙能感到朱成身体僵硬了起来，因为她知道这些话也是对她说的。

沉默了一会儿之后，班超犹豫着问："你确定吗？你为什么会关心这事呢？"

小龙没有回答，转身对朱成说："把你的剑给我。"

朱成不情愿地转过身去，手握住了剑柄，动作更像是护剑而不是交出来。终于，她低叫了一声，几乎是很粗暴地把剑抽了出来，递给了小龙。

小龙丝毫没受影响，将朱成的剑放在桌上，又将自己的剑也放到了桌上。她期待地看着班超，几乎屏住了呼吸，他抽出了自己的剑，放了上去。他的脑子一片空白，没有办法处理已经猜到的事实。

"她的真名叫朱成，而我其实姓张。"小龙轻轻地对班超说。

班超跌坐到椅子里，眼睛盯着桌上的三把剑。它们的形状之相似，现在看来是那么明显，他应该早注意到的。当然他曾注意到，也知道这意味着什么，但他的意识没有让他完整地接受这个信息。他的目光慢慢地往上移，直到对上了小龙的眼睛。她平静地望着他，可是她的眼睛出卖了她，她对他的关切，一些怀疑，又像是不确定自己说了应该说的话。他避开了她的目光，望向依然面壁的朱成，她的双肩紧绷着像是准备好有人要来刺杀她。

他意识到，这就是她在担心的事情。除去她那浑身带刺的外表，也不管她说什么，她其实很在意他怎么看她的。她也许在等着他去痛骂她，可是班超不能只想着为自己从未见过父亲而愤怒地这样做。她们也家破人亡了啊，就算小龙在撒谎，这也不是她俩的错。终于，他抬起头望着小龙的眼睛："你发誓你跟我讲的是真的？"

"我发誓。"小龙严肃地说。

班超拿起他的剑站起身来。小龙只是这么看着他，毫无戒备之意。他把剑重新收回鞘中，点了点头："我相信你。"他的话马上得到了回应，小龙的脸欢快起来，带着一个笑容。

朱成的反应就没有那么热情了。"为什么？"她转过身无礼地问，"你为什么要相信我们？就没可能我们两个都在说谎？"

"我知道你们不是。"班超自信地回答，想要搞清楚为什么朱成的反应会这么尖厉。

"你根本不了解我。"朱成呛道，"你们两个都是。"然后她就出了房间。

班超想去拦她，小龙抓住了他的手："让她去吧，她需要一个人静静。"

"如果她不回来怎么办？"班超虽然坐了下来，可还是问，这时他见朱成的剑还躺在桌上，"噢，至少她肯定会回来取这个。如果她生我们的气的话，为什么把这个留在这里？"

"她不是对我们生气。"小龙答道，"她是对自己生气，因为你没有像她想象的那么不高兴。其实，你看上去一点儿都没有不高兴。"

他只是耸耸肩："可能在内心里，一部分的我早就知道了。但我好几年前就已经把这事抛置脑后了。这并不是说，未曾见过生父，这事对我没有造成伤害。你还能再告诉我一些关于他的事情吗？"

"我也从来没有见过他，不过我可以告诉你我们的父亲是如何帮助刘秀夺得帝位的。"

"我想听。"

于是小龙就跟班超讲了四灵护卫是如何把皇位从那个篡权者手里夺回来的故事。

后来证明小龙是对的，朱成只不过想一个人待一会儿。她跺着脚走回了自己的房间，躺到床上盯着天花板。这时她意识到自己把剑落在了小龙的房间里。朱成心生惧意，可是她不准备回去拿。她这样赌气跑了出来，可这是为什么呢？小龙在这一点上说对了。

她对自己说，她是在生班超的气，可这不尽是事实。她是生自己的气。为什么班超面对这样的事情也可以如此高尚得发蠢？她早就应该知道他会是这样的。

她的思绪又回到了小龙的那个问题上，班超不会真的想要她们两个死。现在看起来很明显，班超不会寻求复仇的，甚至即使她们不是他的朋友，他也会相信正义公平，不会随便以牙还牙，尤其这还是冤案。

他相信她们，因为他是个好人。那她又如何呢？她有没有这样的勇气去原谅那些事实上无需她原谅的人呢？她知道她没有权利去报仇，可这并不代表她能叫自己停止这么想，哪怕只是借此不要让父母的死再困扰自己。

出乎意料地，朱成竟然笑了出来。如果有谁需要证明她内心深处的阴暗心理，这就已经足够了。因为在她心里，有很大一部分希望能够伤一个无辜的人，只要能叫自己好受些。

朱成第二天早上起得很晚，打算装作昨晚什么事情都没有发生。当他们又聚在她的房间里时，她一言不发地从班超手里拿回了自己的剑，然后继续像平常一样搞得班超痛不欲生，就真的好像什么事情也没发生过。

班超也照常演着他的戏，除了她们的名字，一切照常。看着这一切，小龙不能不敬佩班超坚强的人格，哪怕是藏在一个笨拙的外表之下。

42^章

这整件事当然就是纯粹的愚蠢。完全没有成功的可能。不过虽说如此，有人还是下令实施了。当可兰和刘阳看着那十二具尸体躺在石头通道上时，两人都厌恶地摇着头。如此浪费生命和人的尊严，为了什么？无论是谁派的杀手，一定知道他们会失败，尤其是刘阳的侍卫已经增加了一倍，而且武艺高强。

这十二个刺客穿着普通士兵的衣袍，在到御书房的半路上袭击了他们。可兰首先发觉并护驾，向御前侍卫们发出预警。侍卫们转过身，将他们围在中心，准备好对付疯狂的刺客。

可兰准备上前，刘阳扣住了她的手臂："你确定你已经可以了吗？"

"我已经好了。"她说，"别担心我。"

"他们已经不需要你了。"刘阳指出。

可兰一回头，还真是的。

一半的侍卫急冲上前去，以极娴熟的功夫解决了刺客，他们极高效地完成了任务。这很有可能让多数死了的刺客没感到什么痛苦。

片刻之间，只剩下了一个留做活口的刺客，侍卫们用刺客自己的衣服把他紧紧地绑了起来。他的运气真的最差，躺在地上，眼睛盯着可兰和刘阳，向他们求饶。

这十二个人不是专业刺客，他们即使是为了钱，那也是为了生存，而不是因为贪财。这些人是绝望的。虽然刘阳同情他们，可是律法没有一颗柔软的心。仍旧，这看上去还是不正常的残酷，这个男人要受到严刑拷打，逼问一些我们都知道而他并不知道的信息。

刘阳和可兰拿目光紧紧盯着侍卫队长，他马上就明白了他们的担心。他迅速地点了下头像是在说他会处理好这事。他们心情沉重地继续向前走。

他们进了御书房，可兰锁上了门，必须休息一下。

"你说不要担心，可是现在我很担心。"刘阳说道。

"你还别说，"可兰答道，"那些药丸是有效的，提醒我今天谢谢她。"

"那我们还是赶快走吧，如果今天还想有机会谢她的话。"

他们走了前一天同样的路线，可兰和刘阳很快到了客栈，然后跟之前一样从窗口偷偷溜了进去。

把礼貌寒暄之类的都做完了之后，可兰问："你们找到了什么？"

"我们找到几间可能是司空大人的书房。"朱成答道，"今天下午，我会放出几个触角去探一探，看看谁有他那大屋的详细情况。不管怎么样，我们今晚还会去继续查探。"

"你们俩知不知道那对双生子和朴阳也在暗中查这件事？"小龙问，虽然她已经知道答案，"我们昨晚撞上了他们。"

"什么？"刘阳叫了起来，"我们完全不知道。"

可兰皱起了眉："这还真是我的过错，应该猜到他们想要帮我们的。真应该对他们更信任一些。他们做了那么多，我们至少该告诉他们正在发生什么。"

"你说得对。通常情况下我们是这样做的。"刘阳对其他几个人说，"可是最近这几天真是太混乱了，我们把这秘密保守得有些太过了。"

结束了会议后，他们坐下来又聊了一些无关紧要的事情，直到可兰和刘阳不得不走了。

脚步声从拐弯处飘了过来，班超轻轻捏了一下朱成的肩膀。她不理他，只管往一根管子里倒一包药粉。然后趴到地上，把那细细的管子塞进门底下，用手指猛地一弹。

把管子重新放回杯里之后，她一只手放在门框上，慢慢地从一数到五。在她身后，小龙、班超竖起了耳朵听着，都希望朱成能快一点。终于，朱成打开了门，几个人猫腰进去，当巡逻队出现在拐角处时，门轻轻地关上了。

还没等班超松一口气，朱成就一只手钳上了他的脸，然后看向小龙确保她明白她的意图。片刻之后，班超差不多憋气憋爆炸了，朱成终于点点头允许他们吸气。

在屏住呼吸的同时，他们检视着这屋子，看上去还真是一间书房。这里其实没有人，所以朱成下迷魂药成了不必要的过分小心，不过她还是愿意选择这样做。

排满书的竹制书架一左一右立在屋子的两侧。跟大屋的其他各处相比，这间书房倒真是不算装饰过分，虽然木地板上还是铺着厚厚的名贵地毯。

厚重的书桌后面放着一张扶手椅，和书桌一样垫得高高的，这样坐着的人就能跟从门口走进来的人眼对眼地平视。桌子后面，是普通的木墙，除了几处挂着超大的装饰。朱成立刻就向那挂件走了过去，查看后面是否藏着暗室。她并没有期待司空会做得这么明显，不过谁知道呢？

接着她又去检查常见的藏身处，检查了桌椅是否有中空。朱成在做这事的时候，小龙和班超扫着书架，看看有没有任何可疑的东西。他俩对能找到什么也没抱什么希望，因为他们怀疑刘阳的叔父不会把任何罪证放在这么显而易见的地方。

检查了小半个时辰之后，三个人仍然没有发现什么有用的东西。桌上的东西都只不过是普通的日常通报，没有什么意义。

朱成已经想不出再有什么对方可以隐藏东西的地方了。她站在屋子中间，扫视着一切，脑子里筛选着一切可能性。到了这会儿，如果他们空手而回，那几乎就是事关荣誉的问题了。可是她不知道暗格究竟能藏在哪里，除非这屋子里根本没有暗格。

与此同时，小龙背靠墙站着，闭着眼睛。她决定试着用她的魔力，也许能发现什么隐藏空间，这是个好主意。显然她也不是完全确定能找到，姑且试一试。她的注意力被打断了，因为脚下的地毯滑动了。小龙张开眼睛，走到一旁让朱成将脚下的地毯拉开。

班超也让开，可是却被自己绊了一下，头用力地撞上了书架。当他不好意思地转过身来时，见两个姑娘正趴在地上的一个暗格边，那暗格就是他一头撞上书架时打开的。

朱成抬头看着他，小龙从里面取出一份奏报，然后给他一个憋了好久的表情，像是在问，你是怎么弄的。随着月亮的上升，夜空渐渐明亮起来，他们赶快把东西放回原处，偷偷溜出了府邸。

"你不高兴我来了吗？"班超往回走的时候问道。

"当然。"朱成甜甜地答道，"下次再需要人用头撞开个机关什么的，一定记得带上你。"

"我永远都做不对事情了吗？"班超叹口气说。

"我猜不会了。"小龙咯咯一笑说道。等他们回到了客栈，她才读了那封偷来的信，搞明白了司空炮制的阴谋计划。"我今晚就得进宫去。"小龙对他们两人说。

"怎么回事？"班超问。

"这情报得尽快交给刘阳和可兰。"小龙一边说着一边向窗口走去，没再多解释就消失在夜色里。

等她走了，班超转身对着坐在他边上的朱成说："让我看看你的剑。"

"那把你的给我。"朱成对他说，她拔出兵器问，"你为什么要呢？"

"就是想看看。"班超一边交换着兵器一边答。

"也没办法怪你。我的剑是非常神奇的。"

班超闻言翻了个白眼："而这很合适哦，你知道，那白虎。"

"你的意思是它那极具侵略性和恶毒的性格吗？"朱成大笑着说，"太糟了，我可没有办法拿同样的话说你。"

"你觉得我想知道为什么吗？"

突然，朱成一踢班超的椅子让他摔倒在地上。他挣扎站起，瞪了她一眼。

"你摔倒还能翻身站起来，我把你比作乌龟可真是不公平。这一点再加上乌龟可是出了名的睿智。"

一个时辰之后小龙回来，见他们两人在椅子上睡过去了，干脆让他们睡吧。她留了一张字条，告诉他们她必须回到宫里去，同时也留下了如何通过秘道去刘阳书房的指令。明天注定会是有意思的一天。

43 ^章

早朝快结束的时候，大殿外响起了惊叫声。

高台上，御前侍卫立刻拔出剑，团团围挡住刘阳，准备随时应对任何危险。喊叫声越来越近，底下的百官紧张地急忙耳语着。靴子的隆隆声到达前门，他们一起转身看见一队士兵涌了进来，把百官圈到了一起，推搡着毫无还手之力的他们到大殿的一侧挤作一团，脸上满是惧怕和震惊之色。

只有十来个官员，比如可兰这样的武将，还有范将军和刘阳的叔父都站着。他们也都抽出了自己的兵器，每个人身边都有一圈士兵围着拿长矛指着他们。

"这是什么意思？"刘阳的叔父冲着那些士兵叫着。可是面对他的大叫，士兵没有丝毫的动摇。

"这是造反。"范将军平静地提醒道，"想一想你们都在这里做些什么。你们真的想要为此背一辈子的骂名吗？"

"是的，将军。我愿意。"一个声音从走廊口传来。司徒沈大人踏过门槛，微笑着。

"你不是应该告病在家吗？"辛侯在大殿一侧说道。身边的士兵转过头以铁一般的目光盯住了他，他马上收了声。

"我是应该在家养病。"沈大人同意，"一个很好的计策，你们不同意吗？"他检视了一下士兵们，用一种几乎不在行的语气下令道，"出手。"

立刻，士兵们听令扑上前去，把百官都拿下，并把他们绑到了一边，只剩下可兰、范将军和刘阳的叔父。

还不等可兰加入战团，沈大人就提高声音，盖过了刀剑的叮当声，话音回响在巨大的大殿里："不可冒犯尚书大人，你们这帮蠢货。"

"你是逃不掉的。"刘阳的叔父被士兵们推着，冲着沈大人叫着。他挡住面前士兵的长矛，猛力向上推，把他们向后推开。有那么一会儿好像他独力支撑着。接着士兵群又拥上来，用矛尾当棍将他围在一个网中叫他动弹不得。

而制服范将军花的时间就更长了些。上战场，他可能太老了，可是斗这些士兵，谁都说不准。他的行动仍然十分敏捷，没有繁复的招式。当士兵们控制住了刘大人，就转头集中力量对付他，终于也缴了他的械："沈大人，你以为凭着这些人就能夺下江山，那你就太蠢了。"

"我可不止这些人手。"沈大人傲慢地说，一挥手叫士兵从殿中央分两边退开去，留下一条空空的走道通往高台，只剩下可兰愤怒地看着他一步步向前。"你看，我还有更多的人守在走道上，等我们完事了，"他转向刘阳，"陛下，你就得交出你的皇位。"

"是谁策划谋反的？"刘大人质问道。

这时候，沈大人已经走到了可兰面前，向她鞠了一躬。

见此情形，整个大殿上到处传来惊叹的声音，可是谁都没有刘大人那般强烈，以至于他的喊声震动了大殿："你如何能背叛皇帝陛下对你如此大度的赏识？我简直不敢相信我的眼睛。"

"那你就尽管试试。"沈大人对他说，"是尚书大人策划的这次政变。"

不等可兰反驳，刘大人一声巨大的咆哮，挣脱了士兵们的抓缚。他提起了剑，冲过大殿，刺了过来。

沈大人震惊地看着埋没在他腹部中的剑柄，抬头看着刘大人："可是，你……"他还没等有机会说完这话，就滑倒在地，死了。

"你们的首领已经死了。"刘大人宣布，"放了堂上百官，你们还有机会被赦免。"

"对，放了百官们。"刘阳从高台上也重复着这话，这是整出戏中他第一次发话。

与此同时，刘大人捡起沈大人掉落的剑，对准了可兰的脑袋就砍了下去。

她很轻松地格住了一击，出乎他的意料，可兰邪邪地冲他一笑。很明显，他以为她无法挡住他的突然进攻。这时恐惧在他眼中升起，可兰的笑容更灿烂了："你以为给我下的毒药到这会儿应该起效了吧，是不是？那天行刺你是针对我的，是不是？"

"一派胡言。"他低吼着，"将士们，抓住这个叛贼。"

刘阳从他的皇位上站了起来，穿过丛丛御前侍卫高声道："你说得对。把刘大人抓起来。"

这一声着实叫刘大人大吃一惊，见士兵们将自己团团围住，他后退了几步："可是陛下，沈大人刚刚证实是尚书在谋反啊。相信大殿上的诸位都能作证。"

刘阳取出一封信函和一枚印章，见他叔父变了脸色，微笑起来："我看你也认出此物来了，叔父。这就是你和沈大人共同密谋的证据，先是毁了可兰的名声，然后再杀了我。你答应继位之后给他封疆立爵。但你从没打算兑现你的诺言，是不是？你等他诬陷了可兰之后，就杀了他，就像现在这样，你就是今天的大英雄了，从而获得我的信任。好在有人向我报告了你的野心，不然我还真被你骗了。把他拿下。"他用洪亮的声音下令道。

立刻，士兵们倒戈转头对着刘阳的叔父，当然，他也没打算就这样束手就擒。突然他向可兰冲了过去，像是要跟她拼了。可兰挡开了他的第一击，然后猫腰避过下一击。

司空大人举剑飞扑上来时，她旋身一转，那剑锋就滑过了她的右肩。她一把抓住他的手臂，将他的兵器缴了开去，当啷一声掉到了地上。然后她左手手肘向后一抖，将他整个身子从肩头摔过，他便被猛拍在了地上。

虽然他的手急忙去抓剑，但剑已经被夺下，士兵们一哄而上，压住并制服了他。但他仍然愤怒地挣扎着，当士兵们拖他出去的时候，谩骂不绝，他赌咒发誓报仇，尤其是对可兰。

当他的声音消失，士兵们在刘阳的示意之下退了出去，大殿中充满了一种怪异的肃静，百官们对今天的变故仍处在震惊之中，没法一下子继续他们往日的能言善辩。

刘阳在这片刻的安静中，挥了挥手让人把沈大人抬出去。他的声音这会儿充满了从未有过的威严，响彻大殿："记住背叛者不仅是犯了谋逆造反之罪，也背叛了我们国家。他们用自己的行动，唾弃了曾经对自己的职责许下的誓言，背叛了整个社稷江山和子民。你们都好好想想是什么让这些曾经忠心的人变成了叛国者，谨记不要重蹈覆辙，都退下吧。"

朝堂上的百官，除了可兰，都跪了下来："祝吾皇江山千秋万代！"他们齐声颂道，而这次大部分人是真心俯首了。然后大家站起身来，低着头退出了大殿。

回到了御书房之后，刘阳放下了他那严肃的表情，冲着可兰笑道："你觉得这事进展得如何？"

"你什么时候变成这么好的演员的？"小龙从阴影里走出来，一边欣喜地问道。她已经除去了士兵的伪装，正在脱臂上的护套。

"我给了他一些指点。"可兰说，咧嘴对刘阳笑着，"一切都完全按照我们的计划完成了，除了你最后那段演讲比想象的精彩。你看见了百官的样子了？你狠狠地鞭打了他们一下。很长一段时间都不会再有人敢密谋造反了。"

"你昨天晚上带回来的这些信实在是太及时了。"刘阳对小龙说，"我很感谢你半夜里叫醒我们。总以为整晚地忙碌和安排计划，早朝时会体力不济，可能是兴奋让我保持警醒吧。"

"叫人兴奋的事情还没完。"小龙解释道，"我让班超和朱成来这里。"

"你觉得是时候了？"刘阳问，"我们还不太了解他们。"

"我支持小龙。"可兰说，"与匈奴的开战迫在眉睫。我们可不能被这事分了心。"

"这事儿一定会顺利解决的，我保证。"小龙说，"相信我。"

刘阳对她笑笑，他们几个一起走回屋内坐在椅子中："我总是相信你的。"

"如果我有这么幸运就好了。"可兰带笑议道。刘阳一拳捶在她的肩头，她也回敬了一拳："我们有协议，你不可以打我的。"

"只不过在你生病时。"刘阳答道，"从刚才一举拿下我叔父的情况来看，你已经大好了。"

当朱成和班超通过暗道进入书房的时候，他们四下看着，都惊诧于这屋子之大。

"哇。"班超进来一直堵着路，直到朱成把他捅了开去。

她跟小龙他们打着招呼，然后不请就自坐在椅子上："你这个地方真不错。比我想的要豪华得多，真的。"

"嗯，这是有原因的。"小龙说。

"别说出来。"朱成打断了她，脸上欢愉的神情马上没了，她定定地看着远处的某一点，"别。"

"刘阳就是皇帝。"小龙继续说。

朱成旋即跳起身，将剑几乎抵上可兰的咽喉，是她跳到了刘阳身前，紧张地盯着剑刃。"我叫你不要说出来！"朱成大叫。

小龙走了过去，轻轻地将朱成的剑尖推了下去。然后她的手伸到可兰的胸口上，把她和刘阳都推了开去："别告诉我，你根本没有察觉。我大声说出来又有什么区别呢？"

"那样我就不能再否认了？"朱成恼怒地对她说，可是她却没有拒绝小龙推开她的剑。班超的手搭上她的肩头，被她甩了开去："别来烦我。"

"我们都理解你的感受。"班超回应道。

"不，你们不懂。"朱成驳嘴道，"你们不会懂的。复仇已经成了我人生的一部分。你们怎么会知道要将它放下是一种什么感觉？"她扔掉剑，厌恶地瞪着他们四个人，"好吧，没有人要做什么吗？不是行刺皇帝要惹大麻烦的吗？"

刘阳绕过可兰，弯下腰捡起了朱成的剑。他将剑柄朝外递给了朱成，像是一种和平的象征，事实上也是。

朱成看着他脸上诚挚的表情，目光又扫到了其他几个人脸上。在这里，她必须做出最后的决定。她现在做的事情，将会为她的一生下定论，无论是好是坏。她难道真的能把五年来的愤怒和沮丧放诸身后吗？还是她真的强大到用最简单的方式出气，而对事实熟视无睹？

这一次，她没有在这个问题上纠结太久。最后，她的真性情占了上风。朱成握住剑柄，将它送回了剑鞘中："想想，我还真的不想惹麻烦呢。"听了这句话，屋子里紧张的气氛一下子烟消云散了，每个人都长长地舒了口气。

"还有，"小龙解释道，"可兰已经叫刘阳的日子不太好过了。我想她会乐意让你加入她的阵营。"

见可兰和朱成笑着对视了一下，她和班超同情地拍拍刘阳的肩膀。

和解已经达成，小龙终于也舒出了那口她自己都不知道一直憋着的气，笑了。有那么一阵，她纠结着带朱成和班超进京是不是明智之举。现在她知道，她的直觉一直都是对的。就算他们四人之间所有的仇恨和误解都没有完全被抹去，至少这些可以被放到一边。换句话说，透过他们，往日的四灵护卫终于又团聚了。

尾　声

水幕上的画面模糊起来，渐渐消失了，水又重新流回了观音菩萨的蓝色净瓶中。

"这进展太好了。"哪吒太子一边抛弄着他的风火轮一边说道。

关公靠在他的青龙偃月刀上，点头表示同意："想要打败匈奴，他们就得并肩作战。"

孙悟空拔下一根猴毛变成一支长枪，用尖利的一头去戳坐在石塔上的二郎神的肋骨："我早就跟你说过一切都会没事的。"

作为回应，二郎神抓住枪尾，将它变成了一条蛇。不过因为孙悟空同时将枪一抖，那蛇反而头冲二郎神而去。当蛇牙咬入他的手腕中时，他紧紧地捏住了蛇。

最后，关公踏过去，用他的刀将蛇一劈为二。当刀锋一切中蛇，它就消失了，只留下一根猴毛。"你们最好将刚才我们所见的一幕走走心。"

这一次，孙悟空看上去好像真的有些不好意思了，这表情在他脸上显得挺奇怪。"也许你是对的，二郎神，如果你准备好……"

"跟你这样的人和解？"二郎神问，口气听上去几乎是侮辱性的。

美猴王冲着关公耸耸肩，像是在说"反正我努力了"。然后，他从耳中掏出金箍棒，冲着他那冤家扑了上去。二郎神用他自己的兵器回应，于是两位神仙又开始了一轮豪打，各种神奇的变幻之术和如闪电般迅捷的动作让人应接不暇。

另外三位神仙前几周基本上没怎么去理会他们。他俩打的架，是数都数不清了。因为出手介入过几次，观音意识到就是现在制止也免不了他们再打，索性放弃了努力。现在，三位神仙只是看着他们的仙友们由着自己高兴开打。

"我简直不能相信凡人也能这么容易将过往历史放到一边。"哪吒太子瞟了一眼孙悟空和二郎神说，"有人学不会真是太可惜了。"

观音菩萨黯然地点点头，一朵莲花从她的净瓶中长了出来，像是随她而动："他们忘记了神仙不死并不代表就能停止学习，这意味着你要永无止境地学习下去。"

图书在版编目（CIP）数据

化身狐 / 陆源著. —— 南昌：百花洲文艺出版社,2016.8
ISBN 978-7-5500-1832-7

Ⅰ.①化… Ⅱ.①陆… Ⅲ.①长篇小说 – 中国 – 当代 Ⅳ.①I247.5

中国版本图书馆CIP数据核字（2016）第183977号

化身狐

陆源 著　晓瑾 译

出 版 人	姚雪雪
责任编辑	游灵通
美术编辑	彭　威
制　　作	何　丹
出版发行	百花洲文艺出版社
社　　址	南昌市红谷滩新区世贸路898号博能中心20楼
邮　　编	330038
经　　销	全国新华书店
印　　刷	江西千叶彩印有限公司
开　　本	850mm×1168mm　1/16　　印张　17
版　　次	2017年1月第1版第1次印刷
字　　数	200千字
书　　号	ISBN 978-7-5500-1832-7
定　　价	30.00元

赣版权登字　05-2016-259
邮购联系　0791-86895108
网　　址　http://www.bhzwy.com
图书若有印装错误，影响阅读，可向承印厂联系调换。